CHARLES LE GOFFIC

CROC D'ARGENT

COLLECTION HERMINE

COLLECTION HERMINE

Bibliothèque artistique et littéraire des Dames et des Jeunes Filles

Beaux volumes format in-16 Double Couronne
Brochés: **3 fr. 50** net *(Sans majoration)*

SERGE D'IVRY : **Christiane**

PIERRE MAËL : **Fille de Rois**

B.-A. JEANROY : **Deux Cœurs**

M. LA BRUYÈRE : **Lis et scabieuse**

Th. BENTZON : **Le Château de Bois-Vipère**

M. DAMAD : **Une jeune fille**

A. CAMBRY : **La Vierge de Raphaël**

Claude St-JEAN : **Le bonheur passait**

MARYAN : **Reconquise**

THÉMER : **Coccinelle**

CHAMPOL : **Autre temps**

TROUESSART : **Notre Fée**

Jean THIÉRY : **Victimes**

Jean THIÉRY : **Le Roman d'un vieux garçon**

Jean THIÉRY : **Pauvre Charlie**

Jean THIÉRY : **Choc en retour**

G. de PEYREBRUNE : **Dona Quichotta**

Charles Le Goffic

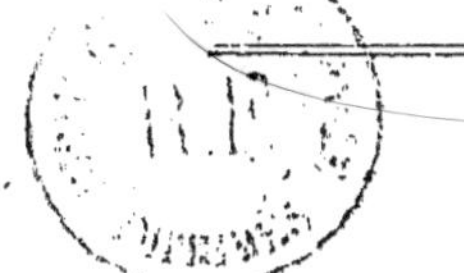

Croc-d'Argent

ROMAN

PARIS
LIBRAIRIE A. HATIER
8, RUE D'ASSAS, 8

Tous droits réservés.

A mon neveu,

ÉMILE BELENFANT

En toute affection,

Ch. L. G.

OUVRAGES DU MÊME AUTEUR

(Prix d'ensemble Alfred NÉE, Académie Française, 1908)

Poésie

POÉSIES COMPLÈTES (Amour Breton ; Le Bois Dormant ; Le Pardon de la Reine Anne ; Impressions et Souvenirs).

Romans

LE CRUCIFIÉ DE KERALIÈS (*ouvrage couronné par l'Académie Française*).

LA DOUBLE CONFESSION

LA PAYSE

MORGANE

LES BONNETS ROUGES

PASSIONS CELTES

VENTOSE

LE PIRATE DE L'ILE LERN

L'ABBESSE de GUÉRANDE

L'ODYSSÉE DE JEAN CHÉVANTON

CHEZ LES JEAN GOUIN

L'ILLUSTRE BOBINET

Critique et Études diverses

LES ROMANCIERS D'AUJOURD'HUI (*Épuisé*).

NOUVEAU TRAITÉ DE VERSIFICATION FRANÇAISE.

SUR LA CÔTE (*couronné par l'Académie Française*).

LES MÉTIERS PITTORESQUES.

L'AME BRETONNE (*Quatre séries*).

RACINE (*2 volumes*).

LA LITTÉRATURE FRANÇAISE AUX XIXe ET XXe SIÈCLES. TABLEAU GÉNÉRAL (*2 volumes*).

Ouvrages sur la Guerre

DIXMUDE. — Un chapitre de l'Histoire des fusiliers-marins. (*Prix Lasserre 1915.*)

STEENSTRATE. — Suite de l'Histoire des fusiliers-marins.

SAINT-GEORGES ET NIEUPORT. — Fin de l'Histoire des fusiliers-marins.

LES MARAIS DE SAINT-GOND. — Histoire de l'armée Foch à la bataille de la Marne.

BOURGUIGNOTTES ET POMPONS ROUGES.

LA GUERRE QUI PASSE.

LES TROIS MARÉCHAUX.

LA MARNE EN FEU.

PREMIÈRE PARTIE

(KORIDWEN.)

I

Kernéguez et Pontus suivaient en silence la petite
voie de traverse qui débouche, près du Vieux-Tronc,
sur l'ancienne route de Carhaix à Landerneau...
Kernéguez — Croc-d'Argent, comme on l'appelait,
en raison de l'étrange main artificielle qu'il s'était
fait adapter au poignet droit, amputé à la suite d'un
accident, — observait depuis quelques minutes son
compagnon : ce n'était pas la première fois qu'il
remarquait le pli de tristesse qui barrait le front de
Pontus, l'atonie de son regard, l'espèce de lente
consomption dont semblait attaqué ce robuste et
souple organisme de vingt-cinq-ans. Et ce n'était pas
la première fois non plus qu'il remarquait à quel
point la souffrance, en affinant les traits de Pontus,
lui donnait de ressemblance avec sa sœur, cette fière
et délicieuse Bertrande dont Kernéguez portait le
deuil intérieur.

Mais, à ce moment, l'équipage du jeune homme,
ses guêtres rapiécées, la rusticité de son costume,
taillé dans ce grossier berlinge brun qu'on fabrique
dans les tisseries de la Haute-Cornouaille et que les

indigènes relèvent de ganses vertes et de boutons de
même couleur, semblaient attirer plus particulièrement l'attention du châtelain de La Haye. Pontus
pouvait avoir fort bon air encore sous ce costume,
qui ne parvenait point à triompher de l'aristocratie
naturelle répandue sur toute sa personne : ce n'était
point là le costume de son rang, et Kernéguez se
sentait pris de soupçons. La situation des Talgoët-
Rusquec était-elle donc plus compromise qu'il ne
l'avait cru ? Sur le moment, quand Pontus, entre la
poire et le fromage, lui avait parlé des propositions
que sa famille avait reçues d'un certain Lebigre,
gros propriétaire foncier, maire et sénateur d'une
grande ville de l'Ouest, dont les bois jouxtaient
ceux des Talgoët, Kernéguez avait cru que le jeune
homme, qui n'était point encore très ferré en sylvi-
culture, voulait seulement lui demander son avis sur
l'affaire : il n'avait pas hésité à dissuader Pontus d'y
donner suite ; les bois en question valaient un bon
tiers de plus que le prix offert par Lebigre, qui spé-
culait évidemment sur la jeunesse et l'inexpérience
de son voisin de campagne. Mais, à toutes les objections que lui présentait Kernéguez, Pontus ne répondait que d'une façon évasive, et il était visible que
l'opposition de son hôte le contrariait secrètement.
En dépit de Croc-d'Argent et de ses pressantes
exhortations, Pontus n'avait pas voulu s'engager à
rompre les pourparlers qu'il avait ouverts avec
Lebigre : l'affaire n'était point si mauvaise que le
disait son hôte ; la valeur des bois avait beaucoup
baissé depuis dix ans ; d'ailleurs, il ne s'agissait que
de simples tailles, dans une région très accidentée,
d'exploitation difficile ; des coupes à blanc étoc

avaient singulièrement appauvri le lot. Enfin, Bennéad, le domanier du Rusquec, trouvait l'opération excellente et pressait vivement Pontus de traiter.

« Savez-vous ce que cela prouve, mon cher Pontus ? avait dit Kernéguez. C'est que votre domanier est une canaille — ce dont je me doutais depuis longtemps — et qu'il fait le jeu de Lebigre tout en ayant l'air de servir vos intérêts... »

Pontus n'avait rien répliqué à cette affirmation un peu tranchante... Joson — le valet de chambre de Kernéguez — apportait le café et les cigares : la conversation avait obliqué ; Kernéguez, inquiet des dispositions de son jeune ami, avait bien tenté de le ramener à la question, mais Pontus s'était hâté de rompre les chiens, comme si le sujet lui était devenu importun... Kernéguez n'avait pas osé insister, mais il s'était promis de reparler à Pontus le lendemain et, au besoin, d'intéresser à sa manière de voir Mme de Talgoët, la mère : puisque la famille, par l'espèce de déchéance physique qui avait frappé son chef, se trouvait à la merci des agioteurs de profession, il lui appartenait, comme ami et un peu aussi comme parent, de la mettre en garde contre les sourdes menées de ces coquins ; mieux éclairé, Pontus renoncerait de lui-même au marché de dupe qu'on lui proposait.

Or, l'examen auquel il se livrait à la dérobée depuis quelques minutes avait eu pour résultat de donner un nouveau tour aux réflexions de Croc-d'Argent, qui commença de se demander si Pontus et les siens, par amour-propre ou pour toute autre cause, lui avaient bien dit toute la vérité, si les ouvertures pour la cession des bois de Coat-Elez n'étaient pas venues des Talgoët et non de Lebigre, si cette cession, enfin, n'était pas imposée à la famille par une situation de plus en plus obérée et des obligations auxquelles ses ressources actuelles ne lui permettaient plus de faire face. Il paraissait bien que Pontus n'avait pas entendu lui demander un plan de conduite, mais se renseigner seulement sur la valeur réelle des bois, en homme qui veut bien être volé, puisqu'il ne peut pas faire autrement, mais qui désire savoir de combien on le vole et pour sa simple et personnelle édification.

Ainsi présentées, les choses prenaient une tournure très différente et Kernéguez se promettait bien d'y réfléchir tout à loisir dès qu'il serait de retour à La Haye. Les deux compagnons n'étaient plus qu'à quelques pas de la grande route, et Croc-d'Argent, après un vigoureux *shake-hand* de la main gauche, venait de prendre congé de son jeune ami en s'excusant de ne pas le reconduire plus loin, quand il fut rappelé par des cris aigus comme il n'en avait entendu de sa vie, un fausset glapissant et rageur d'une force extraordinaire et qui lui parut émaner d'un organe féminin au paroxysme de la surexcitation. Pontus s'était lui-même arrêté et tendait l'oreille. Kernéguez le rejoignit.

« Ah ! ça, mais on s'égorge donc par ici ? »

Sous le fausset de la femme on entendait, comme une basse, rouler un chœur de voix rudes et masculines ; mais l'épaisseur des cépées qui s'étendaient aux deux côtés de la traverse empêchait de distinguer les acteurs du drame et l'on ne pouvait que déterminer par conjecture l'endroit où il se déroulait.

« On dirait que le bruit vient de Poullabat, hasarda Pontus.

— Nous allons bien voir », dit Kernéguez, qui franchit le talus et se jeta dans la cépée.

Pontus s'apprêtait à le suivre, mais une voix le héla du tournant de la route :

« Monsieur Pontus ! Monsieur Pontus !

— C'est vous, facteur ? dit Pontus, qui s'arrêta.

— Excusez-moi, monsieur Pontus, répondit le piéton. J'ai une lettre pour M. le marquis et j'ai pensé que vous voudriez bien la lui remettre vous-même, si, d'aventure, vous retourniez au Rusquec... Ca me ferait un joli crochet en moins.

— Donnez, dit Pontus, qui prit la lettre sans regarder au cachet ni à la suscription et la glissa rapidement dans la poche de son veston... Tiens ! remarqua-t-il au moment de rejoindre Kernéguez sous la cépée, c'est singulier, on n'entend plus rien... »

Les cris, en effet, avaient brusquement cessé, mais un autre bruit les avait remplacés, un bruit pareil à celui d'une lointaine galopade, d'une foulée éperdue à travers bois. Le bruit se rapprochait, comme si le gibier, animal ou être humain, avait voulu gagner le sommet du plateau. Kernéguez et Pontus rebroussèrent chemin. Intrigué, le facteur avait fait demi-tour. Comme les deux hommes quittaient le couvert, le bois craqua derrière eux, et dans un nuage de poussière et de feuilles sèches, une forme bondit à leurs pieds, traversa la route, escalada sans qu'on sût comme et avec une agilité d'écureuil ou de chat sauvage un énorme rocher vertical qui dominait les gorges de Kervoal, se dressa un moment sur la crête

du rocher avec un ricanement de triomphe, puis
bondit à nouveau et se perdit dans le fourré.

Si rapide qu'eût été cette apparition, Pontus et
Kernéguez avaient eu le temps de reconnaître au
passage l'étrange gibier humain qui venait de tra-
verser la route : son long corps maigre, sa tête aiguë
où brasillaient deux yeux de fièvre, l'espèce de toison
fauve, mêlée de fils d'argent, qui battait en mèches
crépelées sur son dos, le havresac de toile bise tordu
en bandoulière autour de son justin loqueteux, sa
jupe trop courte, élimée du bas, découvrant une
jambe nerveuse de chasseresse, ses pieds nus qui se
recroquevillaient comme ceux des grimpeurs et que
blindait un cal épais comme une corne, aucun de ces
détails n'avait échappé aux deux amis, qui poussèrent
la même exclamation :

« Barbaïk Timeur, l'Innocente du Guibel !...

— Pauvre Barba ! reprit Pontus, quand la surprise
des deux hommes fut passée, qu'est-ce qui peut bien
lui être arrivé ? Je parie que ces mauvais garnements
de Poullabat lui ont encore joué quelque tour, tandis
qu'elle posait ses trappes dans la forêt...

— Faites excuse, monsieur Pontus, dit le facteur
qui s'était rapproché des deux hommes et qui surprit
ce dernier membre de phrase, les garnements de
Poullabat ne doivent être pour rien dans l'affaire, et
je présume que Barba n'a pour cette fois que ce
qu'elle mérite.

— Qu'a-t-elle donc commis de si grave ? demanda
Pontus, les sourcils froncés : une innocente qui ne
ferait pas de mal à un chat !

— A un chat peut-être, monsieur Pontus, mais les
« prospecteurs », comme ils s'appellent, ne sont pas

des chats... Ce sont des hommes, quoiqu'ils parlent anglais...

— Les prospecteurs ?... interrogea Pontus.

— Vous n'êtes donc pas au courant, monsieur Pontus ? dit le facteur. Je sais bien que vous habitez le Rusquec, qui n'est point pays minier. Tout de même, quand vous venez à La Haye, vous auriez pu remarquer qu'il s'est abattu par ici, depuis cinq ou six mois, une nuée de « godons » qui font des sondages de tous les côtés. On dit qu'il y a une Compagnie en formation pour reprendre la mine et remettre en état les anciens puits...

— Et en quoi la chose intéresse-t-elle Barba ? demanda Kernéguez.

— Barba n'a pas toujours été folle, dit le facteur : son cerveau n'est dérangé que depuis la mort de son mari.

— C'est vrai, dit Pontus. Vous devez vous rappeler cela, Kernéguez... la catastrophe du puits Humboldt... ce terrible éboulement qui coûta la vie à quinze mineurs...

— Dont le mari de Barba, acheva le facteur. Barba n'avait à cette époque que dix-huit ans : il n'y avait pas un mois qu'elle était mariée à un contremaître de la mine, Loïz Timeur, le plus fier homme du Huelgoat et que toutes les filles s'arrachaient. Il leur avait préféré Barba Le Mang, une orpheline de forestier, qui n'avait pas un denier vaillant, mais qui était jolie comme un cœur...

— Elle a bien changé depuis, remarqua Kernéguez...

— Oui, monsieur le comte, seulement il y a une chose qui n'a pas changé en elle, c'est sa haine contre la mine qu'elle accuse de lui avoir volé son mari...

Tout a bien été tant que le travail chômait... Barba rôdait sans rien dire autour des puits abandonnés... Mais, à présent qu'on parle de les rouvrir et de former une nouvelle Compagnie, elle ne dérage pas de la matinée à la soirée. Comment l'Innocente a-t-elle eu vent du projet, voilà le mystère. Ce qu'il y a de sûr, c'est qu'elle ne cesse pas de harceler les prospecteurs, qu'elle est perpétuellement sur leurs talons, qu'elle les accable des pires injures qu'elle peut trouver, et, comme elle voit que ses démonstrations laissent les prospecteurs indifférents, il ne serait pas impossible que des menaces elle fût passée aux coups... Ce matin, quand je l'ai rencontrée près de Poullabat où l'on fait des recherches sur un filon de minerai qui suivrait la coulée de Locmaria, elle avait à la main deux grosses pierres pointues dont je ne serais pas en peine de vous indiquer les destinataires... Je les lui ai arrachées sans difficulté, car elle est très douce avec les personnes qu'elle connaît, mais ça ne m'étonnerait pas qu'elle les ait ramassées après mon départ et que les deux cailloux soient maintenant à destination.

— Diable ! dit Pontus. C'est qu'elle est adroite, en effet, Barba...

— Comme tous les sauvages, remarqua Kernéguez... Après cela, rien ne dit que les choses se soient passées comme nous le supposons. Les cris que nous avons entendus feraient croire plutôt à un attentat dirigé contre Barba : elle hurlait comme une possédée. »

Le facteur secoua la tête.

« A votre place, monsieur le comte, dit-il à Kernéguez, et si tant est que vous preniez intérêt à cette innocente, je descendrais jusqu'à Poullabat et je tirerais la chose au clair... Mais tenez, continua-t-il en montrant la cépée qui recommençait à s'agiter, voici quelqu'un qui arrive de la vallée et qui vous renseignera peut-être... »

Effectivement, un homme déboucha presque aussitôt du taillis : sa moustache de grognard, ses pattes de lapin et sa bonne face rubiconde l'auraient fait tout de suite reconnaître des trois interlocuteurs, quand son képi, son sabre et sa plaque de garde champêtre ne lui eussent point servi de signalement. Suant, soufflant et sacrant, il sauta péniblement sur la route, s'arrêta pour s'éponger et, à cette minute seulement, aperçut Kernéguez et Pontus, qu'il salua respectueusement.

« Monsieur Pontus..., monsieur le comte...

— Eh bien, mon brave, qu'y a-t-il ? demanda Kernéguez. Vous ruisselez comme un triton. Ca ne va donc pas comme vous voulez ?

— Non... si... c'est-à-dire... Ma foi ! monsieur le comte, je ne sais plus trop bien ce que je fais ni ce que je dis... Voilà un bon quart d'heure que je galope à la poursuite de cette coquine de Barba... Elle m'a mené par des chemins impossibles... Je n'ai plus vingt ans et c'est une véritable couleuvre que cette femme... Si encore je savais par où elle s'est faufilée...

— Par là ! » dit Kernéguez en montrant la roche lisse et verticale qui surplombait la grand'route.

Le garde champêtre laissa échapper un geste de désespoir.

« Je ne l'aurai jamais, dit-il avec un tel accent de déception comique que Kernéguez et Pontus ne purent s'empêcher de sourire.

— C'est aussi mon opinion, repartit Kernéguez,

Asseyez-vous plutôt et causons ; quand vous nous
aurez dit pourquoi vous courez après Barba, peut-être
pourrons-nous vous donner un bon conseil.

— Ce ne serait pas de refus, dit le garde champêtre.
Quelle gaillarde !... En voilà une qui n'a pas été
baptisée avec de l'huile de lièvre [1] ! Est-ce que les
Anglais de la mine ne s'étaient pas mis à cinq pour
l'appréhender ? Elle hurlait, elle se débattait !... Elle
a si bien joué des griffes et des pieds qu'elle a fini
par leur échapper... J'arrivais à ce moment, je me
suis lancé à ses trousses...

— Mais, encore une fois, qu'a-t-elle fait ? demanda
Pontus. Pourquoi ces Anglais la houspillaient-ils de
cette façon ? Pourquoi tenez-vous tant vous-même à
l'arrêter ?

— Mais, monsieur Pontus, dit le garde champêtre,
elle a presque tué un ingénieur qui faisait exécuter
des sondages à Poullabat... Une pierre qui lui a fendu
le crâne... Sans sa casquette, qui a fait tampon,
c'était un homme mort...

— Qu'est-ce que je vous disais ? observa le facteur,
qui attendait l'issue de cette petite scène avec une
curiosité dont l'expression ne fut sans doute pas du
goût de l'ancien soldat.

— Toi, mon garçon, au lieu de te mêler de nos
affaires, tu ferais mieux d'ouvrir ton compas et de
filer par le plus court ; je n'ai pas entendu dire que
l'État te payait pour jouer de la langue sur les grands
chemins... »

Le facteur, pris en faute, rougit légèrement, salua
Pontus et Kernéguez et dit pour s'excuser :

« Il ne connaît que sa consigne, l'ancien. »

____

(1) Expression bretonne : *badezet gand eol gad.*

Restés seuls, les trois hommes se consultèrent un moment : le résultat de la délibération fut que le garde champêtre devait renoncer provisoirement à s'emparer de Barba, que la pauvre folle sortirait bien un jour ou l'autre du fourré où elle s'était tapie et qu'en l'amadouant et en profitant d'un moment où elle serait à peu près calme il serait facile de l'amener au Huelgoat et de la diriger ensuite sur quelque asile.

« Elle y mourra, dit Pontus.

— C'est fort probable, repartit Kernéguez, mais que voulez-vous, mon jeune ami ? Tant que Barba était inoffensive, on pouvait lui passer ses lubies de sauvageonne. Aujourd'hui qu'elle se met à lapider des Anglais, dame, ça devient plus délicat. Nous ne sommes pas en guerre avec Sa Majesté britannique, qui réclamerait certainement si on lui massacrait trop de ses sujets.

— Vous avez raison, dit Pontus tristement... Aussi pourquoi ces Anglais ne restent-ils pas chez eux ?

— Oui, pourquoi ? » dit le garde champêtre, vieux Breton en qui, malgré la fraternité d'armes passagèrement créée par la guerre de Crimée, fermentait toujours un reste de levain anti-saxon.

Kernéguez ne répondit pas. Il tendit sa main gauche à Pontus, qui la serra avec une affection nuancée de respect pour l'âge de son compagnon, donna une petite tape amicale sur l'épaule du vétéran et reprit la route de La Haye. Pontus et le garde champêtre ne tardèrent pas eux-mêmes à se séparer, celui-ci regagnant Locmaria et roulant dans sa tête les termes du rapport qu'il devait adresser à l'officier municipal, celui-là réfléchissant aux conséquences de l'acte de sauvagerie commis par Barba et qui devait lui coûter sa liberté...

Pauvre Barba ! Si coupable qu'elle fût, Pontus ne pouvait s'empêcher de la plaindre. Tout petit, quand il courait la forêt, elle s'était prise d'affection pour lui : elle lui apportait des nids dérobés dans les buissons, des fleurs rares qui ne poussent que sur la cime des rocs ou dans les failles des *ménez ;* elle dressait pour lui des loriots et des merles ; ses poches, aux mois chauds, ruisselaient de myrtilles, de merises et de prunelles... Et, plus tard, quand il eut atteint ses treize ans, c'est encore elle qui l'initia aux secrets de la vie forestière, qui lui enseigna les propriétés des plantes, leurs vertus mystérieuses, lui apprit à se reconnaître parmi les mille et une variétés de champignons qui bigarrent, à l'automne, l'ombre humide des sous-bois. Depuis la mort de son mari, on disait qu'elle n'avait jamais mis le pied sous un toit d'homme ; personne ne savait où elle habitait. On la voyait de préférence près de Castel-ar-Guibel, aux abords du Puns-Ahès, et peut-être avait-elle sa bauge quelque part sous les gigantesques amas de roches qui surplombent la chute du Plandonen.

La nature l'avait adoptée. Elle s'était faite maternelle et douce pour cette pauvre blessée de la civilisation ; elle l'avait cuirassée d'endurance, vêtue de souplesse et de ruse, comblée de tous les dons qu'elle prodigue à ses animaux favoris. Barba Timeur aurait dépassé un chevreuil à la course, soutenu sans faiblir le choc d'un quartanier.

Fille de forestier, elle avait la solitude dans le sang : comme il ne lui restait que des parents éloignés, aucun de ceux-ci n'avait tenté sérieusement de l'arra-

cher à sa sauvagerie. Et enfin elle ne faisait de mal
à personne ; elle ne mendiait pas ; les ressources de
la forêt lui suffisaient pour vivre. La plupart du
temps elle se nourrissait de baies et de fruits sauvages ; elle savait pourtant, mieux qu'aucun braconnier, la manière de surprendre les lièvres au gîte,
les roquettes à la poudrée. Pour amuser l'enfant,
parfois, elle s'armait d'un caillou et visait quelque
écureuil caracolant de branche en branche : il était
rare que du premier coup la bête ne roulât pas sur
le sol. Couchée dans les herbes, immobile et invisible,
tant ses haillons et sa peau même avaient pris les
tons ambrés de la forêt, elle guettait le long des
torrents les truites en bonne fortune sous les souches et,
d'un revers de main, les faisait sauter dans la prairie.
Mais ce qui lui avait conquis par dessus tout les
sympathies et l'admiration de Pontus, c'était le
talent extraordinaire qu'elle déployait pour piper les
oiseaux : elle les imitait à la perfection ; elle connaissait leurs trilles, leurs roulades, leurs modula-
tions particulières à chacun. Son gosier était un
clavier d'une richesse de sons presque illimitée...

Cette hamadryade volontaire, en qui la solitude
avait versé son apaisement et ses baumes, ne trahissait la plaie secrète de son cœur que dans les moments
où le hasard de ses courses la ramenait près du puits
Humboldt. Dès qu'elle approchait du théâtre de la
catastrophe où avait péri Loïz Timeur, sa poitrine
haletait ; sa respiration devenait rauque et sifflante ;
une flamme de haine s'éveillait au creux de ses
orbites. Elle marmonnait d'indistinctes menaces et,
parvenue à l'endroit fatal, demeurait quelquefois des
heures entières ramassée sur elle-même, les coudes

aux genoux et les poings aux dents, pareille au Génie
foudroyé de l'abîme. Cette mine où avait péri Loïz
Timeur, c'était la fosse où dormait tout son bonheur
de femme ; elle vivante, on n'y toucherait point ;
aucun pic sacrilège ne violerait l'intimité de ses
flancs. Pontus l'avait trouvée bien des fois ainsi
en grand'garde devant la fosse, et elle lui avait fait
peur, tant elle était changée, tant la haine communiquait d'âpreté surnaturelle et quasi démoniaque aux
lignes habituellement dormantes de son visage...
Jusqu'alors pourtant, il n'avait jamais bien réfléchi
aux raisons de ce changement. Puis, l'âge venu, de
longues absences périodiques au cours de ses études
chez les Pères, un stage de six années dans les spahis
algériens, enfin les soucis d'une vie étroite et besogneuse, compliquée par les difficultés de son apprentissage agronomique, l'avaient tenu à l'écart de la
pauvre Barba. Il ne la voyait plus que de loin en
loin, au hasard de ses chasses en forêt ou quand il
rendait visite à son vieil ami Kernéguez...

Et, maintenant qu'il y réfléchissait et qu'il rapprochait les explications du facteur des données que lui
fournissait sa propre expérience, il comprenait l'explo-
sion soudaine de Barba, il concevait à quelle sauvage
poussée de haine elle avait obéi, et une grande pitié
l'envahissait pour l'Innocente du Guibel en même
temps qu'un sentiment de colère irraisonnée contre
les étrangers qui venaient troubler à nouveau la paix
de ses vallées. Puisque la dernière société minière
avait déposé son bilan et qu'il était prouvé qu'avec
la baisse des métaux le rendement du plomb argentifère ne couvrait pas les frais de l'extraction, qu'est-ce
que ces satanés godons, comme disait le facteur,

venaient encore tenter céans ? Une reprise de l'ancienne exploitation ? Plutôt quelque « bluff », un coup de bourse, une de ces saignées à blanc comme il en faut de temps en temps aux gogos de France pour désengorger leurs bas de laine. Et sans doute Pontus plaignait de tout son cœur la victime de Barba ; le subalterne avait payé pour ses patrons, et c'était dommage ; mais enfin il en reviendrait, tandis que Barba... Ah ! Pontus n'en donnait pas lourd de la sauvageonne, une fois qu'on la tiendrait entre quatre murs avec la camisole de force...

Le ciel était gris et chargé, un ciel de février plus humide que froid et qui embuait légèrement les lointains. A la croisée de Bellevue, Pontus avait changé de route et tourné vers Saint-Herbot. Pour secouer la fraîcheur qui le gagnait, il hâtait le pas. Sa pensée était tout occupée de l'Innocente et il n'avait pas songé encore à la lettre que le piéton lui avait remise pour son père, quand elle lui revint brusquement à la mémoire. Moitié par curiosité, moitié pour donner le change à sa mélancolie, il la tira de son veston et alors seulement remarqua qu'elle portait un timbre étranger : l'effigie de Victoria, sous les barres noirâtres qui l'oblitéraient à demi, laissait deviner sa fine courbe cycnéenne ; la lettre venait de Londres et ce lui fut une première surprise.

A vrai dire, les Talgoët-Rusquec étaient apparentés à une vieille famille du Cornwall, dont le chef, lord Trelawney, siégeait à la Chambre des pairs. Mais cette parenté remontait bien à un siècle et demi en deçà : le premier lord Trelawney et le marquis de Talgoët, chef du nom, s'étaient retrouvés à des

chasses et dans le monde, au temps où le marquis
était attaché d'ambassade en Angleterre, sous
Charles X. Il en était résulté un commerce assez
étroit entre les deux hommes et malgré la différence
d'âge qui les séparait. Mais ce commerce s'était fort
relâché dans la suite ; il avait cessé à la mort de
lord Trelawney et n'avait pas repris avec son fils
qui se borna d'abord à échanger quelques politesses
avec l'ami de son père et peu à peu les suspendit tout
à fait. Dans l'intervalle, du reste, une attaque de
paralysie avait forcé le marquis de renoncer au
monde. Il vivait comme un misanthrope, cloîtré dans
ses appartements du Rusquec. A part Croc-d'Argent
et l'ancien recteur de Plounévez-du-Faou, retiré à
Saint-Herbot, qui lui faisaient sa partie de temps à
autre, il ne voyait personne, ne correspondait avec
âme qui vive...

Livré à ces réflexions, Pontus venait de s'engager dans la longue avenue de hêtres qui mène au
manoir. Par exception, ce jour-là, il était sorti
sans fusil et sans chien : Diaoul, le joli cocker
noir et feu, cadeau de Kernéguez, qui l'accompagnait d'habitude dans ses courses à la billebaude,
s'était pris la patte dans un piège et on le gardait
en traitement à la ferme où il achevait sa convalescence. La bonne bête avait flairé son maître
et on l'entendait qui jappait contre la porte du
chenil. Mais, pour cette fois, Pontus négligea de
l'aller caresser.

Comme naguère sa pensée était tout occupée de
l'Innocente, il ne songeait plus à présent qu'au contenu de l'énigmatique missive dont il était chargé
pour le marquis ; malgré lui il établissait une relation

entre cette lettre et la présence des prospecteurs anglais dans le pays.

Le travail de conjectures auquel il se livrait depuis un moment, s'il ne lui apporta pas la solution qu'il cherchait, eut du moins pour effet de le rendre moins sensible que d'habitude au délabrement des choses qui l'entouraient : il ne fit point attention aux ronciers et aux herbes folles qui envahissaient le parc et d'où émergeait l'énorme vasque de granit, taillée dans un seul bloc de quatre mètres dix de diamètre, merveille du domaine au temps où s'y éployait le grand jet d'eau qui versait sa fraîcheur aux alentours ; il ne vit point que les tourelles en encorbellement qui flanquaient les angles de la façade se lézardaient de jour en jour au point de menacer ruine, que les culs-de-lampe perdaient leurs pierres et les coupoles leurs ardoises ouvragées, qu'une des fenêtres n'avait plus de carreaux et qu'on l'avait bouchée avec du foin ; il ne remarqua point que les portes jumelées du petit guichet Renaissance et du grand guichet d'honneur, avec leur fine ogive et le mascaron grimaçant de leur clef de voûte, étaient tout artisonnées, rongées, disloquées, veuves de leurs serrures et fermées vaille que vaille par une mauvaise cheville de buis.

Mme de Talgoët, que les jappements de Diaoul avaient prévenue du retour de son fils, l'attendait sur le seuil du pavillon principal, dont elle occupait le rez-de-chaussée avec ses filles. La vue de sa mère, l'inquiétude et l'anxiété qui paraissaient dans ses traits émaciés, comme spiritualisés par une longue souffrance morale, rappelèrent à Pontus l'objet de la visite qu'il avait faite le matin même à Kernéguez.

Mᵐᵉ de Talgoët avait entraîné le jeune homme dans la grande pièce humide où elle se tenait d'ordinaire avec ses filles. Les trois sœurs de Pontus, qui travaillaient à des ouvrages de couture, se levèrent à son approche et lui firent une légère révérence, puis, sans mot dire, larves incolores, reprirent leur machinale et insipide besogne.

« Eh bien ? demanda Mᵐᵉ de Talgoët, dont le regard ne quittait pas le jeune homme et s'efforçait de lire sur son visage.

— Eh bien, ma mère, dit Pontus, vous aviez raison: votre domanier nous trompe. Les tailles de Coat-Elez valent beaucoup plus que nous en offre Lebigre.

— J'en étais certaine, dit Mᵐᵉ de Talgoët... Mon Dieu ! si l'on pouvait attendre, trouver un autre acquéreur...

— Vous n'y songez pas, ma mère, dit Pontus : plus tard, peut-être, quand nous pourrons nous passer de Bennéad, il nous sera possible de vivre avec nos revenus, si modestes qu'ils soient. Présentement c'est impossible. Vous ne trouveriez pas un homme d'affaires qui voulût nous prêter 2.000 francs. Toutes nos terres sont grevées d'hypothèques. Dans quinze jours, il nous faudra faire face à une échéance formidable et nous n'avons pas le premier liard de la somme...

— Mon pauvre enfant ! dit Mᵐᵉ de Talgoët en saisissant son fils par les tempes et en le baisant avec force, fasse Dieu que tu aies assez de courage et d'abnégation pour mener à bien la tâche ingrate de notre salut ! Tu vois maintenant combien ton retour ici était nécessaire. Depuis longtemps je sentais que Bennéad nous trompait. Si tu étais resté six mois de plus au régiment, tout notre patrimoine y aurait passé. Que seraient devenues tes sœurs ? Ton père n'aurait pas résisté à ce nouveau coup.

— Pensez-vous que mon père soit réveillé ? demanda Pontus. Le facteur m'a remis une lettre pour lui...

— Sa sieste doit être finie, dit la marquise ; j'ai entendu Gonéry, au moment où tu entrais, qui roulait son fauteuil près de la fenêtre du salon... As-tu regardé d'où venait la lettre ? continua-t-elle après un silence. Pourvu que ce ne soit pas encore une mauvaise nouvelle !...

— Les mauvaises nouvelles vous sont adressées en nom, dit tristement Pontus. Les hommes d'affaires connaissent l'état de santé de mon père et savent que c'est avec vous qu'il faut traiter depuis son attaque. Cette lettre n'est ni d'un huissier ni d'un notaire... D'ailleurs, elle vient de Londres, si j'en crois le cachet.

— De Londres ? dit la marquise. Voilà longtemps que nous n'y avons de relations avec personne...

— Raison de plus pour ne rien craindre, dit Pontus. Tenez, ma mère, voulez-vous prier l'une de mes sœurs de monter la lettre à mon père ?

— Pourquoi ne la montes-tu pas toi-même, Pontus ? demanda Mme de Talgoët avec une nuance d'inquiétude...

— Excusez-moi, dit Pontus. Je suis un peu fatigué.

— Est-ce la vraie raison ? insista la marquise. Ne me caches-tu rien ?

— Et qu'aurais-je à vous cacher, ma mère ? dit Pontus. N'êtes-vous pas présente à tous les actes de ma vie dans cette maison ?

— Je te crois, Pontus, dit la marquise, oui, j'ai besoin de te croire... Car, en vérité, continua-t-elle à voix basse, il serait trop triste que le marquis te tînt rancune de ta démission, alors qu'elle t'a été imposée par les circonstances et que tu nous as fait si généreusement le sacrifice qui pouvait le plus coûter à ton amour-propre...

— Rendez-moi la lettre, dit vivement Pontus. J'irai la porter moi-même... Est-ce assez pour dissiper vos craintes, ma mère ? »

Mme de Talgoët sourit faiblement et remercia Dieu que ce nouveau chagrin lui eût été épargné ; elle savait le marquis d'abord difficile et elle savait aussi que sa haute conception des choses de l'honneur avait eu fort à souffrir en ces derniers temps. Autoritaire, toute atteinte à son autorité était le péché qu'il pardonnait le moins. Mais Pontus était le plus obéissant, le plus affectueux des fils...

Mme de Talgoët avait exactement interprété à travers le plafond la manœuvre du fauteuil à roulettes. Pontus, après s'être fait annoncer par Gonéry, trouva son père dans l'embrasure de la croisée centrale du salon, d'où il pouvait tenir la cour entière et un assez grand morceau d'horizon sous ses yeux et promener sur les êtres et les choses un regard qui s'était fait d'autant plus incisif et pénétrant que toute la vie du paralytique s'était réfugiée en lui. Pontus s'avança vers le vieillard qui n'avait pas tourné la tête à son approche.

« Bonjour, mon père », dit-il.

Un léger froncement de sourcils, seule réponse qu'il reçût à ses civilités, permit au jeune homme de constater que les sentiments paternels ne s'étaient pas sensiblement modifiés à son égard. Il poussa un soupir, vite réprimé, et tendit au marquis la lettre dont il était porteur.

Le vieux gentilhomme tira des couvertures où il l'enfouissait une main fine encore, malgré la graisse qui l'envahissait, et chargée de bagues jusqu'aux ongles qu'il avait roses et aigus comme ceux des femmes. Son buste puissant émergeait du fauteuil où le clouait le mal. Frappé en pleine vie, cet homme, taillé dans le bois dont on fait les centenaires, à soixante-dix ans n'avait pas encore un cheveu gris ; l'absence de barbe donnait à ses traits un relief saisissant, accusait l'âpreté des maxillaires, le pli amer et dur de la bouche, l'autorité et la volonté inscrites dans toutes les lignes du visage. Tant qu'il avait été valide et qu'il avait pu se livrer à la marche et aux exercices les plus violents du corps, le marquis, admirablement découplé d'ailleurs, n'avait pas souffert de l'excessive richesse de son sang. Depuis qu'il était cloué dans son fauteuil, ce sang trop riche, qui violaçait légèrement ses pommettes, à la moindre contrariété inondait tout l'épiderme et lui remontait jusque dans les yeux qu'il noyait d'un flux écarlate. On concevait, à le voir, le luxe de précautions que prenaient ses proches pour écarter de lui tout ce qui pouvait heurter ses sentiments ou ses goûts. Aussi respecté que craint, le marquis vivait, tant par son hypocondrie personnelle que par le secret accord des siens, dans une sorte de sphère supérieure que symbolisait assez bien son installation au premier étage du corps de logis principal, où le roulement de son fauteuil à travers le plafond faisait l'effet d'une sorte de tonnerre qui glaçait dans leurs veines le sang de ses trois pauvres filles parquées avec leur mère dans les appartements inférieurs. Seuls, la marquise et Pontus, celui-ci parce que Talgoët comme son père, celle-là parce qu'elle savait toute la noblesse de ce caractère intraitable, victime d'une conception trop élevée de l'honneur du nom et de la *patria potestas*, ne perdaient point contenance devant le terrible gentilhomme, sans oser aller néanmoins jusqu'à lui résister ouvertement.

Debout, près de son père, Pontus attendait qu'il eût pris connaissance de la lettre pour s'excuser et lui demander la permission de se retirer. Le vieillard n'en était qu'aux premières lignes et une certaine émotion, résultat de sa lecture, commençait à empourprer ses joues au grand effroi de Pontus qui se repentait de n'avoir pas donné plus d'importance aux appréhensions maternelles.

« Par exemple, dit en fin M. de Talgoët, en appliquant un grand coup de poing sur le bras de son fauteuil, voilà qui est trop fort !... Parler de descendre à l'auberge, quand nous habitons à une lieue et demie du Huelgoat !... Où diable ce Trelawney a-t-il été élevé ? Je voudrais que son père fût encore de ce monde pour lui enseigner ce qu'on se doit entre parents, même quand la parenté, comme la nôtre, remonte à la quatrième génération.

— Mon père, dit doucement Pontus, cette lettre vous fait mal...

— Eh ! non, monsieur, riposta vivement le vieillard, elle me fait plaisir... Mais elle m'en eût fait davantage encore, si le signataire avait bien voulu en agir avec moi comme nous en agissions autrefois de cousin à cousin Le feu lord Trelawney n'eût pas pris tant de détours pour me dire qu'il débarquait au Rusquec : il me fût arrivé un beau matin, dans sa chaise de poste à trois chevaux qui valait bien les coupés de la Compagnie de l'Ouest, et il m'eût dit : « Bonjour, Talgoët. Fait-on le bois cet après-midi ? » Pardieu ! Sur cinquante-cinq jours que nous passâmes ensemble, il n'y en eut point un, je dis un, que nous ne découplâmes sur le loup, le sanglier ou le chevreuil et sur les trois ensemble quelquefois. Il y avait à cette époque, dans la forêt de Convaux, une espèce de loup à crinière, qu'on appelait je ne sais pourquoi des loups chevalins... Nous en avons forcé cinq en une seule journée, sans compter une vieille laie de deux cent quatre-vingts qui, par manière de représailles, nous étripa un valet de chiens et six grands briquets de l'Anjou, dont mon vieux Tintamarre, le roi des rapprocheurs... C'était le bon temps !... Gonéry, continua le vieillard, après un silence où il s'était absorbé dans une brève évocation du passé, approche le guéridon et donne-moi de quoi écrire... »

Gonéry exécuta les ordres de son maître, qui, de sa grande écriture allongée et hautaine, sur un papier à ses armes, griffonna une réponse qu'il enferma sous enveloppe et dont il libella ainsi la suscription :

Lord T. S. Trelawney of Trelawney, 11, *Piccadilly,* *London (England).*

« Prenez, monsieur, dit-il à Pontus, vous veillerez à ce que cette lettre soit mise à la poste aujourd'hui même...

— Sont-ce vos seuls ordres, mon père ? » demanda Pontus, que les propos du vieux gentilhomme avaient quelque peu alarmé et qui tâchait de provoquer un supplément d'explication...

Le marquis fit signe que oui... Pontus se retirait quand son père le rappela :

« Le chenil est-il en état ? demanda le vieux gentilhomme. Il y a bien longtemps, ce me semble, que je n'ai entendu la musique de mes briquets... »

Pontus rougit : il n'osait avouer à son père que la plupart des briquets étaient morts de vieillesse et qu'on ne les avait pas remplacés. Toute la meute du Rusquec se bornait à deux bâtards vendéens et au cocker donné par Kernéguez.

« Mais répondez donc, monsieur, dit vivement le marquis. Si lord Trelawney a hérité de son père, il n'est que temps de leur rendre un peu de gorge...

— Lord Trelawney doit donc venir au Rusquec ? » demanda Pontus qui craignait de comprendre...

Les joues du marquis s'enflammèrent subitement.

« Pardonnez-moi, mon père, dit Pontus. Mais vous ne m'avez pas fait connaître les intentions de votre correspondant.

— C'est vrai, dit le vieux gentilhomme qui se rendit à cette raison... Lord Trelawney m'écrit qu'un voyage d'affaires doit le conduire prochainement de notre côté... Au reste, voici sa lettre. Vous la communiquerez à votre mère...

— Et dois-je lui dire aussi ce que vous avez décidé à l'égard du lord ?

— Certainement, dit le marquis... Figurez-vous que le lord ne sait exactement combien de temps pourra durer son séjour ici. Peut-être trois semaines, peut-être six mois...

— Six mois ! répéta Pontus effrayé.

— Et, continua le marquis, comme il a l'intention d'emmener avec lui sa fille Florence...

— Sa fille !

— ... il désire savoir si les hôtels du Huelgoat — localité où il a plus particulièrement affaire — sont assez confortables pour le recevoir avec elle...

— Mon Dieu ! dit Pontus, en qui ces dernières paroles firent briller une lueur d'espoir, à la rigueur, l'*Hôtel de France*...

— J'ai répondu à notre cousin, poursuivit imperturbablement le marquis, que le manoir patrimonial qui avait eu l'honneur de recevoir lord Trelawney le père n'était peut-être pas indigne de donner l'hospitalité à son fils et à sa petite-fille et qu'aussitôt prévenus du jour de leur arrivée nous les ferions chercher avec leurs bagages à la gare de Morlaix... »

Pontus était devenu blême et il lui fallut toute sa force de caractère pour ne pas plier sous le nouveau coup que venait de lui porter innocemment le marquis. Comment faire entendre à celui-ci que les Talgoët n'étaient plus en état de recevoir des hôtes comme ce lord de malheur et sa fille ? Confisquer la réponse du marquis et mettre leurs parents d'Outre-Manche dans la confidence de la pieuse comédie qu'ils jouaient depuis sept ans près du vieillard, leur faire l'aveu d'une situation qu'ils cachaient si jalousement à tous, fût-ce à de vieux amis comme Kernéguez, certes, ils le pouvaient, ils y seraient même probablement obligés, mais quelle mortification pour eux, quelle blessure d'amour-propre pour leur père qui ne s'expliquerait pas que les Trelawney déclinassent son invitation et ne manquerait pas d'interpréter leur refus pour une injure personnelle !

Plus il y réfléchissait et plus Pontus se repentait de n'avoir pas détourné la lettre de ces fâcheux.

Mais aussi comment supposer que les Trelawney rompraient tout à coup un silence de plus de vingt ans ? Comment supposer surtout que des affaires d'intérêt les attireraient un jour en Bretagne ? Des affaires ?... Par exemple, Pontus aurait bien voulu savoir lesquelles... Sorti du bassin minier, tout ce pays n'est que bois et landes ; ni commerce ni industrie. Puis un noble comme Trelawney, un lord, un membre de la Chambre des seigneurs, ne fait pas d'affaires comme un banquier de Lombard Street ou un épicier de Grocer's Hall... Mais Pontus se rappela tout à coup la présence des prospecteurs anglais dans la région, et son assurance faiblit un peu ; la nationalité du correspondant de son père créait une sorte de présomption d'intelligence entre ces prospecteurs et le lord Trelawney. Or, la mésaventure de la pauvre Barba n'était point de nature à dissiper l'impression d'antipathie confuse et irraisonnée qu'il avait ressentie du premier coup et sans les connaître contre ses cousins d'Angleterre. Pontus descendit près de sa mère et lui fit part, avec tous les ménagements possibles, du nouveau déboire qui leur survenait.

« Nous n'avions pas besoin de ce surcroît d'embarras, dit la malheureuse femme. Les épreuves que Dieu m'a envoyées ont bien rabattu de ma fierté d'autrefois, Pontus, et il ne me sera point aussi pénible que tu le crois de faire ma confession aux Trelawney. Mais je crains pour ton père, qui a gardé tout son orgueil de caste et qui pourrait prendre fort mal le refus de ses cousins.

— C'est bien aussi ma crainte, dit Pontus.

— Pourquoi faut-il que nous soyons réduits à cette misérable extrémité ? reprit la marquise. En d'autre temps, j'aurais tenu pour une bonne fortune l'arrivée de nos cousins. Leur séjour ici eût été d'un excellent effet sur le moral de ton père. Il se fût senti moins abandonné du monde et ses idées noires se fussent un peu dissipées dans leur compagnie... Toi-même, mon fils, tu aurais trouvé quelque distraction à la présence de lord Trelawney et de sa fille.

— Ne parlez pas de moi, ma mère, dit Pontus. La vie que je mène me satisfait pleinement.

— Dieu veuille que tu sois sincère ! dit la marquise... Ne crois-tu pas cependant qu'avec le produit de cette vente de Coat-Elez nous pourrions tenter un dernier effort et donner à ton père une satisfaction dont il est si jaloux ?

— Coat-Ellez, vendu vingt mille francs, nous laissera tout au plus cinq mille francs, une fois les hypothèques levées, dit Pontus, et, sur ces cinq mille francs, il nous faudra payer encore trois mille cinq cents francs à nos autres créanciers. Faites le compte, ma mère. Nos fermages ne sont recouvrables qu'à la Saint-Michel et nous sommes en février. Avec les quinze cents francs qui restent, nous avons juste de quoi vivre jusque là...

— Ah ! dit la marquise, s'il n'y avait que nos dépenses personnelles à nous !... Quinze cents francs nous suffiraient pour toute une année. »

La marquise et Pontus demeurèrent un moment silencieux. Dans la pénombre de la pièce on entendait un léger cliquetis d'aiguilles et de ciseaux qui dénonçait seul la présence des trois sœurs : Polyxène raccommodait une jupe ; Isoarde rapiéçait un corsage ; Amalburge ourlait des mouchoirs.

« S'il nous faut écrire aux Trelawney, dit enfin la

marquise à Pontus, peut-être, afin d'éviter à ton père un froissement douloureux, pourrions-nous les prier de lui adresser une seconde lettre où ils diraient qu'ils ont renoncé à venir en Bretagne...

— C'est beaucoup demander à des étrangers, objecta Pontus... Les Anglais, ma mère, ne sont point des sentimentaux et le cœur, chez eux, passe après l'intérêt.

— Tu exagères, Pontus, répondit la marquise. J'ai connu le vieux lord, qui était un excellent homme, quoique un peu braque. D'ailleurs les Trelawney ne sont Anglais que de nationalité : par le sang et par le nom, ils sont Celtes comme nous.

— Oui, dit Pontus, mais le vieux lord Trelawney avait épousé une Shaftesbury qui est tout ce qu'il y a de plus anglais dans le monde ; le fils a bien pu prendre du côté de sa mère.

— Nous n'en savons rien, répliqua la marquise. En toutes choses, Pontus, je crois qu'il est bon de se défendre contre les jugements précipités...

— Vous avez raison, ma mère », dit respectueusement le jeune homme, qui s'inclina...

Le galop d'un cheval, qui passait le long de la voie charretière et que la hauteur des bâtiments empêchait de distinguer, suspendit à ce moment la conversation.

« Ce ne peut être déjà Kernéguez, dit Pontus, qui se leva pour aller voir... Je l'ai quitté à deux heures et il en est à peine quatre et demie... »

La bête et son cavalier étaient entrés directement dans l'arrière-cour du manoir, ce qui dénotait une connaissance des lieux qu'un étranger n'aurait pu avoir dès sa première visite. Comme Pontus arrivait sur le seuil du pavillon, Croc-d'Argent, qui avait jeté la bride à un valet de charrue, franchissait la petite poterne qui fait communiquer l'arrière-cour avec la cour d'habitation.

« Je n'osais croire que c'était vous, dit Pontus en s'avançant à la rencontre du nouveau venu. Vous ne m'aviez laissé espérer votre visite que pour demain.

— J'ai changé d'avis dans l'intervalle », dit simplement Kernéguez.

Et il ajouta :

« Avez-vous une minute à m'accorder ?

— Comment donc ! dit Pontus. ›

— Eh bien, dit Kernéguez, restons ici, voulez-vous ? J'entrerai tout à l'heure présenter mes devoirs à la marquise et à votre père que j'aperçois à sa fenêtre... (ce disant, il leva son chapeau dans la direction du vieux gentilhomme qui lui rendit familièrement son salut de la main...) Devinez d'où je viens ? dit-il ensuite à Pontus.

— De Poullabat ? dit Pontus qui voulut rattacher la visite imprévue de Kernéguez au souci de vérifier les assertions du garde champêtre, relativement à l'Innocente de Castel-ar-Guibel.

— Ma foi non, répondit Kernéguez. Ne cherchez pas d'ailleurs, vous ne trouveriez pas... J'arrive de Coat-Elez. »

La figure de Pontus se rembrunit ; il pensa que Croc-d'Argent venait tenter un nouvel effort pour empêcher la famille de vendre Coat-Elez, et il ne se trompait qu'à moitié.

« Excusez mon indiscrétion, reprit Kernéguez. Combien vous rapporte Coat-Elez, bon an mal an ?

— De huit à neuf cents francs, dit Pontus

— Il devrait vous en rapporter quinze cents.

— C'est, en effet, ce qu'il rapportait autrefois, dit Pontus. Mais le prix des fagots a baissé singulièrement depuis dix ans...

— Le prix des fagots n'a pas changé, dit Kernéguez ; c'est encore un mensonge de votre domanier, il aurait plutôt augmenté... Je le sais pardieu bien, mon cher Pontus, continua-t-il avec plus de force en voyant le mouvement d'impatience que son insistance avait arraché au jeune homme ; j'ai moi-même des tailles de ce côté... Elles ne sont séparées des vôtres que par le ruisseau... Mêmes espèces, même âge, même exposition... Et mes tailles, qui ont bien cinq ou six hectares de moins que les vôtres, me rapportent plus de quinze cents francs.

— Possible, répliqua Pontus légèrement piqué... Sans doute que vos tailles sont mieux administrées que les nôtres.

— On n'y confond pas les coupes à blanc étoc avec les coupes de nettoiement, voilà tout, concéda Croc-d'Argent... Et ce que je viens de vous dire ne vous décide pas à rompre le marché Lebigre ? »

Pontus ne répondit pas.

« Voyons, mon cher Pontus, aidez-moi donc, que diable !... Je vous répète que j'arrive de Coat-Elez, que j'ai fait le tour des tailles... C'est pourtant assez clair, et mon insistance devrait vous montrer qu'elles m'ont tapé dans l'œil...

— Que voulez-vous dire ? demanda Pontus.

— Allons, je vois qu'avec vous il faut mettre les points sur les *i*... Vous désirez vendre Coat-Elez, n'est-ce pas ? Ces cépées ne vous disent rien qui vaille... Elles sont trop loin de chez vous, enclavées dans Lebigre et dans votre serviteur... Parfait... Moi, je suis comme Lebigre, j'ai envie de vos cépées... Seulement, je m'appelle Kernéguez et non Lebigre... Je ne suis ni sénateur, ni maire, ni marchand de cuir en gros... Je suis un simple gentilhomme comme vous, je n'ai pas le droit de vous voler, et je vous dis tout net : « Mon cher Pontus, voulez-vous me donner la préférence sur Lebigre ? Il vous offre vingt mille francs de Coat-Elez, je vous en offre trente-cinq mille... Acceptez, c'est moi qui serai votre obligé. »

Tout habitué qu'il fût à ce que Croc-d'Argent appelait lui-même ses foucades et qui n'étaient que les élans d'un cœur plein de tendresse et de générosité, mais jaloux d'en dissimuler les signes sous un scepticisme de langage qui ne trompait que les ignorants, Pontus n'en eut pas moins quelque peine à se remettre de la stupeur où l'avaient plongé les offres de son vieil ami... Trente-cinq mille francs pour le Coat-Elez ! L'inattendu aussi bien que l'importance de la proposition empêchaient le jeune homme de trouver une réponse immédiate. Son émotion fut de courte durée. Il lui parut bien vite que les offres de Kernéguez n'étaient qu'une charité déguisée. Le Coat-Elez ne pouvait valoir trente-cinq mille francs. Du prix de Lebigre à celui de Croc-d'Argent, la marge était trop considérable. Pontus voulait bien être volé : voler le vieil ami de sa famille, il ne le pouvait pas.

Kernéguez avait-il deviné le combat qui se livrait dans l'esprit du jeune homme ? Le cœur a des pénétrations singulières.

« Mon cher Pontus, dit-il à son interlocuteur, vous hésitez à me répondre et je conçois vos hésitations.

J'espère que ce que je vais vous dire les dissipera : laissons de côté, si vous le voulez bien, l'amitié et même — oui dà, mon jeune ami, — le cousinage ; si vous étiez plus ferré sur les questions de généalogie, vous sauriez qu'une Lesquélen, qui est le nom de votre sainte et vénérable mère, entra par mariage, en 1584, dans la famille de Kernéguez... Ça remonte assez loin dans l'histoire, comme vous voyez... N'empêche qu'on est parent, mon cher Pontus... Mais j'entends qu'il n'y ait plus ici qu'un acheteur et un vendeur... Vous prendrez un expert, le premier venu, pourvu que ce ne soit pas votre domanier ; — j'en prendrai un autre. Nous les prierons d'évaluer en commun la valeur totale de Coat-Elez et ce sont eux qui décideront en dernier ressort et qui fixeront le prix d'achat : s'il est inférieur à trente-cinq mille francs, tant pis pour vous ; s'il est supérieur, tant pis pour moi... Mais je connais d'avance le bon marchand de l'expertise : vous l'aurez voulu, mon jeune ami... »

Le procédé de Kernéguez empruntait des voies si délicates qu'il n'était plus possible à Pontus de s'en froisser. Il serra longuement la main que lui tendait Kernéguez et mit dans cette étreinte l'émotion et la reconnaissance dont il était gonflé. Croc-d'Argent, qui se faisait plus bourru que de raison, coupa court à cette petite scène d'attendrissement en demandant à Pontus de vouloir bien l'introduire près de Mme de Talgoët : il n'avait que le temps de saluer la marquise et de monter ensuite près du marquis.

« Un mot encore, dit-il à Pontus avant d'entrer... Vous pouvez être pressé d'argent, mon cher ami. Nos paroles sont échangées : la vente est faite... J'ai dans mes tiroirs une somme de vingt mille francs que je puis vous compter demain à titre d'avances... Mais, je vous en prie, pour parler de cette affaire, attendez que je sois parti : j'ai horreur des discussions d'argent devant les femmes. Les fleurs doivent ignorer le terreau où elles éclosent.

— Pourrai-je me taire, dit seulement Pontus, et mes yeux ne parleront-ils pas pour moi ?

— Eh bien, fermez-les, dit Croc-d'Argent.

— Je vais faire mieux, dit Pontus... Je vous laisserai entrer seul chez ma mère.

— Et où irez-vous pendant ce temps ? demanda Kernéguez.

— Jeter cette lettre à la poste », dit Pontus, en montrant à son ami la lettre adressée par son père aux Trelawney et qui, maintenant, pouvait parvenir sans danger à destination.

II

Speluncæ vivique lacus.
(VIRGILE.)

FLORENCE TRELAWNEY A JESSIE PENGWINION

Le Rusquec-en-Loqueffret, par Huelgoat (Finistère)

12 mars 1869

Darling, voici quinze jours — quinze longs jours —
que j'ai quitté « les bords fertiles de la joyeuse Angleterre », comme dit dans *Redgauntlet, a tale of the
eighteenth century*, lignes 3 et 4, page 27, le Dasie
Latimer de sir Walter Scott. Nous possédons nos
classiques, darling, et nous le faisons voir : on n'a
pas été impunément l'élève de cette chère miss
Bokenhave, si mystérieusement disparue de l'horizon
et dont nous ne saurons jamais, hélas ! si elle n'a
pas été enlevée dans les airs, comme l'écolier de
Polperro, par quelque pixie malfaisante, ou si elle n'a
pas suivi vers les jungles de l'Indoustan ce horse-
guard de cinq pieds six pouces qui attirait tous les
yeux à la revue d'Aldershot (moi je penche pour le
horse-guard, tant la chère miss buvait des pupilles
ce Goliath !)

Qu'êtes-vous devenue entre temps, Jessie aux
cheveux cendrés, petite Jessie Pengwinion, descen-

dante du Pengwinion of Pengwinion que Charlie Stuart nommait son aigle de Cornouailles et qui ressemblez si peu à votre rude ancêtre des guerres jacobites ? Avez-vous trouvé dans les manufactures de Spitalfields cet introuvable satin « clair de lune » qui devait s'harmoniser si bien à votre teint de fée et à vos yeux de légende ? Quelle devanture d'orfèvre avez-vous pillée depuis que nous nous sommes dit adieu ? Quel racer, quel yacht, quel steamboat perfectionné votre flotte de plaisance s'est-elle encore annexé ? Je suis jalouse de vous, darling ; chaque matin il vous naît un désir et chaque soir votre désir est satisfait et vous n'êtes jamais lasse de désirer et cela est admirable, darling, parce que, si j'étais comme vous une des majestés de ce monde, la fille unique du roi du diamant — *Pengwinion Consolidated Mines*, — il me semble que j'aurais épuisé du même coup toutes les jouissances et que je ne serais plus capable de formuler un seul désir.

Des étoffes, des bijoux, des yachts, bon pour une pauvresse comme moi dont le père n'est qu'un des principicules de la finance et jouit à peine d'un revenu de quelques centaines de mille livres sterling. Mais nous ne « travaillons » pas dans le diamant, nous autres, pas même dans l'or : notre spécialité — rappelez-vous ma mortification quand il me fallut vous l'avouer — est le plomb argentifère, galène, blend, pyrite et schlamms, quatre et cinq fois hélas !

Comme il a fallu votre bon cœur, darling, pour ne pas nous mépriser quand je vous ai fait cet aveu ! Mais peut-être qu'il viendra un temps où vous ne regretterez pas votre indulgence. Je ne connais pas très bien les projets de mon père, mais je ne serais point étonnée qu'il caressât le rêve de mettre en valeur toutes les anciennes mines de l'ouest et du sud et de fonder avec elles et les mines anglaises de Stiperstones et d'Holywell, dont il est l'administrateur, ce que ces messieurs appellent une *monopolizing conspiracy*, un syndicat d'accaparement, bref, darling, de faire pour le plomb argentifère ce que votre père a fait pour le diamant en Australie et dans l'Inde, d'en monopoliser l'industrie sur les marchés de l'Europe occidentale.

Il a expédié des prospecteurs un peu partout, au Huelgoat, à Poullaouen, à Pompéan, à Saint-Avold et à Pontgibaud en France ; à Mazzaron, à Penarroya et à Carthagène en Espagne ; à Freiberg et à Commern en Allemagne ; à Przibram en Bohême. Les demandes de concessions sont déposées.

Et, tout de même, si la *conspiracy* réussissait !... Si mon père devenait un jour le roi du plomb argentifère comme le vôtre est le roi du diamant !... C'est une félicité pour laquelle je suis prête à tous les sacrifices, et n'en est-ce point un déjà que de vous avoir quittée quand la *season* battait son plein, d'avoir renoncé aux bals, aux réceptions, à Covent-Garden et l'on peut dire à tout ce qui fait le charme et la raison de la vie et d'être venue me cloîtrer ici, pour je ne sais combien de temps, dans la partie la plus sauvage de la pauvre Bretagne française, parmi des paysans à figure de loups-cerviers, vêtus comme on ne l'est nulle part, sous l'égide d'un vieux hobereau encroûté et retardataire dont mon père s'est avisé de nous découvrir les cousins au trente-huitième degré ?

En vérité, une belle découverte, Jessie, et qui lui fait honneur ! Joignez que ledit cousin est septuagénaire et apoplectique, qu'il est flanqué de sa femme, de trois filles et d'un fils, que la femme est une vieille dame mélancolique, papiste endurcie, qui passe son temps à se frapper la poitrine et à pousser des *mea culpa*, que les filles font leurs toilettes elles-mêmes et que le fils ne lève pas le nez de son assiette. C'est à peine s'il m'a regardée... Et il paraît qu'il y a une quatrième fille, Bertrande, dont personne ne parle ici et pour cause : elle aurait épousé contre le gré de son père un certain baron Gardivaux qui n'avait point les quartiers de noblesse requis et qui jouait à la Bourse. Il n'y a point de plus grand péché aux yeux de ces bonnes gens...

Entre nous, darling, j'ai bien peur que cette Bertrande n'ait représenté en son temps le seul élément raisonnable de la famille et que tous les autres, avec leur mépris de l'argent et leur horreur des affaires, ne soient que des sots ou des maniaques.

Mon Dieu, les Trelawney et les Pengwinion sont aussi bons gentilshommes que les Talgoët ; votre père est baronnet et le mien est vicomte ; mais nous serions bien loties vous et moi, Jessie, s'ils étaient demeurés comme ceux-ci dans leurs hiboutières et avaient professé ce mépris de l'argent qui est, paraît-il, le premier article du code de l'aristocratie bretonne !

Vous me demanderez pourquoi nous sommes venus nous enterrer tout vifs dans ce caveau du Rusquec ? Encore une lubie de mon père qui avait écrit au vieux marquis pour solliciter quelques renseignements sur les hôtelleries du Huelgoat, où nous pensions nous loger, et qui en a reçu, courrier par courrier, une invitation si pressante à descendre chez lui qu'elle équivalait à une mise en demeure.

Mon père n'a point osé la décliner. Nous pensions d'ailleurs que les Talgoët étaient dans une situation de fortune qui leur permettait de nous recevoir, et la vérité est que j'ignore toujours si ces Talgoët sont des millionnaires ou des « pannés », comme disent les Français. Je n'ai point vu de maison où il y ait plus de contrastes que dans celle-ci, au point qu'on n'y sait vraiment sur quel pied danser.

Figurez-vous d'abord, Jessie, que la gare la plus proche du Rusquec est encore à vingt-cinq milles et qu'il faut faire ces vingt-cinq milles par une route épouvantable, qui ne cesse point de monter jusqu'à ce qu'elle ait atteint le sommet des monts d'Arrhée, qu'elle traverse dans leur partie la plus sauvage. Et là n'est point le pis, mais qu'il nous ait fallu faire ces vingt-cinq milles dans un antique carrosse cahotant et grinçant dont les ressorts n'avaient pas été graissés depuis Georges IV et qui sentait le ranci au point que, malgré le vif de l'air, j'ai dû tenir la croisée de la portière ouverte pendant tout le voyage ; mon père y a pincé un coryza qui n'est point encore guéri.

Le vieux marquis — Mathias-Alexandre-Joachim, pour vous servir — nous avait fait chercher par son grand flandrin d'héritier : mais le dit héritier feignit de prendre plus d'attention à nos bagages qu'à nos personnes, et quand enfin, après avoir aidé lui-même à les charger, il vint nous joindre dans l'intérieur du carrosse, il montra une politesse si réservée et si glaciale que je ne sus plus que penser de cette fameuse galanterie française dont on nous a tant rabattu l'oreille dans notre jeune temps. Pour vous le peindre en raccourci, Pontus de Talgoët — comment peut-on s'appeler Pontus, Jessie ? — me paraît un de ces Bretons flegmatiques qui n'ont d'intérêt à rien ni à personne, qui se sont trompés de porte en venant au monde et qui retardent sur leur temps d'une bonne couple de siècles ou deux. Et, en vérité, Jessie, c'est fort dommage, car si les trois filles sont des asperges montées en graine — la plus jeune a coiffé sainte Catherine depuis dix ans au moins — M. de Talgoët, le fils, à supposer qu'il ne fût point si anachronique, ferait un assez beau spécimen de la *gentry* armoricaine. Imaginez...

Mais non, n'imaginez rien. Je vous connais, Jessie, et vous seriez capable de faire lire ce passage de ma lettre à votre frère et à Joë d'Annandale, qui, pour la première fois de leur vie, se mettraient d'accord sur mon dos et conviendraient que je ne suis qu'une coquette et une perfide. Il faut sauver au moins les apparences. Je reviens à mon caveau du Rusquec... Un caveau oui-dà, et je ne retire pas le mot. L'Arrhée franchi, vous pensez qu'on va descendre en plaine, renouer connaissance avec le vert reposant des prairies... Que vous êtes loin de compte, darling ! Savourez cette petite leçon de géographie : l'Arrhée ou l'Arez, comme on l'orthographie encore, forme avec le Menez-Du ou Montagnes-Noires et les rameaux secondaires qui s'y rattachent une sorte d'immense étoile dont les rayons viennent se raccorder aux environs de Maël-Pestivien. Or, comme nous sommes ici à quelque dix ou douze milles du point de raccordement, il en résulte que les rayons de ladite étoile, lesquels, en l'espèce, sont d'énormes articulations granitiques de 350 yards de haut, tournent autour de nous dans tous les sens et qu'après avoir franchi une montagne, il faut en franchir une autre, puis une autre encore, puis une quatrième et ainsi de suite à l'infini. De sorte que tout le pays n'est qu'une succession de montées et de descentes, les plus pittoresques du monde d'ailleurs, tant il y bondit de cascades et de torrents, tant la nature s'y fait bourrue et renfrognée à plaisir, alternant la nuit de ses futaies avec le demi-deuil de ses bruyères décolorées, ici s'enlizant aux eaux mortes d'une tourbière, plus loin se convulsant et poussant hors de son sein des amas de roches qui dégringolent les unes sur les autres, s'arcboutent et se soutiennent miraculeusement et forment le plus extraordinaire chaos que vous puissiez rêver.

Le Rusquec est justement tout au beau milieu d'un de ces chaos, entre la cascade de Saint-Herbot et les garennes désolées de Loqueffret, sur un grand *keep* boisé où des ormes, des hêtres et des chênes qui ont vu les croisades et la chevalerie entretiennent une humidité perpétuelle : si l'on n'est point céans dans un tombeau, on y fait du moins l'apprentissage de l'Au-Delà. Darling, mon amour, dites à votre frère et à d'Annandale de souhaiter que je n'y coule point trop de jours ; je leur reviendrais toute verdie et moisie comme les trois filles de notre hôte.

Vrai, Jessie, quand le véhicule préhistorique qui nous hissait vers le Rusquec et menaçait à chaque moment de sombrer dans l'ornière nous déposa enfin, brisés et morfondus, devant le guichet de ce calamiteux manoir, j'eus envie de crier à mon flegmatique cousin :

« Mais que faites-vous donc céans toute l'année,

monsieur, pour avoir des chemins en cet état et ne point prendre garde qu'avec quelques cailloux, un rouleau et une demi-douzaine de journaliers, vous pourriez épargner à vos malheureux invités des secousses qui sont capables de leur rompre les vaisseaux ? »

Si cette apostrophe indignée fut un moment sur mes lèvres, le spectacle de ce que j'aperçus en posant le pied hors de notre carrosse dut suffire pour la renfoncer au plus profond de moi-même : un vieux mur démantelé, tout drapé des pieds à la tête d'un lierre à gros grains couleur d'ébène, achevait de s'écrouler dans les douves à demi comblées d'une vénérable forteresse dont il ne restait plus qu'un quartier de tour percé de barbacanes et qu'il avait fallu étrésillonner pour l'empêcher de mettre en bouillie les passants ; notre glacial et compassé cicérone daigna nous expliquer que ce mur et cette tour marquaient l'emplacement du château érigé en 1253 par son homonyme, très haut et très puissant seigneur Pontus de Coëtwent-Rusquec ; que le dit château avait été brûlé à la fin du quinzième siècle par une façon de brigandeau nommé Jahan, qui donnait le branle à la paysantaille de Plouyé et des localités environnantes ; qu'il n'habitait plus dans ses ruines que des freux et des choucas, et je respirai comme une personne qui s'éveille d'un terrible cauchemar, Jessie, tant j'avais eu peur un moment qu'on y logeât aussi des humains et que je dusse être au nombre de ces infortunés.

Déjà je remerciais le ciel qu'il m'eût préservée d'une si fâcheuse extrémité quand je m'avisai que la façade du manoir qui fait suite à l'ancien donjon et devant laquelle nous nous arrêtâmes, s'il ne s'y trouvait plus rien d'effrayant ni de rébarbatif, n'avait pourtant rien non plus de très rassurant pour l'avenir de votre infortunée correspondante. Assez jolie de style, quoique portant les traces d'une restauration récente, mais trop hâtive et vraiment insuffisante, cette façade, Jessie, suait le spleen par tous ses pores : les murs étaient tout rongés de ce lichen jaunâtre qui est comme la lèpre des vieilles pierres ; plus de peintures ni de heurtoirs aux portes artisonnées des guichets ; l'eau des pluies verdissait seule au creux des vasques. L'écusson de la famille, frusté pendant la Révolution, avait été rétabli vaille que vaille sur le linteau du petit guichet, mais les professionnels de la science héraldique, sous les moisissures du temps, auraient pu seuls reconnaître les trois épées à quillons horizontaux sur champ d'azur au chef d'or, armes des Talgoët de la branche aînée, et l'énergique et concise devise en langue bretonne : *Red eo* (il le faut) dont, par parenthèse, les Talgoët actuels devraient bien faire leur profit. Sans notre cicerone, qui nous donna d'assez mauvaise grâce les explications requises, nous n'aurions vu là qu'une pierre comme les autres et même un peu plus délitée que les autres. Positivement, j'étais confondue de tant d'incurie. Cette façade avait je ne sais quoi de cadavérique : elle sentait le vieux mort, darling. La première réflexion qui venait à l'esprit devant ce lamentable extérieur est que les hôtes du Rusquec étaient de pauvres gens incapables de faire les frais d'aucune réfection sérieuse et qui assistaient, passivement, en résignés, au lent écroulement des choses autour d'eux.

« Qu'est-ce que ce sera à l'intérieur ? pensais-je, et dans quel guêpier nous nous sommes fourvoyés ! »

Là-dessus, notre flegmatique cousin nous introduisit sous un grand porche carré, qui donnait de plain-pied dans la cour d'honneur, et à peine eûmes-nous franchi ce porche qu'il nous sembla pénétrer dans un autre monde. Comment vous expliquer cela, darling ? On eût dit que, par amour de l'antithèse, toute l'attention et là sollicitude des hôtes du Rusquec se fussent portées vers ce vaste quadrilatère autour duquel s'élevaient les bâtiments d'habitation.

Nulle trace ici d'aucune de ces plantes parasites, ronces, orpins, scolopendres, qui déshonoraient les abords du manoir ; tandis que la façade qui regardait l'avenue semblait touchée par la mort, vous eussiez juré qu'une légion de serviteurs attentifs prenaient soin d'entretenir céans le bien-être et la vie. Le pavé de la cour était presque égal et sans fondrières : si quelques dalles s'étaient légèrement déchaussées, il ne poussait point d'herbes entre leurs fentes, ou c'est donc qu'on l'arrachait à mesure. Un grand pommier centenaire cachait à demi sous son ombre un beau puits de la Renaissance ; les bâtiments qui régnaient autour de cette cour étaient d'un seul étage, sans mansardes, et leur ornementation m'en parut assez sobre, sauf dans le corps de logis principal où l'architecte du manoir semblait avoir concentré toutes les ressources de son art.

Plus spécialement réservé à la famille, ce corps de logis forme à partir de l'héberge une espèce de grand pavillon indépendant qui prend le jour au rez-de-chaussée par deux énormes baies de treize pieds de haut sur cinq ou six de large. L'encadrement de ces

baies rappelle, dit-on, celui des fenêtres du premier
étage de la cour du Louvre, dans la partie qu'on
attribue à Pierre Lescot.

Il se pourrait bien ; mais l'histoire n'a pas conservé
le nom du Lescot qui bâtit le Rusquec, dessina les
nervures des menaux et souligna les croisées d'une
frise de feuillage d'un tour si délicat.

Ce corps de logis magistral, qui fait l'angle de la
cour, communique par ses pièces inférieures avec les
autres bâtiments servant pour la plupart de communs
et de débarras. Ceux-ci ne sont interrompus que par
le porche d'entrée et au rez-de-chaussée seulement,
le porche supportant une galerie vitrée bâtie en
colombage et qui fait passage entre les communs et
un autre corps de logis assez pauvrement décoré,
mais fort avenant encore et tout construit en pierres
de grand appareil.

C'est là qu'on nous a logés, darling. Mes fenêtres
ouvrent sur la cour. Dans le fond du tableau, par-
dessus les toits des bâtiments, j'aperçois une grande
tour ronde que je prenais d'abord pour le donjon et
qui n'est qu'un pigeonnier désaffecté, mais à la décoration duquel l'architecte n'a pas apporté moins
d'attention qu'au reste du manoir, si j'en juge par
sa dentelle de machicoulis et de corbeaux fleuronnés.

Il faut croire, du reste, que les trente-cinq rangées
intérieures, percées chacune de cinquante boulins
aujourd'hui veufs de leurs habitants, ne suffisaient
point pour abriter tous les pigeons du manoir, car,
sur le même plan que cette tour, s'élève un autre
grand bâtiment faisant office d'écurie, d'étable et de
chenil, qui est percé sur sa façade et sur son pignon,
c'est-à-dire sur une longueur de quatre-vingt et

quelques pieds, de cinq autres rangées de boulins séparées par des corniches d'appui.

Une grande cour banale, desservie par une voie charretière qui longe extérieurement le manoir, s'étend entre ces édifices et les bâtiments d'habitation. Mais, par exemple, darling, pour cette cour banale, oubliez tout ce que je vous ai dit de la cour d'honneur. Quelle incurie ! Quelle malpropreté ! Je n'arrive point à comprendre que les Talgoët tolèrent un tel sans-gêne chez leur domanier : le pied des bâtiments baigne dans le purin noirâtre qui filtre par les dalots des étables ; sur toute l'étendue de la cour fermente une espèce de litière malodorante faite de genêts et de fougères séchées où l'on enfonce jusqu'à la cheville ; des gorets se vautrent dans ce cloaque pêle-mêle avec les petits du domanier. Il semble vraiment que le monde civilisé s'arrête aux portes de la cour d'honneur et que, sorti de là, il n'y ait plus que le bourbier ou la forêt vierge.

Voilà déjà un assez beau contraste, n'est-ce pas ? Que diriez-vous donc, darling, si vous aviez procédé comme moi à une visite domiciliaire du Rusquec ? Pour être franche, personne ne m'y avait conviée et je crois même que nos hôtes n'eussent été que médiocrement flattés de mon accès de curiosité, si, d'aventure, ils en avaient été informés. Mais aussi pourquoi leurs portes ferment-elles si mal, quand elles ferment, car beaucoup même n'ont pas de serrure ? Passe pour les chambres vides, qui sont du reste le plus grand nombre. Croiriez-vous que de l'une d'elles j'ai fait s'envoler un gros crapaud-volant qui m'a causé une peur, une peur... Mais les autres, qui sont plus ou moins habitées, ne recèlent que des meubles

tombant de vétusté : les fauteuils rendent leur crin,
les tentures pendent lamentablement, les planchers
sont des champignonnières ; il n'est pas jusqu'aux
marches du grand escalier d'honneur qui ne com-
mencent à fléchir sur leur vis et à ouvrir entre elles
d'inquiétantes déhiscences. Oh ! ces longs corridors
déserts, où pleure le vent d'hiver, où les châssis des
fenêtres font un bruit de ferraille rouillée, où l'on est
frôlé à tout instant par des choses vagues et mystérieuses qui se perdent dans la nuit !

Et, tout à coup, darling, frrt ! changement à vue
comme dans les décors d'opéra : nous sommes, cette
fois, dans les appartements personnels du vieux
marquis, lesquels occupent tout le premier étage du
corps de logis principal. Notre cher et honoré cousin,
Mathias-Alexandre-Joachim, a là, d'enfilade, cinq ou
six pièces somptueuses, dont sa chambre à coucher,
sa salle de réception et sa salle à manger. Et les trois
pièces sont magnifiques, je vous le dis sans plai-
santer. La chambre est assez exiguë sans doute,
mais le marquis s'y tient peu La salle à manger, au
contraire, avec ses crédences et ses buffets historiés,
son lustre de cristal, son argenterie, ses panneaux en
camaïeu, représentant les Quatre Saisons, pourrait
recevoir cinquante convives ; mais d'habitude —
j'entends quand il n'a pas d'invités, et sauf à son
jour anniversaire, à Noël et à Pâques — le marquis
y mange seul et à ses heures, servi par un vieux
domestique spécialement attaché à sa personne, qui
couche sur un lit de sangle dans sa chambre, le lève,
l'habille, le frictionne, le pomponne, l'étend sur les
coussins de son fauteuil à roulettes et ne le quitte
point de presque toute la journée : le marquis est

resté petit-maître, et la paralysie de ses jambes non plus que son hypocondrie ne l'empêchent point d'avoir attention à son miroir, à ses flacons et à ses dentelles. Gonéry Bodegat — c'est le nom du domestique — veille à le satisfaire sur tous ces points : lui-même a fort bon air et, quand il en a terminé avec la toilette du marquis, lequel se lève à onze heures et dîne à trois, suivant une habitude de l'ancien régime, il passe l'habit et la culotte et ne contribue pas médiocrement par son impeccable correction à entretenir autour du vieux gentilhomme une atmosphère d'apparat et de mondanité.

Enfin voilà des usages ! Mais le triomphe du genre, darling, c'est la salle de réception, que le vieux marquis semble affectionner particulièrement et qui a conservé son élégante décoration Louis XV, ses bergères, ses paphos, ses tables et ses consoles en marqueterie de Boule, lesquels, à la vérité, dans cette pièce énorme, plafonnée de caissons Henri II et dont une immense cheminée à chambranle de pierre et à hotte armoriée du seizième siècle occupe presque tout un côté, font un effet assez singulier, mais dont l'anachronisme a fini par n'être plus sensible aux hôtes du château. Un beau portrait en pied du maréchal de Talgoët-Rusquec attire les yeux dès l'entrée et les retiendrait assez longtemps par la souplesse et la fermeté de son dessin, si l'attention n'était soudain accaparée par une grande épée de fer à quillons droits pendue au-dessous du tableau et qui provient peut-être de l'héritage du roi Arthur ou de Galahad, le pur chevalier : on ne s'expliquerait point autrement l'espèce de vénération dont elle est l'objet dans la famille.

Plaisanterie à part, je vous assure, darling, que tout cela sent son grand seigneur et que, n'étaient les trois quenouilles qui font office de postérité féminine au vieux marquis, le saule pleureur qu'est la marquise et le bloc de glace qui a nom Pontus, je ne me sentirais point trop dépaysée dans ce décor... Il y a des heures où ces gens-ci ont l'air d'avoir cent mille livres de revenus et d'autres où l'on a envie de leur faire la charité... Je n'y comprends rien, et c'est la bouteille à l'encre, comme on dit. Si encore je pouvais espérer d'y voir clair un jour! Mais à part le marquis, franc et loyal comme l'or, tous les hôtes du manoir ont des figures d'énigme.

Il est vrai qu'il n'y a que deux jours que nous sommes au Rusquec, s'il y en a quinze que nous avons quitté Londres. Paris était sur notre passage et nous a peut-être arrêtés plus que de raison. Et encore, les trois quarts de ces deux jours, je les ai passés sur une chaise-longue à me remettre du supplice infligé à mes vertèbres par ce maudit carrosse. Oh! Jessie, que j'ai bien fait de suivre vos conseils et d'emmener avec moi Brigitte et Malvina! Que serais-je devenue sans elles et qui m'eût baignée, massée, ondulée, je vous prie, qui m'eût préparé mes rôties et mon thé, qui m'eût fait mes papillotes et bâti mes crinolines? Il n'y a de coiffeurs qu'à Morlaix, à vingt-cinq milles d'ici... Les Françaises sont déconcertantes; je suis sûre que mes cousines se coiffent elles-mêmes.

« Prenez-vous du thé? demandais-je à l'une d'elles — Isoarde ou Polyxène, à moins que ce ne fût Amalburge; elles se ressemblent comme trois gouttes... de vinaigre.

— Merci, ma cousine, m'a-t-elle répondu, je ne
bois que du cidre... »

Et, entre nous, leur cidre, j'ai surmonté ma répu-
gance et j'ai voulu en tâter : de la piquette, Jessie,
du vrai *sour wine!*... Or, à l'exception du marquis,
lequel est fort ami du clairet et en possède, si j'en
crois mon père, de remarquables échantillons dans
sa cave, tous les autres, mère, fils et filles, ne boivent
que cet horrible *sour wine*... Oh ! darling, comment
voulez-vous que je sympathise avec ces gens ? Ils
ont des goûts de palefreniers... Et, avec cela, l'air si
endormi, si léthargique, si fossile, oui, voilà le mot,
Jessie, fossile ; ce sont des fossiles, des momies... Je
n'en excepte pas mon jeune cousin ; est-ce qu'un
gentleman de cet âge, musclé comme un Hercule
Farnèse et beau comme un Antinoüs — bon ! moi
qui ne voulais point éveiller la jalousie de votre
frère et de Joë ! — ne devrait pas être en train de
courir le monde, de faire fortune à Java ou au Cap
et, pour le moins, de servir son pays à l'armée ou
dans la flotte ? Et il reste ici à se morfondre d'inaction
entre un père paralytique et un quarteron de dévotes
racornies et parcheminées qui écoulent en oraisons
jaculatoires tout le temps qu'elles ne passent pas à
ravauder des bas ou à repriser de vieux jupons !...

Il paraît que les Celtes de France et les Celtes
d'Angleterre sont de même origine. Et donc, darling,
bénissons le Seigneur qu'il nous ait fait naître de
l'autre côté du détroit et que le peu de sang celte
qu'il y avait encore dans nos veines ait été remplacé
par du bon et pur sang anglo-saxon. Je ne me suis
jamais sentie moins Celte qu'au contact de ces
Celtes-ci !... Quelle race, darling ! Elle ne sait rien

faire de ses mains que de les joindre pour prier ou de les crisper pour se battre. Elle hait l'argent et quand, d'aventure elle en possède, elle le laisse dans ses tiroirs et ne songe point à le décupler par d'adroites spéculations. Mon père n'a encore soufflé mot à ses hôtes des raisons qui l'amenaient au Huelgoat — il attend que le Corps législatif se soit prononcé sur sa demande de concession — et je dois leur rendre cette justice qu'ils n'ont fait aucun effort pour les connaître, mais je suis persuadée que, quand ils les connaîtront, leur figure passera brusquement du blanc crème au rouge écarlate ou ponceau.

Vous ne pouvez concevoir à quel point les Bretons sont routiniers et fermés délibérément, de parti pris, à tout espèce de progrès. Mon père prétend que leur pays est un des mieux partagés de l'Europe, qu'il recèle des richesses minières à peine soupçonnées, et non seulement du plomb argentifère, mais de l'étain, du mercure, de la houille, de l'or... Ils dorment, indifférents, près de ces richesses dont ils connaissent pourtant l'existence et qu'ils s'obstinent à ne pas exploiter. Il a fallu qu'en 1422 un certain Klauss Latréba, « des pays d'Allemagne, ouvrier et *apurour* de mines d'argent », vînt ici par permission du duc Jean V et entamât les premiers travaux ; encore furent-ils bien vite interrompus, la population s'insurgeant contre ces mineurs, qui, dans les profondeurs du sol, conduisaient leurs sapes mystérieuses et s'efforçaient d'arracher aux lutins et aux farfadets les trésors dont ils étaient les séculaires gardiens.

Je ne sais trop pourquoi les compagnies suivantes ont fait le plongeon, mais vous pouvez être sûre, darling, que l'incurie et la malignité des habitants

ne sont point restées étrangères à leur dégringolade.
Au lieu de bénir les Allemands et les Anglais qui
ouvraient leur pays à l'industrie, ils ne cessaient de
leur chanter pouilles sous les prétextes les plus sau-
grenus : c'étaient tantôt les écoulements des mines
qui leur causaient des coliques d'entrailles intolé-
rables ; tantôt leur conscience de papistes qui les
démangeait et s'insurgeait contre la foi religieuse,
plus encore que contre la nationalité des concessionnaires.

Les deux mines jumelles du Huelgoat et de Poullaouen employaient pourtant plus de trois mille
d'entre eux : fils d'un sol pauvre à la surface, maré-
cageux ou rocheux, impropre de toute façon à la
culture, ils trouvaient là, tant dans les travaux de
fond pour l'extraction du minerai que dans les
forges, les laveries et les bocards, le gagne-pain qui
leur manquait autrefois et, faute duquel, beaucoup
d'entre eux étaient forcés de s'expatrier. Rien n'y a
fait... L'hostilité contre les concessionnaires de mines
est restée aussi vive dans ce pays qu'il y a quatre
siècles : les préventions et les préjugés, tant sociaux
que religieux, aussi profonds et aussi redoutables.
Qu'est-ce que nous apprenons en arrivant ? Qu'un
de nos *pursers* venait d'avoir la tête fendue d'un
coup de pierre par une espèce de diable femelle
nommée Barba Timeur. Il paraît que le mari de
cette folle est mort dans un éboulement de galerie.
Qu'y pouvons-nous, darling ? Nous n'étions point
concessionnaires à cette époque. N'empêche que la
population est avec cette mégère et contre nous.
Mais vous connaissez mon père et qu'il n'est point
homme à tolérer de pareils actes de sauvagerie qui,

s'ils restaient impunis, ne manqueraient point de se multiplier : il a écrit au procureur de Châteaulin pour le mettre en demeure de procéder à l'arrestation de la folle et à son internement immédiat dans un asile d'aliénés...

Ah ! Jessie, ma mignonne, je vous le dis en vérité, toutes les couronnes ont leurs épines ; si nous devenons jamais les rois du plomb argentifère, nous aurons payé la nôtre des pires tribulations qui se puissent rêver ! Chez quels Iroquois, quels Hurons, quels Papous, quels Pieds-Noirs nous sommes tombés ! Écrivez-moi, darling, quand vous aurez quelque loisir. Je meurs de déchiffrer vos chères pattes de mouche. Et ne tardez pas trop à me les adresser : elles pourraient ne plus me trouver, pour peu que vous missiez une semaine seulement à me répondre. Songez, darling, que j'ai dix-neuf ans, que je suis presque une vieille fille à côté de vous qui n'en avez que dix-sept et demi, que d'Annandale et votre frère ne sont pas des parangons de constance et que, si mon teint venait à se gâter, ils seraient capables de faire la paix et de nous priver pour toujours du spectacle de leur galante rivalité.

Songez à tout cela, ma colombe, et vite détachez une blanche plume de vos ailes pour la tremper dans l'écritoire et la faire voler sur le papier... Je baise les saphirs de vos yeux Jessie.

Florence TRELAWNEY.

III

Ne souffre pas, mon Dieu, que notre humble héritage
Passe de main en main troqué contre un vil prix,
Comme le toit du vice ou le champ des proscrits...

(LAMARTINE.)

Mme de Talgoët ne s'était pas trompée : la présence
des Trelawney avait eu l'effet le plus heureux sur le
moral du vieux marquis, lequel en paraissait tout
ravigoté. Pour la première fois depuis bien longtemps,
le Rusquec avait pris un air de fête ; il circulait un
peu de vie dans ses corridors silencieux. Lord Trelawney n'était point l'Anglais qu'on se peint habituellement : réservé sans doute, mais nullement
compassé, s'il y avait deux hommes en lui, comme
il arrive fréquemment chez ceux de son pays, l'homme
d'affaires et le gentleman, il n'avait encore montré
que le gentleman à ses hôtes. Et, quant à Florence,
elle dégageait tant de jeunesse et de santé, son admirable beauté blonde avait une telle puissance de
rayonnement qu'il eût suffi de sa présence pour
conjurer le mauvais sort qui pesait sur le Rusquec.
Le marquis, auprès d'elle, semblait avoir oublié les
pauvres larves qui répondaient aux noms prétentieux
de Polyxène, d'Isoarde et d'Amalburge, héréditaires
chez les filles, comme ceux de Mathias et de Pontus
chez les hommes. Son abord se faisait moins sévère
aux siens, et Pontus lui-même commençait à ressentir
l'heureuse influence de ce changement.

Il n'était pas jusqu'à Brigitte et à Malvina, les deux soubrettes irlandaises de Florence, qui ne semblassent avoir communiqué un peu de leur alacrité au personnel du château : Corentine — Tina, comme on l'appelait par abréviation — la nièce du domanier Bennéad que Mme de Talgoët et ses filles s'étaient hâtées de débarbouiller à la nouvelle de l'arrivée des Trelawney et que, de gardeuse d'oies, elles avaient promue au rang de femme de chambre, n'avait pas trop méchant air sous son bavolet et son tablier à carreaux ; ses impairs et ses pataquès, terreur de Mme de Talgoët dans les premiers jours, étaient de plus en plus rares. D'intelligence vive et assimilatrice, elle observait et profitait si bien que la marquise en prenait un peu peur, retrouvant en elle l'astuce avunculaire et craignant de l'y voir joindre, à l'occasion, l'esprit de lucre et le manque de sens moral qu'elle avait remarqués chez le domanier du Rusquec.

Heureusement pour Mme de Talgoët que, dans ses fonctions domestiques, Tina était doublée et fort avantageusement par dame Véronique, une de ces *carabassen* de presbytère, cordons-bleus et bonnes à tout faire, pourvu qu'on le leur laisse faire à leur guise et en leur temps, nouvelle venue au manoir comme Tina, mais offrant par son origine toutes les garanties qui manquaient à celle-ci. Véronique avait été obligeamment prêtée à la marquise par l'abbé Colober qui, en se séparant momentanément de cette inappréciable personne, avait poussé un léger soupir et s'était hâté ensuite d'offrir son sacrifice au bon Dieu. Dame Véronique, Tina et le fidèle Gonéry composaient à eux trois un personnel assez présentable et qui, en l'occurence, devait suffire et suffisait

en effet aux besoins des Talgoët et de leurs hôtes,
d'autant que la marquise et ses filles, levées de
fort bonne heure et quand elles pensaient tout le
monde endormi, continuaient de donner au ménage
les soins que commandait la médiocrité de leur condition.

En reconnaissance de son bel acte d'abnégation,
l'ancien desservant de Plounévez-du-Faou avait tous
les soirs son couvert mis au Rusquec où il se ren-
contrait avec Kernéguez, moins exact à la table du
marquis, mais fidèle à son jeu comme par le passé.

Vieux garçon, presque quinquagénaire, le poil déjà
gris, affectant une brusquerie qui n'était que le
masque d'une sensibilité excessive, Croc-d'Argent, à
qui sa fortune particulière eût permis de tenir un
assez grand train de maison, vivait presque toute
l'année sur sa terre de La Haye, à quatre kilomètres
du Rusquec, n'ayant d'autre société ou quasi que les
hôtes du manoir à qui semblait l'attacher une affection d'un caractère particulier et que ceux-ci, du
reste, payaient largement de retour ; le vieux marquis
lui savait gré de sa fidélité, d'autant plus louable en
l'espèce que la plupart de ses anciennes relations le
négligeaient et ne lui rendaient que des visites espa-
cées. Les environs du Huelgoat prêtent plutôt à des
rendez-vous de chasse qu'à des villégiatures prolon-
gées : la forêt et la lande y laissent peu de place à la
culture ; les fermes sont rares et les manoirs clair-
semés. Kernéguez et les Talgoët avaient très peu de
voisins, surtout depuis la mort du propriétaire de
Ligolennec, un Kermouézan, dernier du nom, dont
les filles, mariées à Paris, semblaient avoir oublié le
chemin de la gentilhommière paternelle bâtie comme

le Rusquec sur une ancienne motte féodale dominant les bois de la Lande et du Hellaz.

A la vérité, si l'isolement forcé où vivaient les Talgoët s'expliquait assez bien par la médiocrité de leur nouvelle condition, que le marquis était seul à ignorer, l'isolement volontaire de Kernéguez paraissait plus difficile à comprendre, et beaucoup, faute de meilleure explication, l'attribuaient à quelque chagrin domestique dont ils retrouvaient la confirmation dans sa figure précocement vieillie. Le bizarre, une fois cette hypothèse admise, était que Kernéguez, qui paraissait si jaloux d'observer son vœu de réclusion qu'il ne le rompait pas deux fois par an pour se rendre au chef-lieu voisin où il avait son hôtel particulier, ne paraissait nullement gêné par ce vœu à l'égard des Talgoët et encore qu'il ne pût trouver dans cette famille le genre de relations qui lui convînt exactement, le hasard l'ayant fait trop jeune par rapport au marquis et trop vieux par rapport à Pontus.

Cette remarque, à vrai dire, n'avait jamais été faite par les intéressés, qui se bornaient à recevoir les témoignages de sympathie que leur prodiguait Kernéguez, sans en rechercher l'origine ni le sens. Il y avait bien les trois filles du marquis ; mais ces vierges gothiques comptaient pour si peu et elles avaient atteint un âge si respectable qu'il ne se pouvait que l'une d'elles fût l'objet des attentions détournées de Croc-d'Argent. Et, d'ailleurs, on sentait je ne sais quoi de rétrospectif dans l'espèce de culte discret voué par le châtelain de La Haye à cette famille. Dans la pénombre du salon de réception, le regard de Croc-d'Argent, quand d'aventure il oubliait

de le voiler d'ironie, semblait chercher quelqu'un qui
n'était plus là : on eût dit qu'il se levait pour lui, de
certains objets, de tapisseries remuées par le vent, de
fauteuils où l'on ne s'asseyait plus, des émanations
subtiles qu'il paraissait respirer avec une amère
volupté.

Quand Pontus avait été chercher à La Haye la
provision de 20.000 francs que Kernéguez avait si
généreusement mise à sa disposition et dont partie
devait servir à la réfection immédiate des appartements destinés aux Trelawney ainsi qu'à l'acquisition
de deux carrossiers et d'un break, Kernéguez ne
s'était pas contenté de lui donner les conseils les plus
propres à guider son choix : il avait voulu l'accompagner au Rusquec, visiter avec lui certaines pièces
condamnées ou dont la famille ne se servait plus, et
Pontus ne fut pas sans remarquer — bien qu'il n'y
attachât sur le moment aucune espèce d'importance
— l'émotion dont il fut saisi sur le seuil d'une de ces
pièces qui était l'ancienne chambre de Bertrande...

Ce nom de Bertrande, Pontus ne l'avait pourtant
prononcé qu'à voix basse, comme s'il avait eu peur
que son père ne l'entendît. Bertrande... C'était la
dernière des quatre filles du marquis, mais si différente de ses sœurs, aussi séduisante qu'elles étaient
disgraciées ! Elle avait cinq années seulement de plus
que Pontus, lequel, en effet, lui ressemblait trait pour
trait : la tige épuisée des Talgoët, avant de mourir,
s'était épanouie dans leur double surgeon. Et ce
commun privilège de jeunesse et de grâce contribua
peut-être à resserrer leur affection plus encore que là
communauté des premiers jeux. Aussi quel crève-cœur
ç'avait été pour Pontus que le mariage inconsidéré

de cette sœur si chère, mariage qui l'avait retranchée
de la famille, tenue, sur l'ordre formel du vieux
marquis, d'oublier jusqu'au nom de la disparue ! Nul
doute que, s'il n'avait été au régiment à cette époque,
il n'eût réussi à détourner Bertrande de cet inexplicable coup de tête.

Les Talgoët n'avaient jamais été bien riches : à
l'époque de leur plus grande splendeur, la fortune
réunie du marquis et de sa femme, une Lesquellen de
la branche cadette, n'excédait pas 28.000 livres de
revenu : c'est que le marquis avait fort écorné son
patrimoine au temps de sa galante jeunesse, quand
il était capitaine aux gardes de Louis XVIII et, plus
tard, comme attaché militaire à l'ambassade de
France en Angleterre, où il trouvait, d'ailleurs, en la
personne de l'ambassadeur, son illustre compatriote
le vicomte de Chateaubriand, le plus beau type de
dépensier sur lequel il se pût modeler. Démission-
naire après les journées de juillet, le marquis de Talgoët, qui avait jeté le premier feu de sa jeunesse et
s'était retiré en Bretagne, crut le moment venu de
faire une fin : Mlle de Lesquellen, personne fort dis-
tinguée et d'excellente famille, s'était trouvée à point
pour l'y aider. Tous deux se marièrent et, au grand
désappointement du marquis, jaloux de ne point
laisser sa maison tomber en quenouille, n'eurent
d'abord que des filles, dont deux moururent en bas
âge, qui faisaient justement la transition entre Bertrande et ses sœurs. Enfin, et comme il désespérait
de laisser aucun héritier mâle, Pontus fit son apparition dans le monde, et le vieux marquis, au comble
de ses vœux, concentra dès lors sur ce rejeton inopiné
des Talgoët toute l'affection dont il était capable.

Cette affection un peu égoïste et singulière et qui restait sobre de manifestations extérieures, tant à cause du caractère entier du vieux gentilhomme qu'en raison de l'idée qu'il se faisait de la *patria potestas*, se marquait pourtant au soin particulier qu'il prenait pour inculquer à Pontus, et dès sa plus tendre enfance, les sévères principes qui font la force des aristocraties et qui sont aussi bien leur unique raison. Peut-être ce soin qu'il apportait à l'éducation de Pontus l'inclina-t-il à négliger plus qu'il n'était sage l'éducation de la jeune Bertrande : s'étant reposé sur sa femme de l'éducation de ses précédentes filles — tâche dont elle s'était acquittée à sa complète satisfaction, ayant réussi à les rendre aussi insignifiantes que possible et à leur faire tenir dans la famille aussi peu de place qu'il se pouvait, — le marquis crut qu'elle en agirait de même à l'égard de Bertrande, dont l'indépendance de caractère, jointe à un besoin de se dépenser que ses lymphatiques aînées n'avaient jamais connu, lui avait totalement échappé.

Le vieux gentilhomme tenait de l'ancien régime par plus d'un côté ; il estimait que les filles doivent se sacrifier aux fils, qui ont la charge du nom et qui en doivent avoir aussi les avantages, et, s'il avait eu plusieurs fils, il eût voulu que les cadets se sacrifiassent pareillement à l'aîné. Prisonnier du code, il en maudissait intérieurement les dispositions et particulièrement cette abrogation du droit d'aînesse, qui est une des causes de l'appauvrissement des classes dirigeantes et de la diminution de la natalité en France. De fait, après la naissance de Pontus, le marquis n'avait plus voulu d'autres héritiers. Il comptait bien que Bertrande viendrait à jubé comme ses sœurs et sentirait la nécessité de s'effacer devant son frère, et à la vérité, les sœurs aînées de Pontus n'avaient point eu grand mérite à accepter ce rôle dépitant : laides, inintelligentes et sans dot, elles n'avaient eu qu'une courte fleur de jeunesse et qu'aucun galant n'avait pris la peine de respirer.

Mais Bertrande ne ressemblait en rien à ses sœurs : sa beauté fine et nerveuse autant que son esprit éveillé et de primesaut firent sensation dans la société bretonne. Les Talgoët habitaient l'hiver Morlaix, sur le quai de Léon, où ils avaient leur hôtel particulier ; l'été seulement et une partie de l'automne leur manoir patrimonial du Rusquec, en Loqueffret Ils frayaient fort dans le monde à cette époque. Bertrande y fut accueillie à bras ouverts : elle fut tout un temps la coqueluche des salons ; mais ce qui devait, semble-t-il, le plus servir à son rapide établissement fut cause justement que les partis la délaissèrent peu à peu ; son esprit, qui tournait volontiers au caustique, lui aliéna la plupart des femmes ; sa grâce, son port de reine, l'élégance de ses toilettes lui firent tort près des hommes, volontiers calculateurs et qui s'effrayaient à la pensée de l'écrin somptueux qu'il faudrait à une telle beauté. Si encore Bertrande avait eu une dot ! Mais c'est de quoi il ne fallait point parler au vieux marquis dont on connaissait l'opinion bien arrêtée en matière de droit successoral. Bertrande comprit dans quelle impasse elle était engagée ; son esprit s'aigrissait ; chaque jour éclaircissait un peu plus le rang de ses prétendants. Ignorance ou fierté, elle ne vit ou ne voulut point voir les regards de chien couchant que lui jetait le

seul homme de son entourage que n'eussent point
rebuté ses goûts de patricienne et la causticité de
son esprit.

Kernéguez, à vrai dire, était un peu marqué pour
Bertrande ; il en avait conscience et s'exagérait par
surcroît le ridicule et l'horreur de son infirmité. S'il
s'était déclaré à temps, peut-être que Bertrande,
malgré sa main artificielle, l'eût accepté sans trop
de déplaisir. La fière jeune fille n'était gâtée qu'à la
surface. On en avait la preuve dans l'affection qu'elle
avait gardée à son frère, et encore que le parti-pris
paternel eût fait de celui-ci la cause indirecte de ses
déboires. Kernéguez, bridé par sa timidité, ne sut pas
emporter la position et la laissa prendre par un certain
Gardivaux qui se faisait appeler le baron Gardivaux
et qui était le fils d'un financier véreux compromis
dans toutes sortes d'affaires louches et, en dernier
lieu, dans le krach de la *Société anonyme des charbonnages du Finistère.*

Millionnaire ou se donnant pour tel, bel homme,
grand casseur de cœurs, toléré plutôt que reçu dans
le monde assez fermé de l'aristocratie bretonne — où
il avait été introduit par un de ses amis de régiment,
le fils du sénateur Lebigre, propriétaire d'une partie
des forêts du Huelgoat, — Gontran Gardivaux avait
rencontré Bertrande à l'une de ces chasses à courre
qui réunissent périodiquement les membres de la
gentry morlaisienne et, moins frappé par sa beauté
que par sa naissance, avait fort adroitement cir-
convenu ce cœur désenchanté. L'aigrefin avait surtout vu, dans un mariage avec une Talgoët, le moyen
de se pousser dans le monde et d'y avoir définitivement ses grandes lettres de naturalisation. D'autre

part, Bertrande prenait de l'âge ; elle avait vingt-trois
ans et ne laissait pas de réfléchir... Gardivaux présenta sa demande. Le vieux Talgoët, qui possédait
par cœur son armorial, fit la grimace devant ce
noble de fraîche date. Toutefois, il voulut s'informer,
apprit d'assez vilaines choses sur Gardivaux premier
du nom et répondit par un refus formel. Mais notre
Gardivaux *junior* avait si bien disposé ses batteries
que ce refus lui assura le cœur un peu hésitant encore
de la jeune fille, éclairée par l'exemple de ses sœurs
sur l'avenir qui l'attendait. Majeure, elle n'hésita
point à rompre brutalement avec les siens, fit à son
père les trois sommations alors requises par la loi et
devint la baronne Gardivaux...

Pour la première fois, le vieux Talgoët trouvait
devant lui pareille résistance à laquelle son caractère
entier et despotique ne l'avait point préparé : il jura
qu'il ne reverrait sa fille de la vie et défendit que son
nom fût prononcé devant lui. Ce ne fut point le seul
effet du coup de tête de Bertrande. Le marquis, de
tempérament apoplectique, fut frappé d'une hémorragie cérébrale dont on ne le tira qu'à grand'peine et
qui le laissa presque impotent : atrophie musculaire
ou paraplégie, ses membres inférieurs refusaient tout
service ; il lui fallut adopter le fauteuil roulant et
vivre dans ses appartements privés. De plus le
médecin prévint la famille que le malade était à la
merci d'une nouvelle crise et qu'il fallait à tout prix
lui éviter les émotions violentes...

Le mariage inconsidéré de Bertrande fut comme
le signal des malheurs qui s'apprêtaient à fondre sur
les Talgoët : le notaire qui avait l'administration de
leurs biens leva le pied et, quand les débris de leur

patrimoine furent réunis, il se trouva qu'il ne leur restait plus que trois mille livres de revenus, provenant de leurs terres du Rusquec. Il fallut dire adieu au confortable hôtel du quai de Léon et se cloîtrer dans le mélancolique manoir où la famille passait ordinairement les jours chauds. Ce nouveau malheur fut soigneusement caché au vieux marquis ; le docteur, par bonté d'âme, voulut bien trouver dans son latin quelques gros termes rébarbatifs pour démontrer au pauvre homme que le séjour de la ville était malpropre à sa guérison et qu'il ne lui fallait plus quitter ses forêts.

La famille vivait ainsi depuis plusieurs années dans la solitude, se livrant à des prodiges d'économie et d'ingéniosité tout ensemble pour entretenir autour de son chef un semblant d'aisance et de confort. La grande salle à manger, le salon et la chambre du premier étage avaient conservé leur décoration primitive ; le vieux gentilhomme, qui ne devait faire aucun travail de tête et n'avait même pas la ressource d'éplucher les comptes de ses fermiers, y bâillait sa vie dans un fauteuil à roulettes, servi par son ancien valet de chambre, Gonéry Bodegat, qu'on avait mis dans le complot en raison de son inébranlable attachement à la famille et qui jouait son rôle avec une habileté consommée et un désintéressement encore plus rare, dont on prendra une idée par ce fait qu'à la ruine de ses maîtres il avait volontairement renoncé à ses gages. Toujours exact dans son service, correct dans sa tenue, Gonéry inspirait toute confiance au vieux Talgoët qui ne remarquait aucun changement dans son entourage immédiat. Comment se fût-il douté que la garde-robe de son valet de

chambre était payée sur les économies dudit ?
Comment se fût-il même douté du délabrement
extérieur du manoir ? La cour d'honneur, la seule
qu'il avait sous les yeux, était maintenue dans un
état de propreté qui ne laissait rien à désirer. Le
vieux gentilhomme, dont l'œil acéré scrutait jusqu'aux moindres recoins, n'y eût pas souffert qu'une
herbe parasite poussât entre les fentes du pavé.

Ainsi s'expliquait le contraste qu'elle offrait avec
la négligence et l'état d'abandon des autres parties
du manoir, contraste qui avait si vivement intrigué
Florence, et encore que Pontus eût prélevé sur les
20.000 francs avancés par Kernéguez la somme nécessaire pour faire faire aux toitures et aux tourelles les
réfections les plus urgentes. Chaque soir, dans la
grande salle de réception, par une habitude qu'il
avait prise depuis son attaque, le marquis tenait
son jeu près de la cheminée, un whist à cinq sols la
fiche, que l'abbé Colober et Croc-d'Argent s'ingé-
niaient réciproquement à lui faire gagner, tant pour
s'épargner à eux-mêmes ses crises de bougonnerie
— le marquis, fort galant homme, avait le petit
défaut d'être mauvais joueur — que pour éviter à
la famille des pertes d'argent qu'elle eût malaisément
supportées...

C'était même un des étonnements de la marquise
que l'abbé Colober se prêtât à ce petit calcul, car il
n'était point très riche et, plus d'une fois, elle avait
voulu lui rembourser ses différences.

« Laissez, madame la marquise, avait dit avec un
sourire ironique le vieux desservant... Je ne suis point
autant que vous croyez le mauvais marchand de
l'affaire. »

Et, ce disant, il ne mentait point, car Kernéguez, en sous-main, ne manquait jamais de le dédommager de ses pertes, y ajoutant quelque menue somme pour les intérêts, qu'il avait la charité d'appeler les pauvres de M. le recteur.

La bourse du marquis, grâce à ce délicat stratagème des deux partenaires, n'avait pas besoin d'être renouvelée. Aussi bien, et pour un budget aussi maigre que celui des Talgoët, les sirops et les légères pâtisseries que Gonéry faisait circuler sur un plateau d'argent massif étaient déjà une suffisante dépense : si sobres que s'en montrassent les invités, il fallait bien y faire honneur de temps à autre.

Heureusement que la prude Isoarde qui, avant la ruine des siens, n'avait jamais mis les pieds dans un office, s'était découvert sur le tard des talents culinaires insoupçonnés ; elle excellait surtout aux friandises qui étaient un des péchés mignons du vieux gentilhomme et dont sa table personnelle était toujours abondamment garnie. Dame Véronique, à vrai dire, au début de l'installation définitive des Talgoët au Rusquec, n'avait pas dédaigné de prêter ses conseils expérimentés à Isoarde : en quoi faisant, elle avait montré un esprit de mansuétude que l'abbé Colober n'aurait pas osé attendre de sa gouvernante qui, pour avoir bercé sur ses genoux Bertrande et Pontus, ne pardonnait pas au vieux marquis l'animosité dont il poursuivait la première et la froideur dont il accablait le second. Les deux sœurs d'Isoarde et Mme de Talgoët vaquaient aux autres soins du ménage dont le gros ouvrage était fait par une vachère de la ferme. Le domanier lui-même, à l'occasion, remplissait l'office de cocher et endossait à cet

effet une souquenille galonnée dont il réclamait sans
succès le renouvellement et qui, pour être juste,
montrait la corde en plus d'un endroit ; il logeait,
étrillait et soignait l'unique bête que les Talgoët
eussent gardée dans leurs écuries et dont l'entretien,
au prix où le domanier leur comptait l'avoine et le
foin, était fort dispendieux. A maintes reprises
Mme de Talgoët et ses filles avaient agité la question
de s'en débarrasser ainsi que des deux briquets
restant de l'ancien vautrait du marquis, mais la bête
qui se prêtait au trait et à la selle, rendait de si
grands services à la famille qu'on y renonça. Le
domanier, qui l'empruntait pour ses charrois, eût
d'ailleurs réclamé une indemnité et aligné de nouveau
sous les yeux de Mme de Talgoët un de ces bataillons
de chiffres qui effrayaient tant la bonne dame.

Si ignorante fût-elle du détail matériel de l'existence, il avait pourtant bien fallu que Mme de Talgoët
finît par voir clair dans la conduite de ce domanier,
vieux paysan madré qui n'avait jamais donné prise
au moindre reproche, tant que la famille avait été
dans l'aisance et le marquis sur pied, et qui, depuis
la déconfiture des Talgoët, ne perdait pas une
occasion de l'y enfoncer davantage avec un vague
espoir d'y pêcher quelque lambeau de bois ou de
prairie. Loin qu'il s'ingéniât à aider les Talgoët, ce
coquin de Bennéad, comme l'appelait Croc-d'Argent
qui avait flairé l'instinct pillard du *guiraour* (nom
qu'on donne en Bretagne aux tenanciers du domaine
congéable), mettait à profit l'ignorance de la marquise et l'absence de Pontus, encore au régiment,
pour achever de ruiner la famille : la terre du Rusquet
ne rendait plus la moitié de ce qu'elle rapportait autre-

fois. Si Bennéad payait ses 1.200 francs de rente fixe rubis sur l'ongle, Kernéguez offrait de parier qu'il mettait bien en poche la moitié du produit des coupes qui faisaient presque tout le revenu des Talgoët et de la négociation desquelles la marquise l'avait inconsidérément chargé. Les comptes du domanier étaient toujours en règle et c'était la raison pour laquelle Mme de Talgoët n'avait pas conçu tout d'abord de soupçon, n'imaginant point que Bennéad pût s'entendre en sous-main avec les marchands de bois de la région et, d'accord avec eux, libeller les quittances comme il l'entendait.

Le domanier n'avait pas tardé à s'apercevoir que la marquise ignorait la valeur réelle des moindres choses et il les lui faisait payer en conséquence, lui vendant ses légumes, son beurre et ses œufs plus cher qu'à la ville, exagérant le coût des volailles qui paraissaient sur la table du marquis, quand le reste de la famille se contentait de bouillie, de laitage et de pommes de terre, grattant sur les commissions, comptant les objets le double de ce qu'il les avait achetés au marché ou à la foire. Les garennes du Rusquec, fort giboyeuses jadis, étaient dévastées : y chassait qui voulait, pourvu qu'il eût pris soin d'abord de graisser la patte du domanier. Les quelques chevreuils qu'on croisait d'aventure autour du manoir venaient des propriétés de Lebigre et de Kernéguez. Il y avait beau temps que ceux du domaine avaient pris le chemin des hôtelleries de Morlaix et du Huelgoat. L'impunité avait rendu le domanier plus audacieux à mesure : si Mme de Talgoët avait été moins casanière, elle eût remarqué que les futaies du Rusquec s'éclaircissaient singulièrement

depuis quelques mois, qu'il n'était point de jour où
la cognée ne résonnât sur les hauteurs ou au creux
de la vallée ; des bataillons de magnifiques épicéas,
des chênaies entières avaient été fauchés de la sorte
autour du manoir. Bennéad n'avait pas que des
intelligences avec les principaux marchands de bois
de la région ; il ne se contentait pas, septembre venu,
de mettre en campagne le digne Kom et le non moins
honorable Béquillard, deux professionnels du bra-
connage, ses hommes à tout faire, qui avaient érigé
l'art du traquet à la hauteur d'une institution. Un
jour que Kernéguez passait à cheval sur le pont de
Saint-Herbot, il entendit le tintement argentin d'un
pic sur le granit. Le bruit venait du Traon-Ellez.

A cet endroit, l'Ellez, qui serpentait sur un plateau
fort élevé, fait une chute brusque de soixante-dix
mètres de haut ; il fonce en furieux sur la barricade
de rochers qui obstrue son cours et tantôt disparaît
sous leurs arches, tantôt bondit par-dessus et drape
d'une poussière nacrée les arbres penchés sur ses
eaux. La cascade de Saint-Herbot, longue de plus
d'un kilomètre, est une des merveilles de ce pays
déjà si riche en beautés naturelles. Le vieux marquis,
à qui elle appartenait avec l'antique moulin féodal
planté de biais à sa boucle, en était justement fier
et mettait tous ses soins à lui conserver sa sauvagerie originelle ; il n'avait jamais permis qu'on
touchât à cette formidable coulée de blocs cyclo-
péens, pareils, suivant l'expression d'Hugo, à de la
tempête pétrifiée et qui donnent à cette partie de
l'Arrhée cornouaillais l'aspect d'une région au lendemain de quelque épouvantable convulsion géolo-
gique.

Kernéguez poussa son cheval dans la direction du bruit et ne fut pas peu surpris de rencontrer au pied de la cascade une escouade de carriers qui avaient pris possession des roches inférieures et avaient déjà commencé de les débiter en parpaings et en bordures. Il pensa d'abord que les Talgoët avaient passé marché avec quelque entrepreneur du Huelgoat et ne put s'empêcher d'en marquer son douloureux étonnement à la marquise.

« Mais nous n'avons passé marché avec personne », dit Mme de Talgoët.

On fit venir le domanier, qui jura ses grands dieux qu'il n'était pour rien dans l'affaire. Kernéguez aurait désiré qu'on poussât l'enquête plus loin et qu'on ne se contentât pas de renvoyer les carriers. Mais la marquise, qui s'effrayait des moindres complications, supplia Kernéguez de n'en rien faire ; le *guiraour* lui inspirait une terreur secrète ; si inexpérimentée, elle se sentait incapable de lutter avec un coquin de cette envergure et dont il aurait fallu un adversaire autrement taillé qu'elle pour déjouer la tactique enveloppante et silencieuse.

Du moins, et si le dernier méfait de Bennéad resta impuni comme les précédents, eut-il pour conséquence de décider la marquise à sauter le pas et à rappeler Pontus du régiment. Ce projet, devant lequel elle avait longtemps reculé et qui lui parut à cette heure d'une urgente nécessité d'exécution, renversait sans doute les ambitions secrètes du vieux marquis et ne devait pas sourire davantage au principal intéressé. Pontus de Talgoët avait été nourri par son père dans l'idée que le métier militaire était le seul qui convînt à un homme de son rang. Trop

accommodant, peut-être, sur le chapitre de l'instruction, le marquis, en revanche, avait tenu que son
fils fût brisé de bonne heure à tous les exercices du
corps : escrime, voltige, équitation, n'eurent bientôt
plus de secrets pour Pontus. Dans leurs chasses en
forêt, à travers la région la plus accidentée de Bretagne, l'enfant et le père galopaient botte à botte
pendant des journées entières. L'enfant montait un
petit cheval pie de cette race naine d'Ouessant, qui
gardait quelque chose de l'âpreté et de l'alacrité des
vents marins, et il n'avait droit de quitter la selle
que quand la bête, loup, sanglier ou daim, était
forcée, étripée et dépouillée. Laissé maître de ses
allures par la volonté de son père, quand il n'accompagnait pas celui-ci à la chasse, il courait les bois
seul ou dans la société de Barba, l'Innocente du
Guibel, qui l'initiait aux grisantes voluptés de la
vie forestière. Mme de Talgoët s'effrayait bien quelquefois de cette liberté d'allures, si contraire à ses
principes, et tâchait d'endoctriner le marquis pour
qu'il y mît un terme.

« Bon, laissez faire, répondait le marquis... L'enfant
se forme, tandis qu'il court les bois avec l'Innocente...
La nature est un livre aussi, et ce qu'on y apprend
vaut bien les leçons des pédants et des barbacoles. »

L'enfant se formait, il est vrai, et sa souplesse,
son endurance, la belle santé physique qui éclatait
dans toute sa personne ravissaient le marquis ; mais,
à douze ans, Pontus de Talgoët savait à peine lire et
écrire. On prit un précepteur ecclésiastique, homme
d'expérience, qui avait déjà fait l'éducation de trois
ou quatre générations d'écoliers et passait pour le
plus habile rebouteur d'intelligences éclopées ou

récalcitrantes qu'il y eût dans toute la péninsule armoricaine. Après deux ans de tentatives infructueuses, l'abbé demanda qu'on le relevât de ses fonctions et conseilla au marquis de placer l'enfant chez les Pères.

« Il n'y a pas d'autre moyen d'en venir à bout, dit-il au vieux gentilhomme. Les distractions sont trop nombreuses ici ; l'enfant n'est ni sot ni vicieux ; il a même un excellent fonds, je crois, mais il est sollicité par tous les bruits qui passent et par toutes les odeurs qui circulent. Chose curieuse, il ne marque un peu d'attention que quand je lui lis des vers ou quand je lui en traduis des auteurs grecs ou latins... Si cet enfant ne fait pas un soldat, il fera un poète, un rêveur — *pierio de grege nugator* — et c'est à quoi vous ne vous attendiez peut-être pas, monsieur le marquis. Voilà où mène la fréquentation de la Nature. Tertullien l'appelle quelque part l'Ennemie et dit qu'il faut se garder des pièges qu'elle nous tend. Cette poésie vague, ce romantisme épars dans l'air à certaines heures du jour sont des poisons mortels pour les âmes... L'enfant est déjà bien en retard : sa faiblesse en mathématiques est positivement inconcevable et j'ai grand peur qu'il ne puisse jamais se présenter à Saint-Cyr... En tout cas, ce n'est pas céans qu'il pourra s'y préparer. »

A la suite de ce petit sermon, filé avec toute l'onction désirable, Pontus fut placé en pension chez les Pères de Vannes et il parut d'abord qu'il s'accommodait mieux qu'on n'aurait osé l'espérer d'un régime si différent de celui qu'il avait mené jusque-là. Les Pères, sans doute, avaient étudié leur nouveau pensionnaire et s'étaient bien gardés de le heurter de

front ; ils virent bien quel était le défaut secret de
ce garçon volontaire et rêveur, qui unissait en lui la
sentimentalité maternelle aux goûts violents et à
l'appétit de liberté et de grands espaces qu'il tenait
du vieux marquis. C'est un problème continuel pour
les natures de cette sorte d'accorder des tendances si
opposées. Comme elles sont capables des plus magnifiques élans, elles sont sujettes à des réactions ner-
veuses qui les laissent toutes pantelantes et dépri-
mées. Pontus, tant par amour-propre personnel que
pour donner satisfaction à ses parents, s'était jeté
dans le travail avec une sorte de frénésie concentrée
qui lui faisait oublier la liberté dont il était sevré
pour la première fois ; son intelligence un peu lente,
mais qui ne laissait rien perdre de ce qu'elle avait
une fois acquis, chaque jour s'éveillait un peu plus,
s'élargissait et lui découvrait des horizons jusque-là
obstinément fermés à ses efforts. Plus que jamais il
était sensible aux frémissantes élégies du cygne de
Mantoue, mais il concevait qu'il y a aussi, suivant un
mot célèbre, une poésie de l'algèbre et de la géométrie et qu'un théorème peut être beau comme un
beau vers ou un bel objet d'art.

C'est le biais par où les Pères réussirent à vaincre
cette horreur de la mathématique, comme disait le
vieux marquis en employant une expression de l'ancienne langue, dont se désespérait le premier précepteur de l'enfant. Nul doute qu'avec cette passion
presque exaltée qu'il apportait à ses nouvelles études
et que ses maîtres avaient la plus grande peine à
modérer, il ne fût parvenu à rattraper le temps
perdu et à sortir victorieux des redoutables épreuves
du concours pour l'admission à Saint-Cyr ; mais, à

la fin, les ressorts trop tendus se brisèrent : une céphalalgie violente, prélude de la typhoïde qui le terrassa quelques jours après, le força d'interrompre sa préparation. Pontus resta trente-deux jours entre la vie et la mort ; par surcroît d'infortune et quand le docteur croyait pouvoir répondre de ses jours, il fut atteint d'une péritonite dont il ne réchappa encore que par le seul effet des puissantes réserves d'énergie physique accumulées en lui pendant son enfance.

Mais la convalescence de Pontus fut longue, coupée de rechutes, et il lui fallut abandonner le projet tant caressé par son père et par lui-même d'entrer à Saint-Cyr. Le voyant rétabli, mais n'osant plus le pousser de vive force dans une carrière dont les approches avaient failli lui être si fatales, son père lui demanda ce qu'il comptait faire.

« M'engager », répondit Pontus.

Le marquis, pour froid et réservé qu'il fût dans l'expression de ses sentiments, ne put s'empêcher de serrer la main de Pontus et de lui dire :

« Corbleu ! c'est bien, mon cher. Mais je n'attendais pas moins de vous. »

Au régiment, Pontus trouva tout de suite le milieu qui lui convenait.

Il s'était engagé dans les spahis algériens : l'imprévu de cette vie de grand air et d'alertes perpétuelles s'accommodait on ne peut mieux avec son goût de l'aventure.

D'autre part, le poète qu'avait pressenti son premier précepteur s'éveillait peu à peu sous les chauds effluves de cette magnifique terre africaine aux quatre coins de laquelle l'emportaient les épiques chevauchées de son escadron.

Mais le poète ne faisait pas tort au soldat qui, dès le premier jour, avait attiré l'attention de ses chefs, moins encore par son nom que par tout ce qu'il y avait de vraiment et de noblement militaire en lui : une estafilade à l'épaule et la prise d'un étendard kabyle dans une rencontre au défilé de la Moussaïa lui valurent, en même temps que ses premiers chevrons de brigadier, son inscription au tableau d'honneur du régiment.

Pontus ne conçut aucun orgueil de cette rapide promotion.

Le nouveau brigadier avait été envoyé avec son escadron à El-Mekla ; mais il se trouva que ce poste, l'un des plus avancés de la frontière saharienne, ne fut pas inquiété de toute la campagne. Les spahis se morfondaient dans l'inaction. Pontus, fort heureusement, avait dans sa cantine quelques livres, achetés d'occasion chez un brocanteur de Constantine, et, parmi eux, le *Sahara*, de Fromentin, et un tome dépareillé de *Grandeur et Servitude militaires*.

La double révélation que lui furent ces deux livres, dont l'un traduisait en une langue si colorée et si chaude les confuses impressions qu'il avait personnellement éprouvées en Afrique, dont le second était le commentaire éloquent de sa propre destinée et répondait si exactement à la haute conception qu'il s'était faite de la vie militaire, demeura comme un des plus ineffaçables souvenirs de son séjour en Algérie. Il lui tarda de se procurer les autres livres de Fromentin et de Vigny et, en attendant de les recevoir, il ne put s'empêcher de s'essayer lui-même dans la voie que lui avaient ouverte ces deux maîtres, mais où il ne s'engageait qu'avec une extrême défiance de soi et la volonté bien arrêtée de garder par devers lui ses premiers et balbutiants essais.

En somme et à quelques petites déceptions près, la vie de régiment jusque-là avait été bonne et facile pour Pontus ; les lettres qu'il recevait de sa mère témoignaient à quel point sa crânerie sous les armes et l'acte de bravoure qui lui avait valu ses premiers galons étaient allés au cœur du vieux marquis. Pontus n'était ni joueur ni dépensier ; l'argent de poche qu'il recevait de sa famille suffisait largement à ses besoins. Il n'avait de vraie passion qu'à son cheval, à ses livres et aux deux lévriers sloughis que, pour occuper les loisirs de la vie sous la tente, il avait achetés au cheick d'une *ferka* voisine et avec lesquels il courait le lièvre et l'agouti...

Il apprit coup sur coup le mariage inconsidéré de Bertrande et l'attaque d'apoplexie qui venait de frapper son père. Son chagrin fut d'autant plus profond que rien ne l'avait préparé à cette double catastrophe. Par bonheur pour Pontus, son escadron fut rappelé peu après d'El-Mekla et dirigé sur un autre point du Tell oranais, où des troubles avaient éclaté. L'expédition fut des plus rudes ; elle fit une heureuse diversion au chagrin du jeune homme, qui s'y jeta tête baissée. On rappelle encore dans les gourbis du Sud-Algérien comment, son cheval ayant été tué sous lui, il trouva moyen de rattraper à la course un caïd qui filait à francs étriers, bondit sur la croupe du cheval, étreignit le caïd et le força de tourner bride dans la direction du camp. On allait tirer sur ce bizarre assaillant quand on aperçut derrière lui la chéchia du brigadier.

Tout le temps que dura cette expédition du Tell oranais, les distributions de courrier furent très rares au camp, si bien qu'en rejoignant sa garnison Pontus trouva tout un paquet de lettres qui l'y attendaient depuis sept ou huit mois. Mme de Talgoët mandait à son fils la nouvelle catastrophe qui venait de frapper la famille, presque complètement ruinée par la banqueroute de son notaire ; le jeune homme, dorénavant, devrait se contenter de sa solde, renoncer aux subsides que lui faisait tenir sa mère ; celle-ci se flattait que Pontus, nonobstant, pourrait demeurer au service. Le marquis, à la suite de son hémorrhagie cérébrale, avait perdu tout un temps l'usage de la parole et l'on avait cru qu'il resterait complètement paralysé. Pendant cette phase de sa maladie, l'administration des biens de la famille avait passé aux mains de Mme de Talgoët : une décision du tribunal de Chateaulin l'avait nommée tutrice de son mari. Grâce à cette transposition de pouvoirs, le marquis, une fois rétabli et l'usage de la parole recouvré, mais non celui de ses membres inférieurs où le mal paraissait avoir élu son siège définitif, n'eut pas à intervenir dans les arrangements qui suivirent la banqueroute du notaire et la licitation d'une partie des biensfonds de la famille ; on put ainsi lui cacher sa ruine. Mme de Talgoët pensait bien, à force d'habileté et d'économie tout ensemble, la lui pouvoir cacher jusqu'au bout. Et, de fait, les bonnes intentions ne manquaient pas à la marquise, mais le moyen de les exécuter.

Ce n'était pas du premier jour que, seule, sans

expérience, passant de l'aisance à une condition plus que médiocre, elle pouvait s'instruire de tout ce qui lui manquait pour appliquer son généreux programme : la nuée d'aigrefins professionnels, qui, à la première nouvelle du désastre, s'était abattue sur la famille, s'ingéniait à la dépouiller du peu qui lui restait. Bennéad, en qui la marquise avait pleine confiance, n'avait pas tardé à révéler le vrai fond de sa nature : sur la rapacité naturelle du paysan, mais contenue jusque-là par la crainte révérencielle du maître, s'était greffé on ne sait quel bas instinct de représailles, le désir obscur, chez ce descendant des Jacques de la révolte du Papier-Timbré, les plus grands brûleurs de châteaux qu'il y ait eu par le monde, de venger la défaite des siens, de recommencer pour son compte personnel un petit 93 familial. Aidé de Kom et de Béquillard, il enferma lentement, invisiblement, Mᵐᵉ de Talgoët dans un réseau d'intrigues ténébreuses où la pauvre femme se débattait comme un poisson dans la nasse. Tous les efforts qu'elle faisait pour épargner sur les revenus de la famille, — allant jusqu'à se passer de domestiques, utilisant pour ses filles et pour elle les déchets de sa garde-robe, réservant le pain blanc à la table du marquis et se contentant de ce pain de méteil, sableux et lourd, où s'ébréchaient ses dents délicates et qu'on fabrique dans les fours banaux de la Cornouaille, — ne parvenaient pas à vaincre le mauvais sort qui s'acharnait après elle. Plus d'une fois, elle s'était ouverte de ses déceptions à Pontus et lui avait fait part avec effroi des craintes qu'elle éprouvait pour l'avenir de la famille : chaque année, quelque brèche nouvelle s'ouvrait dans le capital déjà bien écorné des Talgoët ; la terre ne rapportait plus ; le prix des denrées augmentait. Il était visible que la pauvre femme perdait la tête au milieu de tous ces tracas...

Ah ! si Pontus avait été là !... Elle n'osa d'abord formuler ce souhait qu'en elle-même et parce qu'elle sentait combien il était grave : n'était-ce point assez que les Talgoët fussent ruinés et fallait-il encore briser la carrière de leur héritier mâle, du dernier représentant de la famille, de celui qui faisait toute sa consolation et son espoir ? Aimant son métier comme l'aimait Pontus, pouvait-on lui demander un pareil sacrifice et le lui demander justement à l'heure où le généreux jeune homme, maréchal des logis depuis deux ans, touchait au terme de ses longs efforts et allait être promu sous-lieutenant ? Une lettre de Pontus l'avait annoncé à sa mère : le vieux marquis, dans sa solitude, en avait été tout regaillardi ; son regard, perdu dans la pénombre, avait longtemps caressé la vieille épée à quillons de fer dont il rêvait d'armer lui-même son fils quand celui-ci lui reviendrait avec l'épaulette d'officier... En supposant que Pontus eût consenti à donner sa démission et à rallier le Rusquec, comment le vieux gentilhomme, à son tour, eût-il pris cette démission qui allait à l'encontre de ses vœux les plus chers et dont il était impossible de lui faire connaître les raisons ?

Mme de Talgoët pesa longtemps en elle-même tous ces arguments ; ils avaient une telle force qu'on ne leur pouvait rien opposer. Mais la situation de la famille allait chaque jour s'aggravant : n'osant encore accuser tout haut son domanier, Mme de Talgoët commençait à le soupçonner intérieurement. Une hypothèque de 15.000 francs à 5 % sur les tailles du

Coat-Ellez arrivait prochainement à échéance : soit 750 francs à payer et où les trouver d'aventure ? La vente des fagots, sur laquelle comptait Mme de Talgoët pour se libérer, n'avait pas rapporté la moitié de la somme qu'elle espérait. Il lui fallut faire violence à ses sentiments et solliciter un délai de Lebigre. Lebigre n'avait dit ni oui ni non : il offrait seulement, si Mme de Talgoët était pressée d'argent, de lui acheter le Coat-Ellez moyennant 20.000 francs, ce qui lui laisserait encore, après la levée des hypothèques, 5.000 francs clairs et liquides. Peut-être Mme de Talgoët eût-elle accepté, si à ce moment Kernéguez ne fût venu lui apprendre le genre d'opérations auquel se livrait son *guiraour* sur les granits de la cascade ; la pauvre femme n'eût pas été plus émue, jetée pieds et poings liés, dans une caverne de voleurs, et, fermant les yeux, elle poussa vers Pontus ce cri suprême de détresse, cet appel de la mère à son fils qui ne pouvait laisser celui-ci indifférent :

« Tu es un homme, tu peux seul nous sauver, et non pas moi seulement ni ton père, qui doit ignorer sa ruine jusqu'au bout, mais tes sœurs qui n'auraient même pas le trousseau nécessaire pour entrer dans un couvent. Donne ta démission et viens à notre secours, mon enfant. »

Pontus éprouva que quelque chose se brisait en lui ; mais le sentiment du devoir l'emporta sur toutes les autres considérations. Son engagement n'était point encore arrivé à expiration et il ne pouvait, comme le croyait la marquise donner sa démission de maréchal des logis. Restait le biais d'un congé de réforme pour infirmité contractée au service : sa blessure à l'épaule lui avait laissé une légère ankylose.

Les chefs de Pontus, soupçonnant quelque catastrophe domestique, ne voulurent pas lui créer de
difficultés ; ils appuyèrent sa demande, et Pontus
revint au Rusquec. La face glacée du marquis lui
apprit que le vieux gentilhomme ne lui pardonnait
pas, ne lui pardonnerait jamais la décision qu'il avait
prise. Vainement Mme de Talgoët avait essayé d'expliquer cette décision par les raisons de santé les plus
impérieuses. A cela le marquis n'avait rien répliqué ;
mais, s'il n'avait pas eu un mot de reproche contre
Pontus, sa froideur parlait suffisamment pour lui
lui.

La tristesse qu'en éprouva le jeune homme et qu'il
faisait tous ses efforts pour cacher à sa mère ne put
qu'augmenter de jour en jour : il ne retrouvait un
peu de répit que dans la solitude, son fusil à la main,
musant ou chassant et rapportant au manoir, avec
des bribes d'élégie ou les quatrains d'un sonnet
mélancolique, les pièces de venaison qui servaient
à la table du marquis et soulageaient d'autant le
maigre budget de la famille.

Le retour inopiné de Pontus avait dérangé les
calculs secrets de Bennéad ; mais le coquin, que sa
dernière mésaventure dans la concession tacite con-
sentie par lui à un entrepreneur de granit du Huelgoat
avait rendu à sa prudence naturelle, cachait soigneusement son jeu et affectait maintenant tous les
dehors de la probité la plus scrupuleuse. Pontus
s'ingénia vainement à le prendre en défaut. Béquillard
et Kom avaient disparu de l'horizon et transporté en
d'autres parages leurs lacets à bécasses, leurs traquets
et leurs hausse-pied : la cognée des boisiers chômait
autour du Rusquec. Pontus soignait lui-même son

cheval, savait exactement ce qu'il lui fallait de foin et d'avoine, et c'est à peu près tout ce qu'il savait. Son instruction agricole était toute à faire, et il est vrai qu'il s'appliqua courageusement, dès son arrivée, à combler cette lacune de son éducation première ; mais il se heurta chez Bennéad à une mauvaise volonté si évidente, encore que dissimulée sous les apparences les plus mielleuses et les plus empressées, qu'il sentit bien vite l'inutilité de sa tentative, au moins tant qu'il n'aurait pas changé de professeur. Il se tourna vers les fermiers voisins, voulut s'enquérir des méthodes de travail, du prix des denrées, du revient des terres, etc. : la franc-maçonnerie occulte, qui lie l'un à l'autre les paysans et qui fait que, divisés entre eux, ils se retrouvent unis et solidaires contre leurs maîtres, là encore lui opposa un obstacle d'autant plus insurmontable que les exploitations agricoles sont très clairsemées dans cette partie de la Cornouaille finistérienne.

Il y avait d'ailleurs quelque chose de plus pressé à régler que la question de son apprentissage agronomique et puisque aussi bien il finirait par acquérir tôt ou tard les connaissances qui lui manquaient et ne fût-ce qu'à force de patience et d'observations personnelles : c'était la question de la vente du Coat-Ellez. Lebigre n'avait accepté de reculer l'échéance des intérêts à lui dus que sur la promesse d'une cession de ces tailles, dont il paraissait avoir la plus grande envie : Mme de Talgoët avait subordonné son consentement à celui de Pontus. Le jeune homme n'avait pas perdu un moment et, à peine débarqué au Rusquec, il avait étudié la situation de son mieux ; se méfiant du domanier, il avait vu personnellement deux marchands de bois de la région, consulté des hommes d'affaires à Chateaulin et à Morlaix, mais il avait constaté chez tous une volonté si ferme et si bien arrêtée de ne pas s'immiscer dans un marché où Lebigre était partie prenante qu'il se pénétra rapidement de l'inutilité de ses efforts.

Évidemment personne n'osait contrecarrer Lebigre, sénateur ministériel, riche à millions, et qui disposait des places et des faveurs gouvernementales : il suffisait qu'on le sût dans une affaire pour qu'on s'effaçât devant lui. Les biens des Talgoët étaient si grevés d'hypothèques qu'il n'était pas possible de les charger davantage. Tous les délais épuisés et une fois bien convaincu de la nécessité de vendre le Coat-Ellez, Pontus, pour son édification personnelle, désira provoquer sur la valeur réelle de ces tailles l'opinion désintéressée du seul homme auquel — par un sentiment de délicatesse peut-être exagéré — ni lui ni les siens n'avaient voulu jusqu'alors confier leur embarras : c'est ainsi qu'il fut amené à consulter Croc-d'Argent. On sait l'issue inespérée de cette consultation. Lebigre, prévenu de la rupture des négociations, fit aussitôt marcher le papier timbré, mais il trouva à qui parler et en fut pour sa courte honte. Les 35.000 francs de' Kernéguez n'avaient pas seulement permis à la famille de faire face aux échéances qui la menaçaient : en même temps qu'ils servaient à la réfection des parties les plus compromises du manoir, ils donnaient aux Talgoët la possibilité de respirer et d'attendre. La déloyauté de Bennéad ne faisant plus aucun doute, on décida que son bail, qui expirait l'année suivante, ne serait pas renouvelé et que Kernéguez s'occuperait entre temps de trouver un autre *guiraour* aux Talgoët.

Les choses ainsi réglées, Pontus et sa mère purent se livrer en paix aux soins que réclamait la prochaine arrivée des Trelawney. Encore ne laissaient-ils pas de concevoir certaines inquiétudes au sujet de leurs hôtes : c'est qu'en effet, et pour peu que le séjour des Trelawney se prolongeât, l'aisance relative où se trouvaient momentanément les Talgoët ne tarderait pas à disparaître et la gêne à se faire sentir de nouveau. Le marquis tenait à ce que ses hôtes fussent royalement traités ; plus d'une fois, dans la conversation, il avait mis les siens à la torture par ses allusions à un état de choses dont il ne restait plus trace au manoir, demandant par exemple à Florence si elle avait visité les boxes des écuries et comment elle avait trouvé son vautrait de chiens courants.

A ces questions, les Trelawney se regardaient l'un l'autre, incertains si le marquis déraisonnait ou s'il voulait se moquer d'eux. Chaque fois qu'il abordait ce terrain brûlant, Pontus tâchait de détourner la conversation, mais n'y réussissait pas toujours. Sa gêne et celle de la marquise n'avaient pas échappé à Florence. Les premiers jours donnés à leur installation et à un repos que commandaient les fatigues du voyage, Pontus, sur l'ordre de son père, s'était mis à la disposition de ses hôtes pour leur faire les honneurs de la contrée qui abondait en curiosités de toutes sortes...

« Pardieu, mon cher Trelawney, avait dit le marquis, je veux savoir si vous êtes de l'avis de votre père qui disait que, pour peu qu'on parvînt à débarrasser ce pays-ci de ses ingénieurs, de ses usines et de ses hauts fourneaux, il n'y aurait pas de plus beau pays sur la terre.

— Mon père avait les idées de son temps, dit avec un sourire un peu contraint lord Trelawney.

— C'est possible, répliqua le marquis. N'empêche qu'il n'eût pas pleuré sur la déconfiture des actionnaires de l'ancienne mine. Ces marauds, si on les eût laissés faire, eussent gâté tous nos sites, converti toutes nos forêts en charbonnages et toutes nos cascades en moteurs à turbines. Ils avaient déjà commencé... Allez voir du côté de Poullabat et du Bruguec, vous m'en direz des nouvelles. Où ils ont passé, la terre, avec ses vagues de bitume pétrifié, ressemble à une autre Sodome après la pluie de feu...

— Avec cette différence, dit Trelawney, que la pluie de feu ici était une pluie d'argent...

— L'argent s'en allait, dit le marquis. Ce qui restait, c'était la désolation, l'horreur, la stérilité... Pouah ! ne me parlez pas de vos ingénieurs. »

La conversation, cette fois, en était demeurée là, mais le beau front clair de Florence s'était légèrement rembruni au cours de ce premier engagement, et Pontus l'avait remarqué... Comme seuls tous les deux, une heure plus tard, ils suivaient l'allée de châtaigniers qui descend vers Saint-Herbot — Trelawney, pris par son courrier, s'était excusé de ne pas les accompagner et l'on sait du reste l'extrême liberté dont jouissent les jeunes filles anglaises, — Florence avait dit tout d'un coup à Pontus :

« Qu'a donc votre père contre les ingénieurs ? Il en parle avec la même âpreté que si c'étaient des ennemis personnels.

— Mon père n'a pas de grief personnel contre les

ingénieurs, avait répondu Pontus. Mais il aime son pays, qui est beau, fier et pauvre, et il croit, à raison ou à tort, que ce sont termes étroitement unis et quasiment inséparables.

— Quelle erreur ! dit Florence. J'espère que vous ne partagez point les préventions de votre père contre l'industrie.

— Sont-ce des préventions ? dit Pontus. Je crois que, comme toutes les choses humaines, l'industrie a son bon et son mauvais côté. Elle fait les peuples plus prospères ; elle leur donne plus de bien-être, mais elle les rend plus âpres aussi à la poursuite des richesses et il arrive qu'elle tarit en eux toute poésie et toute vertu.

— Oh ! je croyais qu'il n'y avait qu'à Sparte, au temps de ce pauvre fou de Lycurgue, qu'on pouvait parler comme vous faites.

— Les Bretons sont un peu les Spartiates de la France.

— Oui, dit Florence, et je m'explique maintenant pourquoi, quand on vient chez vous, on croit faire un saut dans le passé et reculer très loin, très loin, dans l'histoire... »

Elle se tut un moment et, comme Pontus paraissait absorbé lui-même dans ses réflexions, elle dit :

« Il vaut mieux être de son temps. Nous sommes de notre temps nous autres, dans la Cornouaille britannique, et il faudra bien que vous soyez aussi du vôtre, tôt ou tard, dans la Cornouaille française...

— Oh ! dit Pontus en souriant, c'est donc que nous aurons bien changé !...

— Il n'y a pas un siècle et demi, continua Florence, on parlait le cornique dans tout le nord-est du comté ;

c'était un dialecte très pareil au breton... Et les Cornubiens aussi ressemblaient beaucoup à vos Bretons. Ils étaient pauvres comme eux, pleins de préjugés et de superstitions ; ils croyaient à la jettature, aux amulettes, aux pixies, au géant Tregeagle qui attire les voyageurs attardés dans les sables mouvants du Loe-Pool, au bateau de la mort qui appareille la nuit, chargé d'âmes, vers une destination inconnue ; ils clouaient des fers à cheval sur la porte de leurs maisons pour conjurer les mauvais sorts ; ils s'adonnaient au gin et aux boissons fermentées et ils étaient ivres tous les dimanches comme la truie de David... Oui, c'étaient de vrais Bretons, soit dit sans vous offenser, mon cousin. Tandis que maintenant...

— Maintenant ? dit Pontus.

— Maintenant, ce sont les plus riches et les plus loyaux sujets de Sa Gracieuse Majesté. Ils parlent l'anglais mieux que les cokneys de Canon-Street ; ils habitent des maisons confortables, bien aérées, décorées avec goût, et qui se donnent volontiers, même les plus humbles, le luxe d'un *parlour*, d'un salon, comme vous dites en France ; ils portent des chapeaux de soie et des fracs, et c'est sous ce costume de tous les jours que vous pouvez les voir sarclant leurs orges ou menant leurs bœufs au pacage... Vous riez ? Mais ririez-vous encore si l'on vous révélait que tel de ces étranges agriculteurs possède des actions dans la propriété d'un bateau-pêcheur, d'une collection de filets à pilchards, de deux ou trois mines d'étain ou de houille, que sa femme joue du piano et que ses filles ont en poche leur diplôme de fin d'études ?...

« — Voilà en effet un grand miracle, dit Pontus, Mais j'en sais peut-être un plus grand, ma cousine.

— E: lequel ?

— Vous l'allez voir. »

Les deux jeunes gens avaient atteint le pied du Rusquec ; les bois avaient cessé ; l'horizon se découvrait et, de la grand'route qui descend au fond de la vallée, on enveloppait l'inoubliable paysage circulaire de lande, de pierre et d'eau, que fait à cet endroit la coulée de l'Ellez.

Des mornes pelés moutonnaient à perte de regard et, au-dessus d'eux, le vieux Ménez-Mikel, le géant de la chaîne bretonne, levait sa croupe grise et lépreuse. Le temps était doux, mais voilé. Quoi qu'on fût seulement aux premiers jours d'avril, les ajoncs commençaient à fleurir. Des primevères, çà et là, pointaient au revers des talus. L'Ellez, rendu en plaine, s'apaisait enfin et sinuait pacifiquement entre des bouquets d'aulnes et de saules. Mais sa cascade, qu'on voyait luire par une échappée, emplissait tout l'horizon d'une rumeur sourde et continue comme celle de la mer.

Une cloche tinta lentement et les regards des deux jeunes gens se portèrent dans la direction du clocher : droite et carrée et massive, la tour de l'église Saint Herbot montait à trente-cinq mètres au-dessus du sol. Comment, dans cette combe solitaire, loin de tout centre habité, avait pu s'épanouir cette grande fleur de granit, ce clocher magistral, un des plus beaux de la Bretagne, puissant comme un donjon, ciselé comme un bijou ? Seul l'aurait pu dire le vieil ermite logé dans le tympan du porche et dont la barbe calamistrée pendait en tire-bouchon sur la

coule rigide qui l'emprisonnait jusqu'aux genoux.
Mais le fait est que, non plus que la tour, l'église qui
l'accotait, avec ses pignons fleuronnés, ses pilastres
corinthiens, ses fenêtres flamboyantes, son ossuaire
Renaissance, les guirlandes de feuillage de son porche
et les vingt-quatre statuettes de sa grande arcade,
n'avait souffert du temps la moindre injure ; elle
était venue jusqu'à nous telle que l'avaient faite ses
architectes successifs, vierge de tout sacrilège et
comme si l'orage révolutionnaire n'avait jamais
soufflé dans ce val d'élection, dans cette lointaine
oasis du monachisme armoricain.

De grands ormes effeuillés, roidis et comme cris-
tallisés par l'hiver, la couvraient de leurs bras chargés
d'algues et pareils à ces épaves de mâtures qui ont
longtemps séjourné dans les profondeurs sous-
marines ; une douzaine de chaumes branlants et une
maison plus vaste, qui avait servi autrefois de
prieuré, se serraient autour d'elle comme pour lui
demander protection et réconfort. Et leur humilité,
leur misère s'avivaient du voisinage de cette somptueuse basilique où les imagiers de la Renaissance,
les incomparables tailleurs de pierres de la Cornouaille
et du Léon, anonymes émules des Michel Coulomb,
des Ozanne et des Guillouic, avaient prodigué comme
à l'envi les richesses de leur ciseau.

« Pensez-vous, demanda Pontus à Florence, que
les pauvres Bretons qui habitaient ces masures aient
été vraiment malheureux ? Pensez-vous que leurs
descendants le soient aujourd'hui ?... A la vérité ils
ne cultivent pas leurs champs en haut-de-forme et en
frac ; ils ne sont actionnaires d'aucune mine ni
d'aucune compagnie de chemin de fer ; ils sont vêtus

de pitouille et de berlinge ; ils se nourrissent de pommes de terre, de bouillie et de pain de méteil ; ils n'ont aucune instruction ou presque... Je suis sûr pourtant qu'ils n'échangeraient pas leur sort contre celui de vos Cornubiens...

— C'est ce qu'il faudrait prouver, dit Florence...

— La preuve est faite, répondit Pontus. Comme leurs compatriotes de Loqueffret, de la Feuillée, de Brennilis, de Botmeur, etc., les habitants de Saint-Herbot sont presque tous *pillawers*, chiffonniers ambulants, si vous préférez : le pays est trop pauvre pour les nourrir. Les hommes s'expatrient temporairement, frètent une carriole et s'en vont à l'aventure, poussant leur cri mélancolique : *tam pillou, tam!* s'arrêtant aux portes des fermes, dans les bourgades et les villes du bas pays, pour troquer contre un paquet de drilles les poteries communes qui leur servent d'instrument d'échange, se débarrassant ensuite de leur malodorante cargaison dans quelque papeterie de la région ou entre les mains d'un commissionnaire en gros, et, sitôt leur salaire en poche, se hâtant de rallier à grandes marches le toit de genêts et l'enclos solitaire où les attendent femmes et enfants. Ces montagnards de l'Arrhée ont un sens commercial dont s'étonnait déjà Cambry à la fin du XVIIIe siècle ; mais ils ne seraient pas Bretons s'ils n'entendaient le commerce d'une certaine manière. C'est un proverbe chez eux que chaque jour suffit à sa tâche, et c'en est un autre qu'à trop se préoccuper de l'avenir on risque d'empiéter sur les attributions de la Providence, laquelle n'aurait plus rien à faire en ce bas monde du moment que tous les *pillawers* seraient assurés du lendemain. Et voilà comment, au

lieu de travailler à étendre le cercle de leurs opérations, ces singuliers commerçants le réduiraient
plutôt et tiendraient pour un péché de ne pas limiter
leurs efforts à la satisfaction de leurs besoins immé-
diats...

— En d'autres termes, dit Florence, vos *pillawers*
ne sont commerçants que par nécessité et à leur
corps défendant ? Si la terre pouvait les nourrir, ils
resteraient chez eux ?

— J'ai bien peur que oui, dit Pontus. Et j'en vois
une nouvelle preuve dans l'empressement qu'ils
apportent à rallier leur enclos natal. Aucun d'eux,
par exemple, ne voudrait manquer la fête patronale
de son pays. Quand le *pillawer* de Saint-Herbot
court les grands chemins en poussant sa rauque
mélopée : *tam pillou, tam !* c'est son corps qui voyage,
son corps qui est à Morlaix, à Brest, à Châteaulin, à
Quimperlé, aux quatre aires du pays : son âme est
ici, Florence, sous ces voûtes où nous pénétrerons
tout à l'heure et qu'irise la flambée multicolore des
vitraux, reflet de la lumière paradisiaque ; elle voltige
de chapiteau en chapiteau ; elle se pose sur la cor-
niche de ce beau cancel en bois sculpté où fleurit le
rosier de la Sybille Hellespontine ; elle mêle sa voix
à la voix du vent dans les arceaux, au bourdonnement des campanes dans le clocher... En vérité, que
peuvent faire à cet illuminé du grand chemin, à ce
nostalgique *boudedeo* [1], comme il s'appelle lui-même,
et le bien-être qu'on goûte dans les villes et les
progrès de la science et les conquêtes de la civilisation ? Grands mots qui n'ont point de sens pour lui :
tam pillou, tam ! Il n'y a que les économistes qui

(1) Surnom breton du Juif-Errant.

croient encore que les chemins de fer, le télégraphe et l'instruction primaire sont nécessaires au bonheur de l'humanité. Combien plus sages nos *pillawers*, Florence ! Ils rêvent la vie, et vos Cornubiens la mettent en actions... J'aime mieux la façon de ces gens-ci... Si vous voulez voir comme ils s'en accommodent, revenez à Saint-Herbot la veille du grand « pardon », guettez sur les chemins qui mènent à l'église leur randonnée triomphale, binious sonnants, oriflammes déployées : vous concevrez alors qu'il peut y avoir par le monde des indigents plus heureux que vos riches compatriotes du Cornwall, des pauvres qui ne voudraient pas troquer leur pauvreté contre le bien-être de certains millionnaires, des habits de pitouille qui n'ambitionnent pas de se changer en queues-de-pie...

— Mon cousin, dit Florence, vous feriez un très bon prédicant et, si John Wesley vous avait trouvé sur sa route, peut-être ne fût-il pas venu si aisément à bout de nos Cornubiens... »

Pontus regarda Florence, mais elle ne souriait pas ; il y avait comme une buée sur ses prunelles, et il ne sut que penser...

« Voulez-vous que nous entrions dans l'église ? demanda-t-il. Vous y verrez le cancel ou jubé dont je vous parlais tout à l'heure... C'est la merveille du genre... On dit qu'un de vos compatriotes en a offert trois cent mille francs. »

Ils allaient franchir le seuil, mais Florence se ravisa.

« Non, un autre jour, dit-elle, je ne me sens pas en train ce soir. Allons-nous-en... »

Pour la seconde fois, Pontus la regarda sans

pouvoir démêler à quel genre de sentiment elle
obéissait : l'avait-il froissée par le tour un peu âpre
de sa réplique ? Ou bien Florence était-elle sincère
et cédait-elle uniquement à une impression de lassitude ? Il n'eût pu dire. Florence, du reste, ne lui
laissa pas le temps d'un bien long examen : déjà elle
se dirigeait vers l'échalier du cimetière et, en attendant de la rejoindre, Pontus, toujours immobile sous
le porche, avait cessé de réfléchir à l'étrange attitude
de la jeune fille pour ne plus prendre garde qu'à sa
rayonnante et impérieuse beauté.

IV

Est-il bon que les communications entre les hommes soient devenues aussi faciles ? Les nations ne conserveraient-elles pas mieux leur caractère en s'ignorant les unes les autres, en gardant une fidélité religieuse aux habitudes et aux traditions de leurs pères ? J'ai vu dans ma jeunesse de vieux Bretons murmurer contre les chemins qu'on voulait ouvrir dans leurs bois, alors même que ces chemins devaient élever la valeur des propriétés riveraines.

(CHATEAUBRIAND.)

« Je suis fou ! » se dit le lendemain Pontus en rejetant ses couvertures et en ouvrant toutes grandes les fenêtres pour essayer de noyer dans la fraîcheur du petit jour la fièvre qui l'avait tenu éveillé presque toute la nuit.

Une aube douce se posait sur les monts de la Cornouaille ; leurs croupes brunes frémissaient sous la caresse de cette lumière veloutée qui rasait les pentes et descendait peu à peu vers la plaine. Un ramier roucoula tout près de Pontus dans les rosiers sauvages de la pelouse, le même peut-être en qui s'incarna jadis l'âme élégiaque du trouvère Eudes Marec et qui roucoulait nuit et jour « sous les fenêtres de la belle qu'opprimait le jaloux Coëtwent », ainsi que s'expriment les vieux romans de chevalerie.

« Heureux Marec ! pensa le jeune homme. Il a aimé et il a été aimé. Et il est vrai qu'il a payé cette satisfaction de sa vie. Mais mon aïeul Coëtwent n'y a rien gagné. L'amour est au-dessus de toutes les lois physiques et humaines, et c'est sans doute ce qu'entend exprimer la légende, quand elle ressuscite Eudes Marec et le métamorphose en ce ramier qui roucoule éternellement sous les fenêtres de la prisonnière du Rusquec !... »

Il quitta l'embrasure de la croisée où il se tenait accoudé depuis un moment et, ne pouvant dominer plus longtemps son agitation, il marcha dans sa chambre à grands pas.

C'était donc vrai, il aimait Florence ! Comment cet amour insensé s'était-il emparé de lui, qui se croyait si bien défendu de ses atteintes par l'espèce d'antipathie, de prévention irraisonnée qu'il nourrissait contre les Trelawney dès avant leur arrivée au Rusquec ? Avait-il donc suffi, pour que le sortilège opérât, de cette conversation de la veille, des quelques mots échangés entre Florence et lui au cours d'une promenade à Saint-Herbot ? Mais, justement, toute cette conversation avait moins été une prise de contact qu'une sorte de choc entre leurs deux natures.

Qu'elle eût eu ce résultat, comme toutes les explications loyales et franches, de dissiper en partie ses préventions contre Florence, à la rigueur il l'eût compris. La chose inattendue, tragique, c'était cette passion subitement germée en lui et qui, en quelques heures, dans l'espace d'une nuit d'insomnie, avait poussé en son cœur des racines si profondes qu'il ne se sentait pas capable de l'en arracher. Passion misérable, sans avenir, condamnée avant que de naître et qu'il lui faudrait cacher à tous les yeux sous peine de déchoir, de se ravaler au rang méprisable de ces coureurs de dot contre lesquels, jadis, il n'avait pas assez de sarcasmes et d'invectives. D'aussi bonne

ouche que Florence, sa pauvreté le séparait à jamais
de la riche étrangère et, avec sa pauvreté, et plus
qu'elle encore peut-être, son éducation, ses croyances,
l'idéal chevaleresque et suranné qu'il avait hérité de
son père. Et sans doute, dans ce premier engagement
où ils avaient heurté leurs deux âmes, il avait bien
cru éprouver que Florence mollissait à la fin, que
quelque chose se détendait en elle, qu'une émotion
fugitive alanguissait ses prunelles métalliques et
dures. Oui, à ce moment, il l'avait sentie comme
subjuguée et près de se rendre, et c'était peut-être
à ce moment-là qu'il avait commencé de l'aimer.
Mais comme elle s'était vite ressaisie ! Comme elle
avait tout de suite retrouvé, l'orgueilleuse fille, sa
décision d'esprit, sa certitude de gestes et de paroles !
Comme elle devait s'en vouloir de sa surprise et
comme elle ferait payer cher, peut-être, à son adversaire, l'humiliation involontaire qu'il lui avait infligée !
   La suite des événements montra que ces prévisions
n'étaient que trop justifiées. S'il était vrai que Florence avait laissé voir quelque trouble et comme une
brève défaillance dans sa conversation de la veille,
rien n'en devait transparaître le lendemain sur le
beau front mat et délibérément fermé qu'elle offrit
à son cousin. Pontus crut même observer qu'elle
étudiait à hérisser davantage son abord, à faire sa
parole plus tranchante et plus nette.
   Florence connaissait la prudence extrême de son
père en affaires. Si celui-ci n'avait soufflé mot à ses
hôtes des raisons qui l'avaient amené au Huelgoat,
c'est que sa demande de concession n'avait pas
encore reçu le visa officiel. Cette sanction, toutefois,
ne pouvait tarder. De fait, un télégramme arriva

dans la soirée au Rusquec : le Corps législatif, sur un avis favorable du Conseil d'État, concédait pour neuf ans à la Société mixte *Trelawney Company and Co* la nue-propriété des gisements de plomb argentifère compris dans la totalité du bassin breton.

Le repas venait de se terminer : Gonéry avait roulé près d'une table de jeu le fauteuil de son maître. Kernéguez, Pontus et Florence causaient près de la cheminée ; Trelawney dépliait le *Times*, quand on lui apporta le télégramme attendu.

« J'espère que ce n'est pas une mauvaise nouvelle, mon cher Trelawney ? demanda obligeamment le vieux marquis.

— Mauvaise pour moi, non, dit en souriant le père de Florence, mais je doute qu'elle vous cause le même plaisir.

— Quoi donc ! reprit le marquis, en sommes-nous là entre cousins que le bonheur des uns doive faire le malheur des autres ?...

— Oh ! le malheur, dit vivement Florence, qui avait lu la bonne nouvelle dans les yeux de son père, mettons le dépit... »

Le mot fut dit d'un tel ton, avec un tel accent de sécheresse et d'âpreté, que Trelawney, si faible fût-il à l'égard de Florence dont il négligeait trop souvent de réprimer les incartades, ne put s'empêcher de regarder sa fille avec sévérité. Kernéguez et Pontus attendaient, Kernéguez manifestement surpris, Pontus confirmé par l'attitude agressive de Florence dans ses douloureux pressentiments. Quant au vieux marquis, flairant la bataille, il avait levé la tête et fixait sur Trelawney ses yeux de bronze.

« Florence n'est pas encore très familière avec votre

belle langue française, dit enfin Trelawney visiblement gêné par le regard du marquis. Excusez-la,
mon cousin : elle a pris un mot pour un autre, dépit
pour ennui.

— Dépit ou ennui, mon cher Trelawney, dit le
marquis, j'attends que vous m'honoriez d'une explication...

— Mon cousin, dit Trelawney, qui sentait qu'il
fallait franchir le pas, j'ai cru m'apercevoir que
l'industrie, les affaires, *business*, comme nous disons,
n'étaient pas en grande odeur de sainteté près de
vous, et il s'agit ici d'une vaste entreprise financière
dont je suis le parrain et à l'exécution de laquelle
j'avais espéré un moment que vous coopéreriez...

— Voyons, dit le marquis.

— D'un mot, dit Trelawney, il s'agit de la reconsti-
ution de l'ancienne Société des mines du Huelgoat
t de Poullaouen et, subsidiairement, si, comme je
pense, l'entreprise donne de bons résultats, de la
mise en exploitation de l'ensemble du bassin argentifère breton. Je veux bien que le développement de
la métallurgie du zinc et la crise passagère qui en est
résultée sur le marché du plomb n'aient pas été pour
favoriser les affaires de la dernière Société ; mais
l'inertie du comité directeur, l'esprit de routine et la
négligence des ingénieurs n'étaient pas non plus pour
aider à sortir d'embarras... J'ai étudié de près la
question... J'ai envoyé ici des hommes sûrs, des prospecteurs de premier ordre, John Higgs, le *purser* de
Wheal Holywell, la plus riche mine de plomb argentifère du Flintshire, et un professeur de minéralogie
du musée de géologie pratique de Londres, M. War-
rington Smyth, dont l'éloge n'est plus à faire. Les

chiffres recueillis par ces messieurs sont d'une précision décisive : ils n'ont encore prospecté qu'un
dixième de la concession et le filon a été reconnu par
eux sur une distance horizontale de 2.500 mètres à
Poullaouen et de 1.800 au Huelgoat. Au plus bel âge
de l'ancienne exploitation, on tirait à peine des mines
jumelles du Huelgoat et de Poullaouen 800.000 kilos
de plomb et 1.500 kilos d'argent. Or j'ai la certitude
de pouvoir décupler le rendement par une exploitation intensive des filons, lesquels, à mesure qu'on
descend dans les profondeurs du sol et sans que
l'abatage présente de réelle difficulté, contiennent
une proportion d'argent presque plus forte de moitié
que dans les galeries supérieures... Mais il faudra
renouveler presque tout le matériel, creuser quelque
part, en aval du Stang-Vraz, une nouvelle réserve et
un nouveau canal de dérivation pour le lavage et le
raffinage du minerai... Les frais de premier établissement seront certainement considérables : 50 mille
livres sterling environ, soit un cinquième du capital
souscrit. Je me suis réservé personnellement le quart
des actions ; c'est vous dire à quel point j'ai confiance
dans le succès de l'affaire, succès que garantit par
ailleurs la communauté d'intérêts entre les mines
anglaises et les mines bretonnes, qui ont à leur tête
un conseil presque identique leur assurant une même
unité de direction. J'ajoute qu'au point de vue politique cette communauté d'intérêts répond pleinement
aux intentions de l'empereur, qui ne laisse passer
aucune occasion de témoigner son attachement aux
principes du *Fair trade*. Il y a six semaines que le
projet de loi portant concession au profit de la
Trelawney and C° de la totalité du bassin breton était

déposé sur les bureaux du Corps législatif, et ce télégramme m'apprend qu'il vient d'être voté sans discussion... »

Le vieux marquis n'avait donné aucun signe d'approbation ou d'improbation durant ce long et minutieux exposé. Kernéguez écoutait, intéressé malgré lui par la transformation qui s'était opérée chez l'orateur : avec cette facilité de dédoublement spéciale aux gens d'Outre-Manche, le gentleman de culture raffinée avait subitement fait place à un financier consommé. Sa parole avait pris la rigueur et la sécheresse d'un théorème et il n'était pas jusqu'à ses gestes qui, pour aider à la démonstration, ne parussent obéir à quelque secrète géométrie. Ce brusque passage de l'homme du monde à l'homme d'affaires n'avait pas échappé au vieux marquis.

« Vous me révélez un Trelawney que je ne connaissais pas, dit-il avec une nuance d'ironie que remarqua son interlocuteur.

— Et pourquoi ne pas l'avouer, mon cher cousin, reprit celui-ci, un Trelawney qui ne vous sourit qu'à moitié et que, malgré l'affection qui vous liait à son père, vous méprisez peut-être secrètement. La vieille conception française qui veut que tout noble déroge qui fait œuvre de ses dix doigts compte encore plus de partisans que je ne croyais...

— Non, Trelawney, dit le marquis : nous n'avons point sur le travail les préjugés que vous nous prêtez, mais nous distinguons le travail des affaires, et ce sont celles-ci seulement qui nous paraissent mal convenir à un gentilhomme...

— Pourtant, dit Trelawney, vos rois, du temps que vous en aviez, reconnaissaient aux nobles le droit de

se livrer à certaines industries : les Chateaubriand, à
Saint-Malo, faisaient la traite et le négoce ; les gentilshommes verriers formaient toute une corporation.
Et, si j'ai bonne mémoire, c'est un certain Jean du
Châtelet, baron de Beausoleil et noble à plusieurs
quartiers, qui prit en ce pays même la succession
laissée vacante par Klauss Latréba et ses hoirs ; la
« bâillée des mines », ai-je lu dans un vieil acte, lui
fut accordée en 1634 par commission de Louis XIII...

— De Louis XIII, parfaitement, répliqua le vieux
marquis. Seulement, Trelawney, vous négligez
d'ajouter qu'à la suite de je ne sais quel procès en
magie et sorcellerie, ce Jean du Châtelet fut
enfermé par Richelieu à la Bastille, sa femme,
Martine Berlureau, au donjon de Vincennes, et que
tous deux, dit l'histoire, n'y firent pas de vieux os...

— D'où vous concluez ? demanda Trelawney...

— D'où je conclus que Jean du Châtelet et dame
Martine, sa femme, auraient mieux fait de vieillir en
paix dans leur gentilhommière de Beausoleil que de
venir tenter la fortune céans...

— Dois-je considérer votre réponse, demanda
encore Trelawney, comme une manière détournée de
me faire entendre que ma place n'est point ici ?

— Mon cher hôte et cousin, riposta le marquis, si
vous me connaissiez mieux, vous sauriez que j'ai
l'habitude de dire les choses tout franc et tout droit
et comme elles me passent par la tête. J'ignore l'art
élégant des circonlocutions. Mais j'ignore bien davantage encore celui des réticences et des insinuations.
Permettez-moi d'ajouter que j'ai trop aimé votre
père, que vous-même et votre gracieuse fille m'ins-
pirez une sympathie trop profonde, pour qu'il me

soit possible de nourrir à votre égard d'autres sentiments que ceux de la gratitude la plus sincère. Vous
m'avez fait l'honneur d'accepter une place à mon
foyer. Le Rusquec n'est point un séjour bien gai
d'ordinaire, Trelawney ; mais, vrai Dieu, quand vous
êtes entré ici, j'ai cru que je revoyais votre père et
que j'avais trente ans de moins, mes jambes et mon
entrain d'autrefois. Non, ces choses-là ne s'oublient
pas... Et, s'il m'est arrivé d'introduire malgré moi
quelque âpreté dans mes propos, c'est seulement par
ennui ou, comme disait tout à l'heure Florence, par
dépit de ne pouvoir sympathiser en toutes choses
avec un galant homme comme vous, mylord... »

Trelawney s'inclina.

« Voyez-vous, continua le marquis, il se peut que
nous soyons par ici des encroûtés, des tardigrades,
des fossiles, comme bon vous plaira de nous appeler.
Noblesse oblige, dit le proverbe. Chez les Talgoët, on
n'a jamais connu que deux professions : soldat ou
prêtre... Pardieu, elles ne leur ont pas toujours rapporté de gros profits : il est arrivé que les miens
n'aient pas versé que leur sang pour le Roi. Un
Talgoët-Rohan, qui avait donné dans l'hérésie calvi-
niste, engagea toute sa fortune pour Henri IV, qui
négligea de s'en souvenir à son avènement. J'ai ouï
dire qu'au dix-septième siècle les seigneurs du
Rusquec n'étaient pas des plus cossus : faute de
carrosses, ils se rendaient à petites marches aux
États dans leurs charrettes à bœufs, et l'on n'aurait
pas donné lourd, je pense, de leur équipement de
cérémonie ni de leurs habits de luxe à grandes
basques, tant ils étaient élimés et rapiécés par tous
les bouts. Terrés le reste du temps dans leur gentil-

hommière, ils y vivaient de la vie du paysan, tillant
le chanvre, poussant l'araire, battant le grain que les
cadets allaient vendre au marché de la ville voisine,
l'épée au côté, fiers comme des Artabans. Ils mangeaient dans l'étain et n'étaient pas beaucoup mieux
meublés que leurs domaniers. Si leur noblesse se
révélait encore à quelque signe extérieur, c'était au
bois de cerf ou aux défenses de sanglier qui déco-
raient la grande salle de leur manoir, au pied de
chevreuil ou de loup flanqué de deux orfraies, les
ailes étendues, qu'ils clouaient sur la maîtresse porte
de leur avant-cour, au front le plus élevé des battants.
Le Rusquec n'est pas très folâtre à cette heure;
mais j'imagine qu'il devait être lugubre à cette
époque-là... Et tout de même, quand ses hôtes
paraissaient en habits fripés et en braies de coutil à
Vannes, à Rennes ou à Saint-Brieuc, dans la grande
salle des États, pour si rustiquement harnachés
fussent-ils, on dit qu'ils avaient aussi grand air et
faisaient aussi fière figure que ce beau marquis
de Locmaria dont Mme de Sévigné ne se lassait
point d'admirer les élégances et qui donnait le ton
à la noblesse des Sept-Évêchés. Les Épées de fer,
comme on les avait surnommés, moins, je pense,
pour les trois épées de leurs armoiries qu'à cause
du piètre état de leur équipement, valaient bien les
épées damassées à garde de vermeil et de nacre où
s'embarrassaient les talons de nos petits-maîtres...
Ils le prouvèrent au siècle suivant, comme ils l'avaient
prouvé sous Charles VII et sous Henri IV ; le nom
du maréchal de Talgoët-Rusquec, mon aïeul, qui prit
part en 1745, quand il n'était encore que colonel, à
la dernière expédition du pauvre Charles-Édouard

— c'est dans l'entourage de ce prince qu'il rencontra votre grande-tante Arabella, la fière amazone jacobite, et c'est comme cela que nous sommes parents, Trelawney — est inscrit dans l'histoire des guerres de la fin du dix-huitième siècle parmi les noms des plus illustres capitaines. Par lui, les Talgoët sortirent brusquement de l'obscurité où ils étaient entrés et reprirent leur ancien rang à la Cour... Jamais, pourtant, fût-ce au pire moment de leur gêne, on ne les vit, comme tant d'autres, assiéger les antichambres des gouverneurs de la province et du procureur-syndic des États pour solliciter leur inscription sur l'interminable liste des pensionnaires de la noblesse : pauvres ils étaient, pauvres ils seraient restés, si Louis XV, en reconnaissance des services du maréchal, n'avait reconstitué leur apanage. Oh ! vous pouvez compulser nos papiers de famille, mylord... Du temps que les Talgoët étaient réduits à une condition voisine de l'indigence, il se forma aussi nombre de sociétés financières pour l'exploitation des minerais de la région. Mais ni dans la Société fondée en 1534 par Jean du Châtelet, ni dans celle fondée en 1729 par un certain sieur de La Bazinière et dont le privilège passa quarante ans plus tard à la Compagnie Parisienne récemment entrée en liquidation, vous ne trouverez, parmi les actionnaires ou les obligataires, le nom d'un seul Talgoët-Rusquec.

— Je vois, mon cher cousin, dit Trelawney, qu'il me faut renoncer à l'honneur de vous comprendre parmi nos membres fondateurs, honneur que j'avais un peu escompté en venant ici... Une vice-présidence est vacante dans notre conseil d'administration. Je vous l'avais réservée, pensant que les Talgoët et les

Trelawney pouvaient sans forfaire se retrouver sur le champ de bataille industriel et y marcher la main dans la main, comme autrefois sur les champs de bataille de Preston-Pans et de Culloden, quand ils combattaient sous la bannière du Prétendant...

— Non, Trelawney, dit le marquis, ils ne le peuvent pas. Le Prétendant est mort sans héritiers et je ne reproche point à votre famille d'avoir fait sa paix avec les Nassau... Tout rallié qu'il était à la dynastie régnante, votre père, cependant, resta foncièrement attaché à l'ordre de choses que représentait le pauvre Charlie : c'était un Celte de la vieille roche, un loyaliste, mais qui n'entendait point qu'on touchât aux privilèges de son antique Cornwall et qui les défendait pied à pied, comme nous le faisons ici même, contre les envahissements du pouvoir central. Que de fois je l'ai entendu maugréer contre ces coquins d'Anglais qui traitaient le comté en pays conquis ! Il nous enviait d'avoir gardé nos mœurs, nos traditions, nos costumes nationaux, notre langue si rude et si belle, dont les échos ne résonnent plus chez vous que dans la terminologie des mineurs et des pêcheurs de pilchards... Voulez-vous que je vous dise, Trelawney ? Vous êtes encore un Celte par le nom et par le sang : par le cœur et par les idées, vous êtes un Anglais, un assimilé...

— Et comment ne le serais-je pas devenu ? dit Trelawney. J'ai le plus profond respect pour la mémoire de mon père, mais je n'avais pas les mêmes raisons que lui pour rester fidèle au souvenir du passé. Mon enfance n'a pas été bercée, comme la sienne, au chant du *Charlie is my darling* ; le rêve d'une restauration jacobite n'a jamais hanté mes

nuits ; Charles Stuart était mort quand je suis né ;
le cornique s'était éteint, en 1788, sur les lèvres d'une
vieille femme du Land's End :

> *The old Dolly Penthreath,*
> *The last who jabbered cornish* [1]

et tout ce que j'ai connu personnellement du passé
national de mon pays, c'est le bonnet ruché, le bavolet
et la jupe à carreaux de la doyenne des *fisherwomen*
du Cornwall, Mary Kalynac'h, qui fit à pied le
voyage de Penzance à Londres pour visiter l'Exposition de 1851.

— Je sais, dit le marquis, et c'est un des étonnements de ma vie, ce sera peut-être une des stupeurs
de l'histoire, que ce renoncement du Cornwall à sa
personnalité nationale et son absorption volontaire
dans un peuple étranger : seul de toute la grande
famille celtique et quand la Bretagne, l'Écosse,
l'Irlande, les Galles du Nord et du Sud et jusqu'à
la petite île de Man donnaient au monde l'exemple
d'un attachement si profond à leurs origines, le
Cornwall a renié de gaieté de cœur ses dix-sept
siècles d'indépendance, dénoncé le pacte qui l'unissait aux autres peuples de sa race et, de celte qu'il
était, s'est fait plus anglais que les Anglais eux
mêmes.

— Resterait à savoir s'il a perdu au change, dit
Trelawney, et s'il ne faudrait pas le louer plutôt que
le plaindre d'avoir cessé de se morfondre dans le
stérile remâchement du passé. En adoptant libre
ment, sans restriction, la loi d'airain des sociétés

(1) « La vieille Dorothée Peuthreath, — la dernière qui jabota le cornique

modernes, en se tournant vers la lutte des intérêts, le
Cornwall n'a fait que transposer ses qualités et ses
vertus originelles et les placer dans les seules conditions où elles pussent se déployer à l'aise : sa turbu-
lence politique est devenue de l'activité industrielle
et commerciale ; sa vieille devise : *Un pour tous,
tous pour un*, appliquée aux questions économiques,
a fait de lui le pays par excellence de l'action syndi-
cale et de la coopération... Tout se traite chez nous
en commun, la pêche, l'exploitation des mines, même
le travail des champs. Façonnées aux habitudes de
l'association, les classes laborieuses du Cornwall sont
peut-être les plus riches de l'Europe, et pourtant la
densité de la population est aussi forte en Cornwall
qu'en Bretagne. Ce n'est pas chez nous que les Karl
Marx et les Engels feraient des prosélytes, tandis que
vous verrez en Bretagne, si le malheur des temps
veut que ce peuple prenne un jour conscience de sa
misère... Vous croyez avoir affaire à des résignés et
vous préparez une génération d'anarchistes... Voilà
des craintes qui ne nous troublent pas dans le
Cornwall : l'exploitation des mines par sociétés en
nom collectif, le système des pêcheries par actions,
des mutualités et des assurances ont familiarisé de
bonne heure le Cornubien avec les saines doctrines
de l'économie politique ; nul homme n'est moins sensible à l'influence des rêveries communistes, mais nul
n'est plus avide d'améliorations et de perfectionne-
ments pratiques ; le Cornwall a eu son réseau ferré
avant tous les autres comtés du Royaume-Uni...
Eh bien, je vous le demande, la main sur la conscience,
est-ce pour un peuple avoir acheté trop cher la confiance en soi, la claire et juste notion de ses intérêts

au point où elles sont portées chez les Cornubiens que
de les avoir payées de sa langue ou de ce qu'on est
convenu d'appeler ainsi, car le patois cornique n'avait
plus formę de langue au moment de sa disparition ?
Et si, malgré tout, les amateurs de pittoresque, les
rêveurs, les poètes ont droit jusqu'à un certain degré
de verser des larmes sur cette disparition, les hommes
sérieux peuvent-ils s'arrêter à des considérations d'un
ordre si frivole et si nuageux ?... Il y a longtemps
que j'étudie mes compatriotes, mon cher Talgoët.
Laissez-moi vous dire qu'ils valent mieux que vous
ne croyez, qu'il y a peut-être des races plus brillantes
et plus poétiques et qu'aucune pourtant n'égale à
mes yeux cette race solide et réaliste des Cornubiens,
profondément enracinée au sol et y tenant avec une
énergie tranquille et sûre d'elle, race de mutualistes
et de syndicataires qui ne s'élève point au-dessus
d'un certain niveau, de qui la foi même a maintenant
quelque chose de matériel et de circonscrit, mais qui
puise dans son apparente humilité une force de résistance aux utopies révolutionnaires, un sens des
choses moyennes, une vertu pratique et, pour tout
dire d'un mot, une santé morale vraiment exceptionnelle...

— J'aime à vous voir défendre vos Cornubiens
avec cette chaleur d'expression, mylord, répondit le
vieux marquis. Elle témoigne que tout particularisme
de race n'est pas éteint chez vous et que l'Anglais
n'a pas autant étouffé le Celte que je le pensais
d'abord. Mais, en vérité, vous vous faites la partie
trop belle et vous prisez le bien-être matériel à une
valeur que nous ne lui reconnaissons pas de ce côté
du détroit. Vous avez acheté ce bien-être par l'aban-

don de votre langue nationale et vous vous applau-
dissez du marché : nous ne sommes point si accom-
modants par ici, où nous professons l'opinion qu'un
peuple sans une langue nationale n'est qu'un fantôme
de peuple, une ombre de nation... Vous croyez n'avoir
jeté dans le plateau de la balance qu'un vocabulaire
misérable et vous ne voyez pas que vous y jetiez en
même temps vos traditions, votre histoire, vos morts
et vos libertés. Un peuple qui renonce à sa langue
est un peuple qui se suicide, voilà la vérité, mylord.
Du jour que la dernière syllabe du parler cornique
expira sur la bouche de la vieille Dolly Penthreath,
de ce jour-là ce fut fini du Cornwall, et l'Angleterre
compta seulement une province de plus...

— Je ne suis pas de votre avis, répondit Trelawney.
J'ai beaucoup réfléchi aux objections que vous me
présentez et qui m'étaient connues depuis longtemps.
Ma vanité en a souffert, mais il m'a bien fallu convenir à la fin que la race celtique, si brillante par
certains côtés, si noble, si chevaleresque, si désintéressée, dont toute l'histoire n'est qu'une série de
coups de tête héroïques et ressemble à un roman de
cape et d'épée plus qu'à de l'histoire, est une race
incomplète et mal équilibrée qui ne saurait vivre de
sa vie propre et qui, par le fait, n'en a presque jamais
vécu. Apathique et turbulente, trop imaginative pour
embrasser la réalité sans la déformer, philosophant
sur ses échecs quand il faudrait travailler à les réparer,
routinière, imprévoyante, inapte à l'action continue
et lui préférant les malsaines voluptés du rêve qui
pétrit les événements à sa guise et substitue sans
effort au territoire ou à l'indépendance perdus le
vague et spleenétique empire de la fiction, il eût

déjà suffi, pour faire périr cette race, du jaloux individualisme dont elle est secrètement travaillée et qui la porterait à se déchirer elle-même plutôt que d'endurer l'avènement d'une supériorité sortie de son sein. Tout le monde était noble en Bretagne, il y a un siècle, même les notaires et les greffiers. Et tout ce monde voulait marcher de pair, au point que les États avaient dû décider qu'à l'exception des neuf anciens barons aucun titre nobiliaire ne figurerait au registre et que tous les gentilshommes, marquis ou simples faisant-valoir, seraient traités sur pied d'égalité. C'est pire en Irlande où l'on a pu dire que, quand un Anglais voulait mettre un Irlandais à la broche, il trouvait tout de suite un autre Irlandais pour offrir de tourner la broche. Non, Talgoët, les Celtes ne sont pas faits pour vivre indépendants ; ils ne l'ont jamais été complètement, et j'ajouterai qu'il ne serait pas bon qu'ils le fussent : comme à ces lianes exubérantes, mais dont la tige est si frêle, il leur faut un tuteur qui les contienne et les soutienne à la fois. Leur infériorité pratique n'est peut-être que la rançon des admirables qualités spirituelles et morales qui les ont signalés de tout temps au respect de l'univers, mais cette infé-. riorité est telle qu'il n'est pas possible de leur souhaiter un pire sort que de s'appartenir un jour, de cesser d'être Français, Américains ou Anglais pour redevenir Celtes uniquement. En tout cas, Talgoët, et si cette chimère de l'affranchissement, ce vieux levain du séparatisme fermenta jamais chez l'une ou chez l'autre des cinq familles celtiques, Dieu merci, ce n'est pas chez la famille cornubienne. Vous me reprochiez tout à l'heure d'être un assimilé. Mais nous le sommes tous, des assimilés, en Cornwall : ce n'est pas seulement la communauté des intérêts, c'est encore le mélange des sangs qui le veut. Mon père, si attaché aux traditions de sa race, n'a-t-il pas rompu avec le pacte qui voulait qu'aucun Trelawney ne contractât d'alliance en dehors du comté ? N'a-t-il pas épousé une Shaftesbury ? Moi-même n'ai-je pas contracté alliance avec les Nithlesdale ? Et le peu qui subsiste de l'aristocratie cornubienne, décimée dans les guerres civiles ou dans les querelles de tavernes, les Pengwinion, les Trevelyan, les Radnor, les Treverton, n'en a-t-il pas agi dans le choix de ses alliances comme nous en avons agi dans le choix des nôtres ?

— Tant pis, morbleu, tant pis ! dit vivement le vieux Talgoët. Les Anglais ont peut-être gagné au contact des Celtes, mais je vois bien ce que leur frottement vous a coûté, à vous autres... Mylord, je n'entends rien dire de blessant à l'adresse de vos nouveaux compatriotes ; ils ont leurs qualités, mais, que diable ! quand j'apprends qu'un lord Hampden fait le commerce des fromages à la crème, un lord Londonderry le commerce du charbon et un Sydney Gréville celui des vins de Bordeaux, qu'un Algy Burke est à la tête d'une entreprise de bouillons-restaurants et que les trois-quarts des autres pairs ont des actions ou des intérêts dans toutes les sociétés financières du royaume, j'ai comme idée qu'ils prennent un drôle de moyen pour rehausser le prestige des classes dirigeantes dans l'esprit de la population britannique...

— Pourquoi n'ajoutez-vous pas aux noms précédents celui de lord Burton, le fondateur de la célèbre brasserie *Bass and C° Ltd* et le compagnon d'enfance du prince de Galles, — du prince de Galles, Talgoët, qu'une photographie exposée dans toutes les vitrines de Paternoster-Row nous montrait l'autre jour en train de brasser une cuvée de pale-ale chez son ami ?... Vous parlez comme un Français et, qui pis est, comme un Breton, mon cher marquis. Du plus petit au plus grand, les Anglais ont le culte des affaires et le péché qu'ils pardonnent le moins, qu'ils ne pardonneraient pas au prince de Galles en personne, c'est justement de rester oisif et de se désintéresser des affaires... Après tout, ce sont elles qui ont fait l'Angleterre puissante et prospère et ils ne leur rendent qu'un culte mérité...

— Lord Trelawney a raison, dit Kernéguez, qui ne s'était pas mêlé à la conversation et, comme les autres invités, s'était contenté jusque-là d'assister au duel oratoire des deux jouteurs et de marquer intérieurement les coups, nous n'avons point en France ce qu'il faut pour bien juger ses compatriotes. Les poiriers ne sont pas faits pour porter des pommes et réciproquement. Chacun des deux peuples a son idéal ou, si le mot vous paraît trop prétentieux, sa façon d'entendre ses intérêts...

— Vive donc la façon française ! dit le marquis en manière de conclusion : ce n'est peut-être pas la plus lucrative, mais c'est encore la meilleure...

— Oui, dit à ce moment Florence, pour les Français et à une condition cependant...

— Et laquelle donc, ma charmante ? demanda le vieux marquis.

— C'est, dit Florence, que les nobles qui se croisent les bras et font fi des affaires aient autre chose à se mettre sous leurs jolies petites molaires que des phrases creuses et des sentiments boursouflés.

— Florence ! » dit vivement Trelawney.

Pontus était devenu blême. C'était la seconde fois que Florence entrait en scène et, pour la seconde fois, son intervention avait quelque chose de si rogue, ce si manifestement prémédité, qu'il n'était plus possible au jeune homme de croire à un malentendu « Comme elle m'en veut ! Comme elle me hait ! » pensa-t-il. Mais déjà le vieux marquis, plus inter‑loqué que froissé par la nouvelle incartade de Flo‑rence, reprenait son assiette et se tournait vers Trelawney :

« Eh ! là, qu'est-ce donc, mon cher hôte, et qu'y a-t-il d'extraordinaire dans la réflexion de votre fille ? Kernéguez nous a renvoyés dos à dos tout à l'heure en nous disant que chacun des deux peuples avait sa façon d'entendre la défense de ses intérêts. Eh bien, Florence a voulu nous montrer qu'elle par‑tageait cette manière de voir et qu'elle aussi était Anglaise...

— Jusqu'au bout des griffes, acheva *mezza voce* Kernéguez.

— Mais des griffes si roses ! dit galamment le marquis... D'ailleurs, reprit-il, la réflexion de Flo‑rence est d'ordre général et ne saurait s'appliquer, que je sache, à aucune des personnes présentes...

— Évidemment, » se hâta de dire Trelawney.

Tout compte fait et conduite de part et d'autre avec une vivacité qui n'excluait point le tact, la conversation n'aurait peut-être pas laissé le vieux marquis sous une impression trop pénible, malgré le réel chagrin qu'il ressentait à la pensée qu'on viole‑

rait bientôt la virginité de ses rochers et de ses bois,
si Florence, à deux reprises, n'y avait mêlé volontairement sa redoutable causticité ; trop galant pour
répondre aux attaques d'un pareil adversaire, le
vieux Talgoët s'était borné à écarter doucement la
pointe que lui tendait sa « belle ennemie », comme
il l'appelait ; Florence lui apparaissait comme une
façon d' « enfant terrible » qui manquait de mesure
et dont les propos ne tiraient point à conséquence.
Ses libertés de langage, son mépris des conventions
avaient même quelque chose d'amusant ; il en avait
souri d'abord et il eût continué d'en sourire, s'il
n'avait cru observer à la fin qu'elle y introduisait de
surcroît comme un accent de bravade, un secret
besoin de représailles que le vieux gentilhomme
n'arrivait point à s'expliquer... Et moins encore
parvenait-il à comprendre l'espèce de menace à
peine dissimulée dans la dernière de ses phrases,
cette allusion à la misère de certains nobles lancée
un peu à l'aventure par Florence en un accès de
nervosité...

La vérité, en effet, c'est que Florence n'était pas
mieux fixée qu'avant sur la situation de fortune des
Talgoët. Cette nature volontaire, qui prenait ses
caprices pour des lois, s'impatientait de la résistance
que lui opposait ce qu'elle appelait le mystère du
Rusquec. Et il y avait peut-être une autre cause,
plus compliquée encore et dont Pontus n'avait pas
démêlé tout l'écheveau, à cette espèce de hérissement
où elle se contractait depuis la veille et d'où elle ne
sortait que pour foncer à tort et à travers sur l'un
quelconque de ses hôtes : ces impertinences, ces coups
de boutoir, c'était sa revanche sans doute du bref

moment d'émotion, de la défaillance passagère où
elle était tombée par surprise dans sa promenade à
Saint-Herbot, mais c'était aussi une façon de se faire
violence à elle-même, de lutter contre son propre
cœur, d'affirmer par son propre exemple la prédo-
minance de la volonté sur le sentiment : Florence
aimait Pontus, et elle s'était justement aperçue de
cet amour au moment où elle recevait dans sa vanité
de fille impérieuse la blessure qu'elle était le moins
capable de pardonner. Vainement essayait-elle de se
donner le change et de croire qu'elle ne prenait qu'un
intérêt de curiosité au mystère du Rusquec. Si Pontus
n'avait pas été en cause, si le mystère n'avait concerné
que son père ou ses sœurs, Florence n'y eût pas mis
tant de passion. Il l'obsédait, ce mystère ; elle voulait
l'éclaircir coûte que coûte. Mais d'espérer que quelqu'un ou quelque chose l'aiderait à se diriger dans
le dédale où elle tâtonnait, c'est ce dont elle n'osait
se flatter encore, quand le hasard vint inopinément
à son secours et lui fournit une partie de l'explication
qu'elle cherchait.

L'espèce de fébrilité, d'agacement nerveux qui
l'avait si inconsidérément jetée entre son père et le
vieux marquis ne l'avait pas quittée une fois rentrée
dans ses appartements ; elle ne put fermer l'œil de
la nuit et, pour briser cette fièvre qui la fatiguait
extrêmement, elle s'était levée dès la pointe de l'aube
et s'apprêtait à descendre dans le parc, lorsque, en
soulevant le rideau de sa croisée, elle aperçut dans
la cour d'honneur du manoir un spectacle qui n'eût
été qu'étrange pour bien d'autres et qui était plein
d'enseignement pour elle : à genoux sur le sol, l'une
des filles du marquis, brindille à brindille, arrachait

les herbes qui avaient pu pousser entre les fentes du pavé, tandis qu'une autre de ses sœurs, juchée sur une échelle que maintenait Tina, procédait au nettoyage des croisées et lavait les vitres à grande eau... Il était à peine cinq heures du matin... On entendait dans les pièces voisines le sourd frottement de deux brosses sur le parquet : un moment vint où la personne qui se livrait à ce travail exténuant passa dans le cadre de la porte entr'ouverte, et Florence reconnut la pâle et longue Polyxène, la troisième fille du marquis.

L'étonnement de Florence à ce spectacle l'empêcha d'observer les précautions que lui commandait la prudence ; elle ne se rejeta pas assez vite en arrière, et Tina l'aperçut avant qu'elle eût abaissé les rideaux de sa croisée. Florence comprit qu'il était inutile de jouer au plus fin avec la jeune servante et, à tout hasard, en posant un doigt sur sa bouche, elle lui fit signe de garder le secret.

Tina, sans mot dire, inclina la tête. Florence, cependant, jugea bon de renoncer à sa sortie matinale. Aussi bien avait-elle hâte de mettre un peu d'ordre dans ses idées et de réfléchir à la situation en toute tranquillité. Voilà donc comment et pourquoi, tandis que le reste du château était laissé à l'abandon, la cour d'honneur et ses bâtiments, malgré le petit nombre des domestiques, semblaient si bien entretenus ! Un point seulement demeurait obscur : c'était que ces soins méticuleux, cette application de tous les instants ne se portassent que sur la cour d'honneur et les bâtiments qui l'entouraient. Mais ce point même ne devait pas tarder à être éclairci. Comme Florence quittait ses appartements, elle trouva Tina

dans la galerie de communication. La jeune servante,
un chiffon à la main dont elle frottait énergiquement
le parquet, paraissait fort occupée à lui rendre son
poli initial. Florence ne s'y trompa guère et comprit
que Tina venait chercher le prix de son silence Le
hasard, décidément, la servait beaucoup mieux qu'elle
n'aurait osé l'espérer.

« Voici pour votre discrétion, dit-elle à l'enfant, en
lui tendant une pièce d'or que la petite fourbe
empocha sans la moindre vergogne.

— Comme mademoiselle est bonne ! Oh ! comme
je voudrais être au service de mademoiselle !...

— Il ne tient qu'à vous d'y passer, dit Florence
saisissant l'occasion par les cheveux.

— Comment ! Mademoiselle daignerait me prendre
avec elle ? J'aurais le bonheur...

— Non, dit Florence, coupant court brusquement
à ces effusions dont sa fière nature goûtait médiocrement, malgré tout, le caractère servile et intéressé, il ne sera pas nécessaire que je vous prenne
avec moi : il suffira que vous fassiez ce que je vous
dirai de faire et que vous répondiez franchement à
mes questions...

— Mademoiselle n'a qu'à m'interroger, dit Tina.

— Vous n'aimez donc pas vos maîtres ? » demanda
Florence.

L'enfant se troubla un peu à cette question qui
n'était point de celles qu'elle attendait...

« Rappelez-vous nos conventions, reprit Florence,
une franchise absolue...

— Ils sont si regardants ! finit par répondre Tina
avec une moue significative et les yeux baissés sur

son tablier qu'elle roulait entre ses doigts par manière de contenance...

— Pourtant, dit Florence, ils ont trois domestiques sans vous compter, Tina, un cocher, des chevaux...

— On vient de les acheter, mademoiselle. En temps ordinaire il n'y a qu'un cheval, et c'est mon oncle Bennéad le cocher... Même qu'il en a assez et qu'il ne veut plus conduire la voiture de madame... Il dit que ce n'est pas sur son bail et que ses maîtres en prennent trop à leur aise avec lui.

— Enfin, dit Florence, restent les trois domestiques...

— Oui, dit Tina, il y a Gonéry, l'ancien valet de chambre de M. le marquis, qui est toujours à son service... Mais mon oncle prétend qu'il n'est pas payé... Les autres, moi comprise, ne sont ici que depuis votre arrivée... Encore dame Véronique n'est-elle que prêtée par M. le recteur ; elle couche tous les soirs au prieuré et elle a bien hâte que tout ce tintouin, comme elle dit, soit terminé...

— En vérité, dit Florence, est-ce possible ? Mme de Talgoët et ses filles feraient à elles seules toute la besogne du manoir ?...

— A peu près toute, dit Tina... Vous les avez vues ce matin : c'est le même remue-ménage tous les jours que Dieu crée : levées à cinq heures, elles trouvent encore moyen de travailler quand les autres chrétiens sont dans leur lit... Et si vous saviez comme elles se nourrissent : de la bouillie de blé noir à midi, de la bouillie le soir ! Pendant ce temps, monsieur le marquis se goberge. Il aurait encore ses 30.000 livres de revenu qu'il ne ferait pas la petite bouche plus qu'il ne fait : du fricot à tous les repas.

des vins fins et des plats sucrés... Un homme qui ne bouge pas de son fauteuil, qui ne remuerait pas le petit doigt pour rattraper son bonnet de coton ! C'est tout juste s'il se mouche tout seul, comme dit mon oncle Bennéad... Et, avec ça, d'une exigence ! Faudrait voir qu'il aperçût une mauvaise herbe entre les fentes du pavé, une ardoise cassée sur le toit, un grain de poussière sur les carreaux... Il en ferait un tapage, si tout n'était pas en ordre dans la cour !...

— Quel monstre d'égoïsme ! pensa Florence, qui ne devinait pas la pieuse comédie que la famille jouait à l'endroit du vieux gentilhomme... Et le fils du marquis ? demanda-t-elle à Tina.

— M. Pontus ? dit la jeune servante... Il ne fait rien... Il y a six ou sept mois qu'il est revenu du régiment... Il chasse, il pêche, il bat les bois toute la sainte journée... Au commencement, il rôdait autour de mon oncle... Il disait qu'il voulait apprendre la culture... Un noble ! Si ce n'est pas une pitié ! Mon oncle prétend qu'il est toqué... Il reste quelquefois des heures entières sur un rocher, au bord d'un ruisseau, la tête entre les mains, puis il tire de sa poche un bout de papier et un crayon et il écrit des choses, des choses...

— Quelles choses ? interrogea Florence...

— Je ne sais pas, moi, mademoiselle, des choses, peut-être des histoires, des chansons...

— Tina, dit Florence, il faudra me procurer un de ces bouts de papier sur lesquels ton maître griffonne des histoires, des chansons...

— Oh ! mademoiselle, dit Tina, s'il s'apercevait !... M. Pontus est si soupçonneux !...

— A toi de t'arranger... Tâche seulement de ne pas te faire prendre et surtout de ne pas prononcer mon nom... Le jour où tu m'apporteras ce que je te demande, il y a cinq beaux napoléons tout neufs qui ne feront qu'un saut de ma bourse dans ton tablier. »

Tina, éblouie, ferma les yeux. Quand elle les rouvrit, un signe de Florence lui fit comprendre que l'audience était levée. Tina ramassa prestement son chiffon et ses brosses, n'oublia pas la belle révérence qu'elle devait à son interlocutrice et, sans plus de bruit qu'une belette, dont elle avait la mine futée, se coula dans l'escalier. Florence attendit quelques minutes et descendit à son tour. La marquise était dans la grande pièce du rez-de-chaussée où elle se tenait d'ordinaire ; ses filles, près de la croisée, travaillaient à de menus ouvrages de tapisserie ; rien dans leur attitude ni dans leur toilette, qui était sévère, mais décente, n'eût trahi les rudes besognes auxquelles elles se livraient en silence quelques heures auparavant. Florence leur serra les mains à l'anglaise, prit des nouvelles de sa tante et s'étonna que Pontus ne fût pas encore debout.

« Mais il y a une heure qu'il est parti pour le Huelgoat, dit M{^me} de Talgoët. Il devait avoir une course pressée à faire, car c'est à peine s'il nous a souhaité le bonjour... »

Florence parut ennuyée de ce contre-temps. Elle s'informa du chemin que prendrait Pontus pour revenir au Rusquec, et, comme la marquise lui dit qu'il n'y en avait qu'un, elle résolut d'aller à sa rencontre.

C'est que d'étranges desseins travaillaient depuis

un moment le cerveau de Florence ; mais, avant de
les mettre à exécution et d'y intéresser son père, elle
voulait liquider le passé et s'expliquer une bonne
fois avec Pontus. L'attitude agressive qu'elle avait
prise à l'égard de celui-ci et des Talgoët en général
n'était que l'effet du mouvement de révolte irrai-
sonné qui l'avait soulevée contre elle-même quand
elle s'était aperçue qu'elle aimait son cousin. Elle
avait pensé, à force de roideur et d'arrogance, tuer
dans l'œuf cette inclination latente ; elle ne fit que
lui donner une énergie nouvelle. Aussi bien la
réflexion n'avait pas tardé à lui montrer les choses
sous un jour moins tragique et plus rationnel : elle
voulut bien admettre comme possible et même
comme parfaitement compatible avec sa dignité
qu'elle aimât Pontus et qu'elle se fît aimer de lui.
Mais où son orgueil refusa de transiger, c'est sur la
manière dont cet amour devait être conduit de part
et d'autre : s'il fallait qu'elle aimât Pontus, elle
n'entendait l'aimer que repentant et venu à merci.
Il ne se pouvait qu'elle restât sur sa défaite de Saint-
Herbot. Tout son sang d'Anglaise protestait contre
les faibles avantages remportés par son adversaire :
n'avait-il pas semblé un moment qu'elle lâchait pied,
qu'elle reconnaissait la supériorité de la conception
bretonne sur la conception britannique, qu'elle humiliait l'action devant le rêve, l'esprit d'initiative,
l'effort intense et suivi, la persévérance dans l'œuvre
entreprise, toutes les fécondes vertus de sa race devant
la paresse, le laisser-aller et la résignation ? Ses imper-
tinentes sorties de la veille contre le vieux Talgoët
lui apparaissaient maintenant comme une vengeance
d'enfant, les dérisoires et trop faibles représailles

d'une âme qui ne se possédait pas. A cette heure, où la réflexion avait fait son œuvre, c'était une revanche pleine et complète qu'elle voulait, et, cette revanche, Florence se sentait femme à l'obtenir.

Elle s'excusa près de Mme de Talgoët et gagna la grand'route. Arrivée près de l'Ellez, elle aperçut Pontus, monté sur Coantic, la vieille jument familiale, Diaoul en serre-file, qui descendait au petit trot la longue côte de trois kilomètres qui serpente au flanc du plateau de Bellevue : le corps un peu penché contre son habitude et sous l'effet de quelque préoccupation mystérieuse, le jeune homme ne paraissait pas avoir remarqué Florence, qui s'était arrêtée près du pont et lui barrait le chemin. Comme il continuait d'avancer sans la voir, la jeune fille leva son en-tout-cas et, surprise par ce geste, Coantic fit un brusque tête-à-queue.

Un autre cavalier que Pontus, moins expérimenté ou d'un sang-froid moins éprouvé, eût été immanquablement désarçonné du coup... Florence ne put s'empêcher de pousser un léger cri... Mais déjà Pontus avait ramené sa monture, qu'il calmait à petites tapes sur le col. Il tressaillit en reconnaissant Florence, s'excusa de sa distraction et mit aussitôt pied à terre.

« C'est moi plutôt qui devrais m'excuser, dit Florence... J'ai failli faire un malheur...

— Coantic est ombrageuse, dit Pontus, mais elle n'est pas méchante. »

Et, comme il ne savait quels étaient les projets de la jeune fille, il lui demanda si elle voulait continuer seule vers le Huelgoat ou si elle préférait qu'ils revinssent tous les deux à pied au Rusquec.

« Il n'y aura même pas besoin que je tienne Coantic par la bride, elle nous suivra...

— Si c'est ainsi, dit Florence, marchons, j'accepte... D'ailleurs, nous avons à parler sérieusement. »

Pontus s'inclina. Il avait assez d'empire sur lui-même pour être assuré que rien ne trahirait au dehors l'émotion qui l'agitait. Rendu circonspect par les incartades de langage où Florence s'était laissé entraîner la veille, il avait décidé de se retrancher dorénavant, dans ses conversations avec la jeune fille, derrière cette politesse réservée qui avait été son attitude des premiers jours. Florence eut beau scruter ses yeux, elle n'y lut pas ce qu'elle cherchait.

« Vous ne m'en voulez donc pas ? demanda-t-elle à Pontus.

— Pourquoi vous en voudrais-je ? répondit le jeune homme...

— Ah ! dit-elle, je croyais que mes paroles d'hier soir ne vous avaient pas été agréables...

— Elles n'avaient rien de blessant, dit Pontus, puisqu'elles ne s'appliquaient pas à nous...

— Et si, dans ma pensée, elles s'étaient appliquées à vous ?...

— Vous vous faites plus mauvaise que vous n'êtes. Par quoi aurions-nous mérité tant de haine ?...

— Par votre orgueil, répondit nettement Florence, par vos préjugés de caste, par tout ce qui, en vous, froisse ma conception réaliste de la vie, par ce dédain de l'argent dont vous faites une vertu et qui n'est que de l'impuissance ou de la mauvaise volonté à s'adapter aux conditions de la société moderne.

— Les hommes sont ce que Dieu les a faits, dit

Pontus. A quoi bon rouvrir une discussion épuisée ? Mon père et le vôtre n'ont-ils point dit tout ce qu'il y avait à dire sur ce chapitre et avez-vous remarqué que l'un ou l'autre ait paru ébranlé par les arguments de son adversaire ?...

— Correct, dit Florence. Laissez-moi seulement vous poser une question. Votre père disait hier qu'il n'y avait pour les Talgoët que deux carrières : l'église ou l'armée. Je ne crois pas que vous vouliez vous faire clergyman : alors pourquoi avez-vous quitté le régiment ? »

Le front de Pontus se rembrunit.

« Il le fallait, répondit-il après un silence...

— Oui, riposta Florence, c'est la devise de votre famille : *Red eo*... Il faut... Mais une devise n'est pas une réponse...

— Je n'en ai pourtant pas d'autre à vous offrir, dit Pontus d'un ton glacé.

— Puisque vous ne voulez pas me dire pourquoi vous avez quitté le régiment, dites-moi au moins, insista Florence, par quoi vous allez remplacer le régiment ?...

— Vous n'avez pas de chance dans vos questions, ma cousine ; je ne pouvais pas répondre à la première et, à la seconde, je ne sais que répondre...

— Est-ce possible ?... Après tout, je songe, il n'y a que sept mois que vous êtes de retour au Rusquec... Mais, si vous n'avez pris encore aucune détermination, cela ne saurait plus beaucoup tarder, car vous ne comptez pas rester ici...

— Et pourquoi n'y resterais-je pas ? dit ironiquement Pontus. Le pays est superbe ; les bois sont giboyeux ; mes parents...

— Non-sens. Il n'y a plus que des fouines dans vos bois et vos parents jouent la comédie. Mais avouez donc, continua Florence avec une irritation croissante, vous êtes ruinés. Je suis sûre qu'il ne vous reste pas douze pauvres mille francs de rente...»

Douze mille francs ! Florence était loin de compte et il s'en fallait que les Talgoët disposassent d'un revenu de cette importance. Le coup n'en était pas moins porté et, si maître de lui que fût le jeune homme, il eut peine à cacher son émotion, tant l'attaque avait été rude et brutale. Quelle haine inexpiable contre lui et les siens nourrissait donc cette étrangère pour qu'elle n'eût égard ni aux lois de l'hospitalité ni au respect qu'on ne ménage pas d'ordinaire à la pauvreté noblement supportée ! Ah ! si Florence n'avait pas été une femme ! Si seulement il ne l'eût pas aimée !... Florence parlait toujours : Pontus n'entendait plus sa voix que comme un bourdonnement indistinct. Il percevait vaguement qu'elle lui disait de partir, de s'en aller aux colonies, de décrocher le rifle du trappeur, s'il répugnait au pic du pionnier...

« Faites quelque chose enfin ! Soyez un homme ! Si votre nom vous gêne, quittez-le. Vous le reprendrez après fortune faite, comme ces gentilshommes-laboureurs dont nous parlait votre père qui, pour corduire leur charrue, suspendaient leur épée à une branche et la raccrochaient ensuite à leur ceinture. Au besoin, rengagez-vous. Cela vaudra mieux, à tout prendre, que de vous cloîtrer dans votre orgueil nobiliaire pour jeter l'anathème à ceux qui ne partagent pas vos préjugés et qui demandent au travail la satisfaction que vous attendez de l'oisiveté...

— Pouvez-vous appeler du beau nom de travail, dit enfin Pontus, que ces dernières paroles semblaient avoir éveillé de son atonie, les louches spéculations financières des Pengwinion, des Barratew, des Maxim, de tous ces rois de l'étain, du cuivre ou du diamant, comme on les surnomme chez vous, et pour qui, selon un mot célèbre, les affaires ne sont que l'argent des autres ?

— Le travail a ses grades comme l'armée, dit Florence. Il est vrai que les hommes dont vous parlez ne tiennent pas eux-mêmes le pic et la pioche, mais ils les ont tenus, ils ont conquis leurs galons un à un, et ces tacticiens font mouvoir sur l'échiquier industriel les masses ouvrières d'où ils sortent. Vous les méprisez, et je les admire : ils se battent à coups de millions contre l'esprit d'inertie et de routine ; ils transforment la face du monde ; ils créent de la vie ; ils sont ces héros, presque des dieux...

— Tristes dieux, dit Pontus, dont la divinité est à la merci d'un coup de bourse et que le moindre fléchissement des cours fait choir tout de leur long !

— Ils se relèvent, dit Florence, et c'est leur beauté... Connaissez-vous l'histoire d'Argyll Pengwinion dont vous parliez tout à l'heure et dont la fille est une de mes amies d'enfance ? Orphelin à seize ans, il avait exactement en poche cinquante livres sterling ; son père s'était ruiné avec les filles et les bookmakers. Argyll part pour l'Australie comme pionnier, découvre un claim à ciel ouvert qu'il exploite lui-même, le rifle d'une main, le pic de l'autre, rentre à Londres avec une poignée de diamants qui lui servent à constituer sa première société financière, repart pour l'Australie, trouve son claim ravagé, essaie de remplacer l'exploi-

tation à ciel ouvert par l'exploitation souterraine...
Les actions baissent. Argyll se retrouve brusquement
sans un penny comme au premier jour. Trois mois
après, il avait découvert un nouveau claim, refait sa
fortune, créé la *Pengwinion diamond mining and C°*,
dont vous savez la lutte épique avec une société
rivale, la *Southlag Central C°*, alors prépondérante sur
le marché..., Une entente entre Pengwinion et
Southlag eût grandement facilité l' « amalgation »
générale, mais Pengwinion visait plus haut. Soutenu
par les Rothschild de Londres, il attaque son adversaire sur son propre terrain, achète ou fait acheter
sous main toutes les actions de la *Southlag* qui se
trouvaient en Bourse... Pour déjouer la manœuvre,
Southlag achète à son tour... Trop tard !... Séduits
par les cours élevés qu'ont atteints les titres, ses
alliés de la veille sont en train de tourner casaque,
Southlag n'a plus qu'à capituler, et, le 3 avril 1857,
Argyll Pengwinion pouvait annoncer à ses actionnaires l'heureuse issue de sa campagne financière, en
même temps que la constitution d'une Société nouvelle, la *Pengwinion Consolidated Mines*, qui devait
monopoliser l'industrie du diamant dans le monde
entier... Appelez tant que vous voudrez Pengwinion
corsaire, flibustier, homme de proie... Moi je ne vois
que l'énergie déployée, l'extraordinaire puissance de
volonté que suppose un pareil résultat. D'un Pengwinion à un Napoléon il n'y a que la différence du but ;
mais les moyens sont les mêmes : sang-froid, esprit
calculateur, prodigieux ressort de l'activité cérébrale,
appétit de la domination... Et c'est tout cela qui fait
les héros et les dieux... Vous ne répondez pas ?

— Que vous répondrais-je ? dit Pontus. Je cherche

depuis un quart d'heure où tendent les discours que vous me tenez... Arrivés au point où nous sommes, nous nous connaissons assez pour savoir qu'il n'y a rien de commun entre nos deux natures. Pourquoi continuer à les heurter et quel plaisir amer pouvez-vous trouver à prolonger un conflit qui ne fait que nous aigrir l'un contre l'autre?...

— Si c'est un plaisir, il n'a rien d'amer, dit Florence... Oui, je pourrais vous répondre que j'aime par-dessus tout la lutte et que je ne supporte point d'y avoir le dessous... Et avant-hier, dans cette promenade à Saint-Herbot, vous m'avez surprise ; j'ai senti que vous aviez l'avantage et j'en ai été mortifiée dans l'âme...

— Et, pour vous venger, vous n'avez pas hésité à blesser mon père et il faut qu'en ce moment même vous redoubliez contre moi ?

— J'ai cru quelque temps aussi que c'était le seul mobile de ma conduite, dit tranquillement Florence, mais il m'a fallu me rendre compte qu'il y en avait un autre dont je vous dois l'aveu...

— Oh ! dit Pontus, ce que vous m'avez dit suffit à m'éclairer.

— Non, pas complètement, dit Florence... J'ai horreur du mensonge et de l'équivoque... Cela non plus n'est peut-être pas une qualité à vos yeux... On me dit que les Françaises sont habituées à céler leurs sentiments et qu'elles auraient honte d'être franches avec quelqu'un... Moi je ne rougis pas d'avouer que j'ai pour vous une grande... comment dirai-je ?... amitié ? sympathie ? Oui, c'est le mot, une grande sympathie... »

Pour habitué qu'il fût déjà aux excentricités de

Florence et à ses libertés de langage, Pontus s'attendait si peu à cette déclaration qu'il demeura quelque temps interdit. L'étrange fille n'avait, en effet, ni rougi ni tremblé en prononçant des mots qui eussent paru décisifs dans la bouche de toute autre et qui, d'ailleurs, pouvaient ne point excéder dans la sienne la portée de leur signification ordinaire. Ce fut ainsi que Pontus voulut les interpréter.

« Je vous suis obligé de votre sympathie, dit-il à Florence, mais elle a emprunté jusqu'ici des chemins si imprévus que je ne vois pas bien comment vous eussiez pu vous y prendre si, au lieu de votre sympathie, c'est votre antipathie que vous aviez voulu me témoigner...

— Ah ! dit Florence, je crois que personne avant vous n'avait mis en doute ce que je disais. Cela n'est pas bien de votre part.

— Excusez-moi, dit Pontus... Nous vivons si solitaires ! J'ai moi-même si peu l'habitude du monde !...

— Oui, voilà votre défaut : vous êtes un solitaire. Il ne faut pas être un solitaire... Il faut vivre la vie et vivre, c'est agir... Vous rêvez trop... »

Pontus, renonçant à suivre dans ses méandres la pensée insaisissable de sa cousine, esquissa un geste vague...

« Voulez-vous faire union avec moi ? dit Florence la main tendue, et si belle, si tentante dans cette offre ingénue et hardie qu'une grande onde brûlante courut les veines de Pontus...

— Je ne demanderais pas mieux, dit-il, quand il se fut ressaisi, mais j'ai peur des conditions que vous y mettrez.

— Ces conditions ne sont pas bien rigoureuses, dit Florence.

— Encore faut-il que je les connaisse.

— Vous avez raison, et j'aime à voir que vous ne vous engagez pas à la légère... Il faut traiter les choses, même les choses de sentiment, comme des affaires et en connaissance de cause. La vie est une affaire... »

Les deux jeunes gens venaient de quitter la grand'-route et de s'engager dans l'allée du Rusquec. Diaoul, qui battait les buissons en avant, piqua un léger arrêt.

« Quelqu'un », dit Pontus.

Presque aussitôt, en effet, un homme parut au détour de l'allée. De type anglais très prononcé, sec et maigre, les maxillaires saillants, le nez chaussé de lunettes d'or qui lui donnaient un vague air professoral, il portait un bandeau noir autour de la tempe gauche et répondait au nom de John Higgs...

« Oh ! dit Florence, en s'avançant vers le nouveau venu, je suis heureuse de vous savoir sur pied, master Higgs... Mon cousin, master Higgs, que je vous présente, est ce *purser* qui a failli être assassiné par une vilaine femme, nommée Barba Timeur... L'a-t-on arrêtée enfin ? demanda-t-elle à l'ancien régisseur de la Wheal Holywell.

— C'est au sujet de son arrestation que j'étais venu voir lord Trelawney, dit master Higgs...

— Singulière rencontre ! dit Pontus. C'est le même objet qui m'a, ce matin, conduit au Huelgoat.

— Vous connaissez donc cette coquine ? dit Florence...

— Je connais Barba depuis mon enfance, dit Pontus ; ce n'est pas une coquine, c'est une pauvre

femme qui a perdu la raison à la suite de la mort de
son mari, tué dans un éboulement du puits Humboldt.
Elle est plus à plaindre qu'à blâmer... Jamais elle
n'avait fait de mal à personne jusqu'ici...

— Il n'y a que le premier pas qui coûte, dit Florence... Enfin, l'important, c'est qu'on ait mis la
main sur elle... Mon père commençait à trouver
étrange l'inertie de la justice française...

— La justice n'y pouvait rien, dit Pontus, et, si
l'on n'avait employé une ruse indigne, Barba Timeur
serait encore en liberté... »

Master Higgs reconnut qu'en effet aucune des
précédentes battues n'avait donné de résultats : on
avait eu beau mobiliser les six gardes forestiers de la
Coudraie, du Burcoat et du Hellaz et leur adjoindre
une brigade de gendarmes à cheval : Barba leur
glissait entre les doigts comme une couleuvre et on
ne la revoyait plus de la journée. Une fois, on réussit
à la cerner dans une excavation de roches, près de
Stang-Vraz. L'excavation n'avait qu'une issue. Il
fallait que la folle sortît par là, à moins de se jeter
dans l'étang ; elle se jeta dans l'étang, et on crut son
affaire réglée. Trois jours plus tard, on signalait sa
présence près du moulin de Roz-Lann, dans les bois
de Lestrezec, où elle posait tranquillement des lacets
à bécasse...

« Très curieux ! dit Florence. Et comment
a-t-on réussi à la prendre ?...

— Oh ! dit Pontus, c'est cela la chose odieuse
qui m'a révolté. Votre père, Florence, sans nous
prévenir, avait fait bannir qu'il donnerait une prime
de trois cents francs à la personne qui capturerait
Barba ou qui aiderait à la faire arrêter... Ces moyens

là sont d'usage courant en Angleterre : on y répugne chez nous. A chacun sa besogne... Quand les gendarmes ou les gardes de l'État ont maille à partir avec les braconniers, nous les laissons faire, mais nous ne les aidons pas... Et, enfin, que voulez-vous ? Malgré l'acte regrettable auquel Barba s'est portée contre master Higgs, tout le monde l'aime ici, cette innocente, et moi le premier... Tout le monde ? Je me trompe... Il s'est trouvé une canaille, un lâche, qui, alléché par la prime promise et connaissant les sentiments de l'Innocente à mon égard, s'est servi de mon nom pour l'attirer dans un guet-apens. La pauvre femme arrivait confiante au rendez-vous. A ma place, elle a trouvé les gendarmes qui lui ont passé le cabriolet.

— Et voilà, ne put s'empêcher de dire sarcastiquement Florence, ces honnêtes Bretons que vous admiriez tant l'autre jour ! Avouez que, pour des idéalistes, ils se conduisent quelquefois d'une singulière façon.

— Il y a des Judas dans toutes les races, répliqua Pontus. Je ne connais pas le coquin qui s'est servi de mon nom pour tromper la pauvre Barbaïk et gagner la prime de 300 francs... Je n'ai appris le détail de l'affaire que ce matin et j'ai couru tout de suite au Huelgoat. Trop tard : les gendarmes venaient d'emmener Barba à Châteaulin. Je ne la reverrai plus, mais il y a quelqu'un que je retrouverai, par exemple, c'est le traître qui l'a vendue...

— Master Higgs, dit Florence, que vous a dit mon père au sujet de l'arrestation de cette folle et du nom de son dénonciateur ?

— Le nom ne doit pas être révélé, milady!
Lord Trelawney s'était engagé à garder le
secret...

— Je saurai bien le découvrir tout seul, dit Pontus.
J'espère, master Higgs, continua-t-il en s'adressant
au *purser*, que vous ne verrez pas dans l'intérêt que
je porte à Barba une marque d'indifférence et d'inhu-
manité à votre égard... Je suis désolé de ce qui vous
est arrivé et, si Barba avait été une personne raisonnable, je n'aurais point eu assez d'indignation
pour sa conduite... »

Master Higgs porta la main à son chapeau, salua
Florence et Pontus et reprit la direction du Huelgoat.
A ce moment, la cloche du manoir tinta pour le
déjeuner. Dérangée dans ses explications par la rencontre inopinée du *purser* et jugeant peut-être que
le temps qui lui restait était trop mesuré, Florence
hâta le pas.

« Nous ne pourrons nous rencontrer seuls aujour-
d'hui, dit-elle à Pontus... Mon père doit vous
demander d'atteler cette après-midi pour visiter
deux propriétés dont on lui a parlé et où il compte
établir son quartier général... L'une est à Ligolennec, je crois, et l'autre à Niquelvez... Vous nous
aiderez à choisir. »

Pontus acquiesça de la tête.

« Le Rusquec est trop loin de la concession, poursuivit Florence... D'ailleurs, il ne s'agit que d'un
pied-à-terre... Mon père doit s'occuper en même
temps de la mise en exploitation de l'ensemble du
bassin breton... Dès que les travaux de premier éta-

(1) Les filles de lords ont droit, même non mariées, au titre de lady.

blissement seront terminés, nous repartirons pour Londres, à moins...

— A moins ? dit Pontus.

— A moins que nous n'ayions changé d'avis d'ici là », répondit évasivement Florence, qui, cette fois peut-être, et malgré la franchise dont elle se targuait, négligea de découvrir au jeune homme le fond de sa pensée.

V

Je ne suis pas de ceux qui reprochent à l'aristocratie
d'être oisive. Je ne suis pas non plus de ceux qui lui
conseillent de l'activité à tout prix. Tel travail est digne
d'honneur et tel autre mérite d'être déconseillé.

(Charles MAURRAS.)

FLORENCE TRELAWNEY A JESSIE PENGWINION

Ligolennec, par le Huelgoat (Finistère)
23 avril 1839.

Hosannah, Jessie ! Nous avons soulevé la pierre
de notre caveau et, comme Lazare, nous avons reparu
à la lumière. Le miracle désiré s'est accompli dans la
matinée du 16 dernier et voici une semaine que nous
habitons de nouveau le monde des vivants. Je respire
maintenant comme un être organisé, j'ai repris pos-
sesssion de mon cher « moi » ; je suis redevenue
Florence Trelawney. Floy, votre chère Floy, n'est
pas morte et elle vous en donne la grande nouvelle
par la présente, ô petite Jessie Pengwinion.

Elle n'est pas morte. Mais il s'en est fallu de peu.
Quelle atmosphère déprimante on respire sous ces
léthargiques futaies du Rusquec ! La moisissure du
lieu finit par se déposer sur l'esprit ; on est comme
prisonnier dans je ne sais quelle ouate de brume, de
silence, de mysticisme et de féodalité. L'âme, le
cœur, le cerveau, les sens, tout s'y engourdit à la
fois. Et le pire, Jessie, c'est qu'on finit par se plaire

à son mal et qu'on trouve à cette espèce de non-vie, de descente anticipée dans la tombe, justement le genre de délectation morose dont parlent les théologiens. Vous préserve le ciel, Jessie, de toute accointance avec des papistes et dans un endroit comme ce Rusquec ! Vous y péririez, ma chère, et, telle que vous me voyez, j'ai failli assister vivante à ma propre décomposition...

Oui, Jessie, mon cœur, c'est ainsi. Je vous dois ma confession tout entière et il n'y a plus de Harry Pengwinion ni de Joë d'Annandale qui tienne. Vous leur lirez cette lettre, si bon vous semble, et, quand ils l'auront lue, s'il est dans les desseins de la Providence qu'ils me traitent de tous les noms que le prophète Jérémie prodiguait aux enfants de Moab, je ne protesterai point contre un traitement qui ne serait que la juste sanction de mon infidélité... Car je les avais lâchement oubliés, Jessie. Un voile était sur ma mémoire qui me cachait l'athlétique carrure du bon Joë et son marquisat et ses cent mille livres de revenu. Et le triomphant Harry lui-même, Harry qui ne connut point son pareil au crocket et au tennis et dont les couleurs furent portées à Eton par S. A. R. la princesse de Galles, Harry avait disparu de mon souvenir ; je ne retrouvais plus dans mes rêves son chandail et son polo.

Les voilà bien vengés à cette heure. Oh ! Jessie, je vous dis qu'il y avait un sortilège dans ce maudit Rusquec. Bélial et Mammon, certainement, ont dû se loger sous la coule de pierre de l'ermite Herbot, un des prétendus saints dont l'idôlatrie bretonne s'obstine à honorer la mémoire et à qui l'on rend par ici un culte qui vous ferait pouffer : sur une grande table placée devant son cancel, les paysans de la région déposent en manière d'offrande propitiatoire des queues de vache et des mottes de beurre qui vont grossir le casuel du clergyman !

C'est une après-midi, où le hasard m'avait menée à Saint-Herbot, qu'a commencé d'opérer l'enchantement démoniaque dont je vous parlais. Tandis que M. de Talgoët le fils me faisait les honneurs extérieurs de l'église, ne me vint-il point en tête que mon *cicerone* improvisé n'avait pas seulement l'expression la plus fière et la plus élégante qui se pût voir et que, si l'on parvenait à le débarbouiller d'un certain nombre d'idées saugrenues sur l'incompatibilité de l'honneur nobiliaire avec la pratique des sociétés en nom collectif, il pourrait faire un flirt fort présentable ?... Et, cette idée une fois entrée dans mon cerveau, je n'ai plus eu de répit que je ne l'aie eu mise à exécution.

Vous savez si je suis volontaire, Jessie, et si les difficultés sont faites pour m'éperonner ! Il y en avait tant ici et de toutes les sortes que je me jetai avec une véritable passion dans ce sport d'un nouveau genre : ni le morne aspect de ce château délabré, — Launceston, Restormel, Lanhydrock, vieilles demeures féodales de nos pères, mais si bien appropriées aux conditions de la vie moderne, où êtes-vous ? — ni les tristes bruyères qui pleuraient dans le vent, ni le cercle de hurlements que faisaient le soir, sous la lune, autour du Rusquec, les loups qui pullulent en Cornouaille — le sacristain de Braspartz, venu pour nettoyer l'église du Menez-Mikel la veille de je ne sais quelle fête commémorative, se vit, au moment de sortir, enveloppé d'un troupeau de fauves et, comme la neige tombait à flocons, ne put être délivré qu'au bout de trois jours pendant lesquels il mit tout le pays en révolution par le branle de sa cloche dont il tirait des appels désespérés — rien de tout cela, Jessie, non pas même le visage fantômal et parcheminé de mes hôtes, leur allure d'âmes en peine, ne put me retenir de donner suite à mon stupide projet, et tout tendit à m'y encourager au contraire par l'espèce de beauté mélancolique et sauvage que je trouvais maintenant à ces choses dont le charme maladif s'insinuait lentement en moi et malgré moi...

Dieu sait pourtant si je travaillais à m'y soustraire et que je ne reculai devant rien pour rompre l'enchantement ! Je me fis plus acerbe et plus insolente que jamais ; j'oubliai jusqu'aux convenances les plus élémentaires et celles mêmes que m'imposait l'hospitalité généreuse dont nous étions l'objet, mon père et moi. Au lieu de leur marquer ma reconnaissance de cette hospitalité, d'autant plus méritoire en l'espèce que j'ai su pertinemment depuis que la fortune des Talgoët était bien diminuée et qu'ils prenaient sur leur capital pour nous rendre le séjour du Rusquec plus agréable, je leur ai tenu rigueur de cette courtoisie suprême comme d'un manque de probité ; je leur ai reproché leur générosité, Jessie... Rien n'y a fait. Ensorcelée j'étais, ensorcelée je restai. Et plus je me faisais arrogante au dehors, plus je sentais qu'au dedans je faiblissais et ne m'appartenais plus.

Ce Portus de Talgoët, que je vous peignais comme une sorte de Beau-Ténébreux, n'était pas du tout, mais pas du tout, le personnage que je me figurais d'abord : sous des apparences de saule pleureur, il cachait une volonté de fer, ou plutôt une extraordinaire force d'inertie contre laquelle je me suis brisée : quand il s'agit de faire résistance à quelqu'un ou à quelque chose, les Bretons sont des rocs, Jessie. Et pourtant Dieu sait si j'avais bien disposé mes batteries et si je me croyais assurée du succès. J'avais réussi à me procurer des intelligences dans la place : par l'intermédiaire d'une petite sournoise du nom de Corentine Bennéad, tout à fait digne de son coquin d'oncle, domanier du Rusquec et le type de ces aimables serviteurs qui vendraient leurs maîtres pour un sac d'écus — c'est lui qui nous a procuré la capture de la folle qui avait failli tuer notre *purser* et dont mon père avait mis la tête à prix, — j'étais parvenue à tenir tous les fils de l'intrigue domestique qui se dévidait céans ; je possédais par cœur chacun des Talgoët ; je savais les ressorts cachés auxquels ils obéissaient : le marquis tout orgueil ; la marquise toute abnégation ; les filles toute docilité ; le fils...

Ici, j'hésitais ; je me sentais moins sûr de mon diagnostic. D'abord pourquoi entre le père et le fils cette mésintelligence qui ne paraissait que trop bien à la froideur du premier ? Pontus partageait ou semblait partager tous les préjugés du vieux marquis en matière d'honneur nobiliaire. Celui-ci lui tenait-il rigueur de sa démission ? Et, à la vérité, je n'ai jamais bien su la raison qui avait déterminé Pontus à quitter le régiment. D'abord, je me figurais que c'était la nécessité et qu'il n'habitait le Rusquec qu'en attendant d'aller tenter fortune ailleurs. Mais non : ledit Pontus était à demeure au Rusquec et n'entendait point se séparer des siens... Je crus démêler qu'il était retenu par l'affection qu'il leur portait, mais qu'il accepterait peut-être une situation qui ne l'éloignerait pas trop de ses parents, et je conçus un projet qui pouvait tout concilier... Voyez, Jessie, où, en moins de six semaines, j'en étais arrivée de ne plus penser qu'à ce médiocre petit gentillâtre ! Positivement, s'il m'avait cédé sur ce point, si j'avais réussi à obtenir de lui cette concession et que j'eusse vu qu'il y avait en lui l'étoffe d'un homme vraiment homme et capable de regarder la vie en face au lieu de se soumettre aux événements, je ne sais jusqu'où je ne serais point allée.

Vous me direz que, si M. de Talgoët avait pu pénétrer mes sentiments et deviner le misérable état où il avait réduit l'orgueilleuse Florence, l'intérêt, à défaut d'un autre mobile, l'eût décidé à m'accorder la satisfaction morale que je lui demandais. L'intérêt ne suffit point avec des hommes comme celui-là, Jessie. Alors, l'amour ? Oh ! Jessie, vous touchez à la plaie secrète de mon cœur. Etre jeune, belle, riche, titrée, posséder toutes les séductions — si l'on en croit du moins votre frère et d'Annandale, car ce sont choses dont je suis personnellement moins convaincue depuis mon mortifiant échec — et voir un Pontus de Talgoët, un hobereau de la pauvre Bretagne française, rester indifférent devant l'offre de tous ces trésors et leur préférer sa misère, son oisiveté et son indépendance !... J'en rougis encore quand j'y pense. Il m'avait bien semblé pourtant qu'un léger changement s'était fait dans mon jeune cousin et qu'après avoir affecté à mon endroit une froideur presque hostile, ses sentiments s'étaient suffisamment modifiés par la suite ; il y a des regards, même des silences qui parlent à leur façon et sont plus éloquents que tous les aveux.

Sans doute, je le sentais toujours un peu défiant. Je crois aussi que ma conduite à son égard n'était pas sans le déconcerter et qu'il s'expliquait mal ce mélange de propos agressifs et de paroles amicales, ces sautes brusques de caractère ou qui lui paraissaient telles, faute d'avoir la clef de mon attitude. Et, tout de même, la veille du jour où nous eûmes la conversation décisive qui amena notre rupture, j'aurais presque juré que je tenais la victoire.

Nous étions partis en break, mon père, Poutus et moi, visiter deux habitations dont on nous avait parlé comme pouvant nous convenir. Non que j'en eusse assez des Talgoët, mais il me semblait que c'était mal agir de vivre plus longtemps aux crochets de ces pauvres gens et de les induire en des dépenses qu'ils avaient tant de peine à supporter. Tel est cependant l'orgueil du vieux marquis qu'il prit fort mal les premières ouvertures que lui fit mon père à ce sujet ; la figure tout enflammée, il lui demanda s'il avait à se plaindre de l'hospitalité que nous recevions au Rusquec, et, comme mon père lui remontrait que les travaux d'exploitation du bassin minier exigeaient sa présence sur les lieux, il se calma un peu, mais pour repartir quelques minutes après dans une charge à fond contre les méfaits de l'industrialisme, qui est sa bête noire et qu'il accuse d'avoir changé le cœur des Trelawney...

Décidément, j'en arrive à me demander si le marquis connaît sa situation de fortune. Il parle, il agit — Tina me l'avait fait remarquer et c'est la stricte vérité — comme s'il avait encore ses 30 ou

40,000 l vres de revenu : singulier aveuglement, que
peut seule expliquer cette superbe du vieux gentilhomme qui souffrirait mille morts plutôt que d'avouer
sa gêne... Quoi qu'il en soit et quand il eut bien
compris qu'aucune insistance ne nous ferait changer
d'avis, que nous étions fort touchés de sa générosité,
mais que nous ne pouvions ni ne voulions continuer
de rester ses hôtes, il ne dit plus rien et nous en
profitâmes pour rejoindre son fils qui nous attendait
avec le break.

« Excusez-moi de la rusticité de ce véhicule, dit
aimablement Pontus à mon père : j'ai cru voir que
vous ne respiriez pas à l'aise dans le landau...

— Bon, dit mon père, à la guerre comme à la
guerre !

— Puis le ciel est si beau ! » ajoutai-je.

De fait, le temps était délicieux, un vrai temps de
juin, doux et tiède, et quoiqu'on ne fût encore qu'en
avril. Dès que nous eûmes quitté le sous-bois, ce fut
un enchantement : ces landes mornes et comme
écrasées de tristesse, qui s'étendaient à l'infini autour
du manoir et qui m'avaient causé une impression
d'angoisse presque intolérable, je les retrouvais méta-
morphosées par la baguette du printemps. Il y avait
une de ces landes qui couvrait tout un contrefort de
l'Arrhée taillé en forme de promontoire et séparant
les bois du Rusquec des bois de Coat-Ellez ; la floraison en était si serrée qu'elle faisait comme un
grand bloc flamboyant; on eût dit un cap d'or, —
un cap d'or massif, Jessie. Il se découpait sur un
fond de taillis roussâtres et de sapins d'une tonalité
presque noire et s'avivait encore du contraste au
point que son éclat finissait par blesser les yeux...

« Comme elle est symbolique de ce pays, cette pauvre plante si méprisée, si haïe des économistes et des agronomes, cet ajonc qui enfonce dans le sol de Bretagne ses racines tordues comme des vrilles, tenaces comme des crampons ! dit Pontus en me montrant du fouet la merveille. Ses contorsions, son air maladif et rabougri, les piquants dont elle est hérissée, la rouille qui l'envahit à l'automne, tout contribue à faire d'elle une déshéritée. Elle fait peur et elle fait pitié. Elle vit de rien, d'un peu de terre au creux d'un roc, de moins encore, de sable ou d'argile. Mais, là où elle a ancré ses racines, elle est attachée pour l'éternité ; elle ne craint ni le vent, ni le froid, ni la brume. Une vertu de résistance est en elle qui l'assure contre tous les assauts des éléments. Et, deux fois par an, avant et après tous les autre végétaux, la première et la dernière de toutes les plantes, elle se pare d'une floraison prestigieuse, plus belle que les plus belles, plus riche que les plus riches, une floraison qui l'enveloppe tout entière d'une éclatante tunique d'or. Revanche inattendue de la pauvreté ! Ainsi de nos Bretons, Florence : ils sont laids, frustes et mal bâtis ; mais ils tiennent au sol où ils sont nés ; ils vivent de peu ; ils ne craignent rien ni personne, et ils ont la vertu qui passe toutes les autres, celle qui dore toutes choses ici-bas et qui est comme un reflet du ciel sur la terre...

— Et vous appelez cette vertu ? » demandai-je.

Il hésita, sourit comme à la pensée d'un bon tour à me jouer :

« La résignation, dit-il.

— Oh ! ne pus-je m'empêcher de répondre, un peu dépitée, vous me gâtez mon plaisir, et ce n'est pas le nom de cette vertu qui était d'abord sur vos lèvres, ni que j'attendais... Est-ce seulement une vertu ? » continuai-je, en me tournant vers mon père pour chercher un appui...

J'étais bien tombée, darling. J'avais réveillé, sans m'en douter, l'économiste qui sommeille en lord Trelawney. Lui aussi avait les yeux fixés sur le cap d'or, objet de notre discussion ; mais savez-vous à quoi il songeait ? A la proportion de phosphate inemployé que contiennent les landes de Bretagne. Quel dommage, à l'en croire, qu'on ne les coupe pas dès la seconde année et qu'on les laisse fleurir de la sorte ! Apprenez, Jessie, ma chère, qu'il n'y a pas de plante fourragère plus nutritive que l'ajonc, qu'il ferait une excellente luzerne d'hiver et que c'est une vraie richesse que laissent perdre là les Bretons...

Ma foi, je vous l'avouerai, la réflexion nous parut si extraordinaire que nous faillîmes éclater de rire, mon cousin et moi. Cela mit un peu de gaieté dans la conversation qui menaçait de tourner à l'aigre. D'ailleurs, le paysage avait changé autour de nous. Du plateau de Bellevue, que nous avions fini par atteindre après une interminable côte, nous redescendions à grande allure vers le Huelgoat, dont on commençait d'apercevoir les petites maisons blanches massées autour de son bel étang et de ses deux églises. Le joli clocher de Notre-Dame-des-Cieux montait à mi-pente entre les ormes. Des forêts d'épicéas et de pins maritimes moutonnaient jusqu'aux confins de l'horizon ; elles ondulaient au gré d'un rythme harmonieux et lent, et il venait d'elles une plainte étouffée, pareille au bruit du ressac sur les grèves.

Tandis que mon père s'arrêtait à l'*Hôtel de France*
où l'attendait un de ses ingénieurs, Pontus m'offrit
de visiter en sa compagnie les « curiosités » de la
région qui sont toutes pressées sur un étroit espace
compris entre le Stang-Vraz et la motte du Guibel.
L'occasion me parut propice pour continuer la conversation que j'avais engagée la veille et pousser mon
adversaire dans ses derniers retranchements. J'ac-
ceptai donc. Par malheur, une bande de petits galopins s'était attachée à nous qui nous harcela de
telle sorte et sous tant de prétextes, ici de mettre
en branle le Rocking-Stone, une énorme pierre méga-
lithe du poids de 3.000 tonnes, là de nous détailler
par le menu les diverses pièces du chaotique Ménage
de la Vierge, plus loin de nous initier aux beautés
potamiques de la Mare aux Sangliers, ailleurs de
nous piloter autour de la double enceinte du Camp
Romain, que nous n'eûmes pas une minute de véritable tête-à-tête.

Un moment nous nous crûmes sauvés : Pontus,
après une distribution de gros sous et de taloches
mélangés, avait réussi à se débarrasser de l'insupportable marmaille et était en train de me faire les
honneurs de la grotte d'Artur ou Artus — ce héros
de nos annales cornubiennes et galloises est aussi
populaire ici que chez nous et l'on croit communé-
ment dans le peuple que, toutes les fois qu'une guerre
est proche, on le voit avec ses preux, en signe avant-
coureur, défiler au sommet des monts d'Arrhée
sonnant du cor et huché sur une haquenée blanche,
— quand un chœur de jappements et de hurlements
se fit entendre autour de nous et presque aussitôt
une bande de quadrupèdes appartenant à toutes les

variétés connues et inconnues de la gent canine fit
irruption dans la grotte, précédant une vénérable
demoiselle à turban de mousseline et à lunettes vertes
qui paraissait leur commander...

« Brika, Ralph, Spring, Lowe, Foy, Blak, Rob-Roy,
come here ! »

Cet accent guttural, ces lunettes, ce turban, ces
chiens... Oh ! darling, imaginez ma stupeur : la personne qui venait d'entrer dans la grotte ressemblait
trait pour trait à cette chère miss Bokenhave dont
nous sommes sans nouvelles depuis deux ans et que
nous pensions morte, disparue, évanouie à tout
jamais, avec son horse-guard de cinq pieds six pouces,
dans les jungles de la péninsule indoustanique. Je
croyais rêver, et j'ai peine à croire encore que je ne
rêvais pas. Si j'avais eu affaire à la véritable miss
Bokenhave, aurait-elle tourné les talons avec cette
promptitude ? Aurait-elle poussé ce cri de perruche
effarouchée ? Fût-elle restée insensible à mes appels,
à mes supplications, aux bras que je tendais vers
elle et qui ne pressèrent, hélas ! que le vide ?

« Oh ! dis-je à Pontus, qui ne comprenait rien à
cette scène extravagante, rassurez-moi, dites-moi que
ce n'est pas une hallucination, que miss Bokenhave
était là tout à l'heure en chair et en os, que je l'ai
vue, entendue, frôlée et non pas un fantôme ou une
pixie.

— Je ne connais pas miss Bokenhave, repartit
Pontus. Mais si c'est la Mère-aux-Chiens que vous
voulez dire...

— C'est elle, répliquai-je fiévreusement. Peu importe
le nom sous lequel vous la connaissez. Parlez-moi
d'elle. Dites-moi où elle habite, ce qu'elle fait ici...

— Assurément rien que de très honorable, dit
Pontus. Elle habite avec sa meute au pied du bois de
la Coudraie... une maison isolée où elle recueille tous
les chiens errants ou éclopés de la région... Elle ne
voit personne, ne cause avec personne... On ne sait
rien d'elle, sinon qu'elle est Anglaise, que la diligence
l'a débarquée ici il y a sept ou huit mois et que les
bouchers du Huelgoat ont fort à faire pour lui livrer
tous les matins les mous de veau, les foies, les rates
et les cœurs qui servent à la consommation de son
personnel à quatre pattes. Encore exige-t-elle qu'ils
les déposent devant sa porte, car elle ne permet à
personne d'entrer chez elle. Dans le pays, on la croit
un peu timbrée... Elle aussi fait partie des « curiosités »
de la région, et les gamins ne manquent point de
montrer sa maison aux touristes qui ont le temps de
pousser jusqu'au Pont-Mikaël... »

Et voilà, darling, tout ce que je puis vous dire
pour l'instant de la chère miss Bokenhave. Les inci-
dents qui ont précédé ou suivi notre installation au
Lergoat-Ligolennec ne m'ont pas permis encore de
l'aller surprendre chez elle et de lui arracher son
secret bon gré mal gré. Qu'a-t-elle fait de son horse-
guard ? Hélas ! je devrais plutôt dire sans doute :
qu'a fait d'elle son horse-guard pour l'avoir rendue
si misanthrope, si ennemie du genre humain qu'elle
n'excepte point de l'exécration universelle sa petite
Floy Trelawney, son élève favorite du *Babington
Institute?* Patientez : tout s'expliquera, et vous ne
perdrez rien pour attendre. Aussi bien et au point
où en sont les choses, mieux vaut abréger et vous
dire tout net quel fut le résultat de notre excursion
de ce jour. Il était sans doute dans les intentions de

la Providence que je ne trouvasse plus l'occasion
d'entretenir mon cousin tête-à-tête, puisque cette
même Providence, que j'accusais tout bas, me ména-
geait pour la soirée une surprise qui m'aurait bien
fait regretter d'avoir poussé les choses plus avant.

A Nicuelvez, où nous ne fîmes que passer, on nous
présenta une assez curieuse gentilhommière de la
Renaissance, au pignon fleuronné, aux cheminées
décorées de têtes d'ange, avec un escalier extérieur
en pierres de taille dont le palier formait auvent
par-dessous et balcon par-dessus ; mais elle était
perdue dans un village fétide, assez loin de la grande
route, et enfin, Jessie, elle était beaucoup trop
exiguë pour nous.

Lergoat-Ligolennec, en revanche, nous convint
tout de suite. La maison n'a rien d'antique ; c'est
une construction bourgeoise de ce temps, mais fort
vaste, fort commode et dans la plus plaisante situation du monde pour les amateurs de panoramas :
on domine de là toute la contrée ; de plus, par
Saint-Ambroise et le Pont-Mikaël, on est à un quart-
d'heure de voiture des mines du Huelgoat et à une
demi-heure de celles de Poullaouen. Lergoat-Ligolennec a de qui tenir d'ailleurs et n'est point si
bourgeois qu'il en a l'air : les Chiffrevast l'avaient
fait ériger en seigneurie. Marianne-Jaquette le Bigot
de Kerjégu, veuve de feu messire Joseph de Denne-
ville, chevalier et seigneur de Chiffrevast, le céda,
par acte notarié du 4 août 1765, à messire François-
Yves de Lesquellen, chef de nom et d'armes, chevalier
et seigneur dudit lieu, du Goasvennou, de Coatquinec,
du Faou et de Kerambelléc. Confisqué sous la Révolution, il fut racheté en sous-main par ses anciens

propriétaires qui l'habitaient encore au moment du mariage du vieux Talgoët avec la cadette de Lesquellen. Le château, à cette époque, était fort délabré ; ses tours menaçaient ruine ; M. de Kermouézan, qui l'acquit des Lesquellen, fit abattre toutes ces vielleries et construisit à leur place la confortable habitation moderne d'où je vous écris et qui n'avait qu'un tort, c'est d'être restée inoccupée cinq années durant à partir de la mort de son dernier propriétaire.

Présentement et quoique installés ici depuis une dizaine de jours, nous pataugeons dans le mortier ; on restaure le grand salon ; on refait les boxes des écuries et le chenil qui laissaient fort à désirer. Je me suis prise d'une belle passion pour la vénerie et l'équitation. Père doit faire venir deux steppers et quatre demi-sangs pour nos équipages de chasse avec une meute de grands briquets pour le chevreuil et le sanglier. Une fantaisie de votre servante, Jessie, car personnellement, vous le savez, il déteste tous les sports, à l'exception du footing. C'est un marcheur extraordinaire. Et enfin, darling, sur une grande pelouse plate, derrière la maison, on finit de m'aménager un tennis et un foot-ball. Et avec qui chasserai-je, tennisserai-je, foot-ballerai-je ? Mais avec vous, Jessie, avec vous et votre frère et Joë d'Annandale, si vous avez un farthing d'amitié pour moi, et avec les Nithesdale, les Gréville et les Radnor par surcroît, si leur compagnie ne vous déplaît pas trop et s'il vous convient que je leur fasse en même temps qu'à vous les honneurs de Lergoat-Ligolennec. Oh ! darling, vous ne pouvez pas me refuser cela. Le printemps est trop avancé pour que vous fassiez vos malles et je sais que vous avez projeté une croisière en Baltique pour l'été ; mais, l'automne, vous m'appartiendrez, Jessie, et votre frère et Joë, et il n'y a pas de grouses ni d'Écosse qui tiennent : nous avons ici de la perdrix grise et rouge, du lièvre, du chevreuil, voire du loup et du sanglier comme vous n'en avez pas en Angleterre, j'entends de vrais loups et de vrais sangliers, de ces bonnes grosses bêtes qui débutent à l'attaque par une petite pointe de cinq à six lieues et ne se laissent coiffer qu'après vous avoir décousu une demi-douzaine de rapprocheurs. Il faut venir, Jessie, et vous viendrez...

Vous viendrez, Jessie, mais, en attendant, vous m'avez fait perdre le fil de mon histoire et il me faut le rattraper Dieu sait comme. Et donc j'en étais au moment de notre première visite à Lergoat-Ligolennec. L'habitation m'avait plu : c'est vous dire assez qu'elle avait convenu tout de suite à mon père qui n'est point homme à laisser traîner les choses. De fait, dès le soir même, nous étions propriétaires du domaine et de ses dépendances, et nous commencions à nous y installer le surlendemain.

Je dis le surlendemain, Jessie, et vous trouverez que j'aurais bien pu attendre une semaine ou deux que les maçons eussent fini de tout mettre en état. Non, Jessie, je n'ai point voulu attendre et vous allez savoir pourquoi : la journée avait été charmante jusqu'au bout et, encore que je n'eusse pu trouver un seul moment pour reprendre avec mon cousin l'entretien interrompu, j'augurais favorablement des suites de ma petite aventure sentimentale ; c'est que jamais Pontus n'avait été si expansif...

Oh ! cela n'allait point jusqu'à la gaieté, pas même à l'enjouement : on a le sourire rare chez les Talgoët

Mais l'Ecclésiaste, Jessie, nous apprend qu'il faut savoir se contenter de peu. J'étais ravie des dispositions ou je croyais que se trouvait mon cousin et qui devaient rendre d'autant plus aisé le succès de mon petit complot : visiblement Pontus se dégelait et ne cachait point le plaisir qu'il trouvait dans ma compagnie. Ce plaisir ne paraissait qu'à l'éclat un peu humide de son regard, à un léger tremblement de sa voix et aussi à des hésitations, à des gaucheries, qui sont les plus sûrs indices d'un cœur troublé. Mais, là où je me crus définitivement assurée du succès, ce fut le soir, au moment de m'aller coucher, quand je trouvai dans la galerie de communication cette petite coquine de Tina Bennéad.

« Prenez vite, mademoiselle, me dit-elle en me tendant un papier plié en quatre...

— Qu'est-ce que c'est ? demandai-je, ne me rappelant déjà plus les instructions que j'avais données à Tina...

— Mais vous savez bien, mademoiselle, dit l'enfant. C'est de M. Pontus. J'ai pu entrer tout à l'heure dans sa chambre, qu'il avait oublié de fermer... J'ai ouvert un tiroir et j'ai pris ceci à tout hasard. »

Je dépliai le papier, c'était bien l'écriture de Pontus.

« Voici pour toi », dis-je à Tina en lui jetant ma bourse et, toute fiévreuse, je courus m'enfermer à triple tour dans ma chambre...

Oh ! Jessie, ma chère, je sais que je n'ai pas agi conformément aux prescriptions de la morale en essayant de surprendre les secrets d'autrui ; mais, je vous l'ai dit, j'étais ensorcelée, je ne m'appartenais plus et j'avais tant envie de satisfaire ma curiosité ! Que pouvait bien écrire chaque jour de si extraor-

dinaire ce Pontus qu'il n'en parlât à personne et se
cachât pour l'écrire ?... Des vers, Jessie, Pontus
écrivait des vers ! Je l'aurais juré. A la vérité, ceux
qu'avait dérobés pour moi la petite fourbe remon-
taient à plusieurs années. Ils ne portaient pas d'en-
tête ; mais, au bas de la pièce, on lisait : *Oasis d'El
Mekla, juin* 1864. Pontus avait dû les composer dans
ses loisirs de garnison, à ces heures crépusculaires où
la pensée se reporte avec un charme mélancolique
vers les souvenirs du jeune âge. Par une coïncidence
singulière, la plupart des lieux que nous avions
visités le jour même s'y trouvaient évoqués brième-
ment et d'un trait si juste qu'il me semblait les revoir.
Mais à quoi bon tout ce commentaire ? Voici la
pièce elle-même, darling. Je la transcris à votre intention... dans le charitable espoir qu'en vous faisant
partager mon péché j'allégerai d'autant ma conscience :

> Cimier de Breiz-Izel, vieux nom seigneurial
> Où palpite en syllabes d'or et de cristal
> L'écho d'une lointaine et mourante fanfare,
> Huelgoat !... Je vois un grand cheval blanc qui s'effare
> Sur la crête d'un *menez* chauve, en plein azur,
> Et dont le cavalier aux yeux de songe, Artur,
> Brenin de Galle et pentyern des Armoriques,
> Tout l'infini dans ses prunelles chimériques,
> S'époumonne à sonner du cor par vaux et monts...
> Huelgoat ! Le sol tressaille et gronde. Quels démons
> Dans la nuit de ses flancs ont foré ces puits d'ombre ?
> Vers quel Styx innommé, troupeau muet et sombre,
> Roulent, le pic au poing, ces hommes demi-nus ?
> Sous vos cernes de plomb je vous ai reconnus,
> Dernier-nés d'Obérour le pâle [1], et je vous aime :
> Poètes et mineurs, notre sort est le même,
> Et nous aussi, l'étoile au front, le pic en main,

(1) Un des héros de Brizeux, au chant XIV des *Bretons*, où il apparaît
sous les traits d'un mineur du Huelgoat.

Nous tâtonnons aux profondeurs du cœur humain...
Huelgoat ! Sources, ruisseaux, torrents, forêts sacrées,
Rumeur des pins pareille aux rumeurs des marées,
Chanson des nids, babil des eaux sous le hallier,
Longs appels des chevreuils, comment vous oublier ?...
Huelgoat ! Huelgoat ! Sur la bruyère desséchée,
Lorsque le vent d'hiver menait sa chevauchée,
Tout l'horizon, de Lopéret à Ruguellou,
Se rebroussait comme une immense peau de loup.
Mais, l'été, quand le vent du sud rasait la plaine,
Si traînante et si douce était sa cantilène
Qu'on eût dit par moment un vieil air de missel ;
Les champs fumaient, tandis que sur Roc'h-Trévézé,
Lentement, d'un calice invisible sortie,
La lune se levait, blanche comme une hostie.
Huelgoat ! Le Camp Romain, le Chaos, les menhirs ..
J'entends bruire en moi l'essaim des souvenirs ;
J'évoque Saint-Herbot au pied de sa cascade,
Le cancel dont un ange a ciselé l'arcade,
La table aux crins, naïf hommage des pastours,
Le Rusquec et ses bois, et sa vasque, et ses tours,
Et le val d'Ellez, plein d'odorantes bouffées,
Où l'on marche ébloui dans un conte de fées...
Huelgoat ! Le soir descend sur la forêt. Tout bruit
S'est tu. Porche d'argent du château de la Nuit,
Les bouleaux du Skiriou m'ouvrent leur blanche ogive ;
L'Oiseau-Bleu me fait signe et veut que je le suive,
Et je m'attends à voir venir sur le chemin
La Belle au Bois-Dormant, une rose à la main...

La pièce lue, je n'en fus pas quitte et la lus encore. Un métricien chatouilleux en eût peut-être discuté les coupes. Pauvres vers sans doute, mais que j'aimais parce qu'ils achevaient de me peindre cette âme de rêve, ballottée entre le passé et l'avenir, gonflée d'une sourde aspiration vers le bonheur, telle en somme que je me l'étais représentée dès le premier jour. Et je répétai longtemps en moi la finale :

L'Oiseau-Bleu me fait signe et veut que je le suive,
Et je m'attends à voir venir sur le chemin
La Belle au Bois-Dormant, une rose à la main...

Les vers disaient-ils vrai ? Était-elle « venue »,
cette Belle au Bois-Dormant, ou bien Pontus l'attendait-il encore ? Vraisemblablement c'est à la dernière
hypothèse qu'il convenait de m'arrêter. Il y a bien
des bois dormants par ici et tout ce pays lui-même
semble plongé dans une léthargie profonde qui finit
par gagner les gens ; mais de belles, j'ai beau chercher,
je n'en aperçois nulle part. Le type des femmes est
d'une désolante vulgarité dans ce coin de la Cor
nouaille. Allons ! les poètes sont des sorciers et il
était dit que Pontus avait lu dans le livre du Destin.
Pour tenir mon rôle jusqu'au bout, que man-
quait-il ? Une rose. Justement j'en avais vu d'admi.
rables dans les serres de Lergoat-Ligolennec : rien
de plus aisé que d'attirer à Lergoat mon Prince
Charmant. Je prétexterai demain une visite à notre
nouvelle *mansion*. Puis je manderai Pontus par
un exprès. Cela fait, on verra bien si je me suis
trompée et si M. de Talgoët est l'homme de ses
poésies !...

Et les choses se passèrent conformément au
programme, Jessie ; mon petit scénario, au
dénouement près, se déroula exactement comme
je l'avais réglé dans mon esprit. Pour une fois
j'avais dépouillé l'Anglaise que je suis et m'étais
refaite Cornubienne de la tête aux pieds. Que
ne peut un cœur ferme en ses desseins !... Toute
la poésie des races celtiques m'était remontée
au cerveau. La veille, pour m'entraîner, je m'étais
récité du Shakespeare, ce Celte égaré sur les
rives de l'Avon, du Burnes, du Wordsworth, de
l'Ossian, et j'y avais mêlé les vers de Pontus :
au matin, je savais sa pièce par cœur et j'avais pu

la rendre à Tina. Je me regardai dans la glace et je
fus tout étonnée de ne pas m'y voir métamorphosée
en elfe, en fée, en Viviane ou en Belle au Bois-Dormant. Heureusement que l'art féminin saura toujours
suppléer aux défaillances de la nature. Comment
m'arrangeai-je, darling, pour donner à Pontus l'illusion que son rêve allait prendre forme et couleur et
se fixer dans le champ de sa vision ? C'est mon secret
et pourtant je ne disposais point de ce satin clair
de lune que vous avez fini par obtenir — à quel
prix ! — des manufacturiers de Spital-Fiels. Sachez
seulement, Jessie, que je portais ce jour-là une robe
linon fleur-de-pêcher, que mes cheveux s'étaient
libérés du chapeau et qu'ils faisaient un ruissellement
d'écume blonde dans le nuage de mousseline des
Indes dont j'étais tout enveloppée.

Et la rose ? direz-vous. Je l'avais à la main. Je
m'étais cachée sous les gaulis, à l'extrémité de l'allée
de bouleaux dont les fûts argentés montaient, lisses
et ronds, puis s'incurvaient légèrement et dessinaient
au-dessus de ma tête cette façon d'ogive dont il est
question chez Pontus. Ainsi dissimulée, je guettai le
moment d'entrer en scène. Il ne tarda guère. Je vis
Pontus qui s'engageait dans l'allée et qui m'y cherchait
des yeux. J'attendis quelques minutes pour sortir de
ma retraite, puis, sans faire mine de rien, les cils
baissés, le reste du visage enfoui dans le calice de la
délicieuse rose-thé que je tenais à la main, je
m'avançai à sa rencontre. Pontus s'était arrêté. A
travers mes cils, je lisais sa surprise et son émotion,
et j'eus, je vous l'avoue, un petit mouvement d'orgueil involontaire à la pensée que, s'il se rappelait
son rêve de l'El-Mekla, il ne trouvait pas la réalité

trop inférieure aux créations de son esprit... Je lui laissai tout le temps voulu pour que l'enchantement opérât et c'est seulement quand nous fûmes à quelques pas l'un de l'autre que je fis semblant de l'apercevoir

« Eh bien ! qu'avez-vous donc, mon cousin ? lui dis-je. Pour rester là planté sur vos jambes, serait-ce que vous avez surpris au haut de quelque branche le chant magique de l'Oiseau-Bleu, si doux au cœur qu'il fait défaillir les privilégiés qui l'entendent ?... »

Il tressaillit à ce mot d'Oiseau-Bleu qui répondait si bien à ses secrètes préoccupations et me regarda d'un air hébété...

« Pardonnez-moi, me dit-il enfin. Mais ce qui m'arrive est si étrange !...

— En vérité, répliquai-je, vous m'étonnez. Et qu'y a-t-il donc d'étrange dans notre rencontre de ce soir ? Ne saviez-vous pas que je désirais vous entretenir seul à seul et que cette conversation était prévue entre nous depuis avant-hier ?...

— Vous avez raison, me dit-il, je suis fou... Mais il y a tout de même des hasards bien extraordinaires dans la vie.

— Expliquez-vous, dis-je...

— Comment le pourrais-je, Florence ?... D'explication à mon cas je n'en vois qu'une et qui n'explique rien malheureusement. Vous connaissez ce phénomène singulier qui fait que certaines scènes, certains lieux, nous donnent une obscure et confuse sensation de « déjà vu ». C'est comme si nous recommencions un moment de notre vie et pourtant nous sommes bien sûrs que c'est la première fois que les choses se présentent à nous de la sorte. Simple illusion ou prescience et réminiscence mêlées ? Je ne sais... Ce qu'il y a de sûr, c'est que je viens d'éprouver en vous voyant ici, dans cette allée, une rose à la main, l'impression soudaine que j'avais déjà vécu ce moment de ma vie, et c'est cela qui m'a causé le léger éblouissement dont vous venez d'être témoin.

— C'est singulier, en effet. Ainsi, avant de me connaître, vous m'aviez vue en esprit ?

— Je ne saurais dire, Florence. Il y a tant de vague dans ces sortes d'impressions ! C'était pourtant à cette place que la scène se passait et je voyais venir à moi une inconnue dont je ne puis retrouver l'image avec assez de précision pour assurer qu'elle vous ressemblait...

— Oh ! votre inconnue avait sans doute des attraits qui me manquent, répliquai-je un peu dépitée.

— Non, Florence, dit doucement Pontus, elle ne pouvait être plus belle que vous.

— Fort bien. Mais qu'avait-elle donc que vous ne retrouvez-pas en moi ?

— Vous oubliez que mon inconnue n'était qu'un fantôme, me répondit-il. C'est mon imagination qui lui prêtait une apparence de réalité... Si j'avais pu lui donner les traits de quelqu'un, ajouta-t-il plus bas, ce sont les vôtres que je lui aurais donnés...

— Que dois-je entendre par là ? dis-je à Pontus.

— Rien, dit-il après une courte hésitation, et j'ai eu tort de vous parler aussi librement...

— Non, répartis-je, cette fois encore je veux que vous vous expliquiez... »

Nous marchions depuis un moment sous les bouleaux. Pontus s'arrêta.

« Florence, me dit-il, je lis mal dans votre cœur. Je ne comprends pas toujours à quels mobiles vous obéissez, et il y a des moments où j'ai peur de comprendre... Peut-être tout ceci n'est-il qu'un jeu de votre part et que vous prenez plaisir à me déchirer...

— Je n'ai jamais été plus sérieuse qu'aujourd'hui, lui dis-je en fixant mes yeux sur les siens...

— S'il en est ainsi, dit-il, vous me pardonnerez les paroles que je vais dire, qui resteront entre nous et que personne n'entendra plus... Je vous aime, Florence, et j'ai fait tout ce que j'ai pu pour arracher cet amour de mon cœur... Et je crois que, vous aussi, vous avez tout fait pour me guérir de cette passion insensée et que c'est la raison de l'attitude méchante que vous avez prise envers les miens et moi... Vous pensiez que la plaie serait plus vite cicatrisée si vous y appliquiez le fer rouge... Seulement, pour réussir, il fallait continuer, Florence, et vous vous êtes arrêtée trop tôt...

— Oh ! dis-je, vous pensez que c'est pour vous détacher de moi que je me suis montrée si dure à votre égard ?

— Il est possible que je me trompe, reprit Pontus. De toutes façons, le mal est fait et il n'est plus au pouvoir de personne de m'en guérir. Je vous aime, Florence, et je sais que vous ne serez jamais ma femme...

— Vous êtes plus savant que moi, Pontus, dis-je en m'efforçant de cacher le trouble dont j'étais toute saisie...

— Non, répliqua-t-il, vous savez aussi bien que moi que nous ne pouvons être l'un à l'autre. Il y a trop d'inégalité dans nos conditions.

— La fortune ?

— La fortune d'abord, puis ce que vous appelez

mes préjugés, la religion, le sang, que sais-je encore, toute la vie enfin...

— C'est vrai, ne pus-je m'empêcher de concéder...

— Vous voyez bien, dit Pontus, et je n'ai pas parlé de l'obstacle le plus considérable. Qu'est-ce que tout le reste près de votre indifférence ?

— Le reste serait peu, en effet, si j'avais à votre égard les sentiments dont vous me gratifiez. Mais ne vous ai-je pas dit que j'éprouvais pour vous beaucoup de sympathie ?...

— Oui, dit-il, c'est le nom poli de la commisération.

— Ce peut être aussi, quand la sympathie est réelle, le commencement d'un sentiment plus fort... Tenez, continuai-je, je ne veux pas être en reste de franchise avec vous... C'est vrai que je n'ai pas admis du premier jour la possibilité d'un rapprochement entre nous. Vous avez raison : trop de choses nous séparaient ; vous froissiez trop ma conception de la vie. Je me suis juré de n'appartenir qu'à un homme d'action, à un homme vraiment homme et qui, dans cette lutte pour l'existence qu'est la vie, comme s'exprime notre grand Darwin, saurait faire ses preuves de capacité et de maîtrise. Eh bien ! je vous le dis dans toute la sincérité de mon âme, soyez cet homme-là, Pontus, et je suis vôtre... »

Pouvais-je me montrer plus explicite, Jessie, et, à moins de me jeter au cou de M. de Talgoët, pouvais-je lui exprimer d'une façon plus catégorique les sentiments dont j'étais pénétrée ? Et il est vrai, darling, qu'à cette offre de moi-même je vis un éclair de triomphe passer dans les yeux de mon inter-

cuteur ; oui, un moment, je crus que j'avais éveillé
 lui l'homme, le *true man* endormi, que la victoire
 appartenait et que les destins étaient fixés. Ephé-
mère victoire !... L'éclair s'éteignit presque aussitôt
qu'il avait brillé et je n'eus plus devant moi, au lieu
du héros rêvé, qu'une pauvre marionnette humaine
qui soupirait et qui se dolentait...

« C'est impossible, finit-il par dire... Vous ne savez
pas... Vous ne pouvez pas savoir... »

Ah ! misérable orgueil, plus fort que toutes choses
au monde, orgueil stupide des Talgoët, des Épées de
fer pendues à leur croc, où elles achèvent de se
rouiller dans l'inaction, je devais donc te retrouver
jusqu'au bout, et l'amour même, l'amour qui force
jusqu'aux portes du sépulcre, n'était pas capable de
te briser ! Mais je voulus en avoir le cœur net ; je
m'étais attendue à cette défaite de mon pusillanime
cousin au 38e degré et j'avais préparé mes batteries
en conséquence...

« Qu'est-ce que je ne puis pas savoir ? dis-je à
Pontus. Voulez-vous insinuer que la condition de vos
parents est trop précaire pour que vous les aban-
donniez ? Mais en quoi votre présence les soulage-
t-elle ? Elle leur serait plutôt une charge. Est-ce
l'affection qui vous retient ? Eh bien, j'ai prévu le
cas. Mon père a justement besoin d'un secrétaire
jeune et actif qui puisse le doubler ici et qu'il initiera
peu à peu aux affaires. Il y a commencement à tout.
Le poste n'a rien de brillant, soit. Chez nous les
millionnaires débutent comme hommes de peine. On
ne vous en demande pas tant : faites preuve seulement
de bonne volonté ; laissez-là titres et parchemins,
travaillez... »

Pontus secoua la tête :

« Ce n'est pas le travail qui m'effraie, Florence
c'est le genre de travail que vous me demande
Kernéguez vous le disait : un pommier ne don
jamais que des pommes et je n'ai pas en moi l'étof
d'un homme d'affaires. Lord Trelawney me cong
dierait comme incapable après huit jours de servic
et il aurait parfaitement raison...

— Essayez **tout de même**.

— A quoi bon ? Puis, que dirait mon père s
apprenait que je suis mêlé à cette entreprise d'explo
tation minière contre laquelle il nourrit tant de pr
ventions ? Je ne m'appartiens pas, Florence, et, qu
je le veuille ou non, il faut que je reste jusqu'a
bout solidaire des miens...

— Même jusqu'à la ruine ? demandai-je.

— Même jusqu'à la mort, répondit-il sombrement

— Et voilà donc, m'écriai-je en me remémorant le
vers de l'El-Mekla, ce grand amour qui s'exprima
en phrases d'un lyrisme si débordant !...

— J'ai aimé sans espoir, Florence. Après comm
avant, il n'y aura rien de changé dans ma vie.

— Soit, dis-je, monsieur le poète : *e finita
comedia*. Je crois que nous n'avons plus qu'à oubli
notre méprise et qu'à nous dire adieu. »

Je n'entendis pas sa réponse. Une honte me prena
maintenant de cette mise en scène que j'avais com
binée avec tant de soin et dont j'attendais un résulta
si différent. Je froissai rageusement la rose que j'ava
apportée et l'écrasai sous mes talons. Pontus soupira
Et ce fut tout, Jessie ; ce fut tout, ma très chère. L
lendemain, je m'éveillais, fraîche et dispose, au char
d'un rossignol noir qui s'égosillait en mon honne

ns les glycines de Lergoat-Ligolennec. Je lui donnais
réplique, je chantais, je riais ; j'étais désensorce-
; j'avais retrouvé mon cher « moi » et je ne songeais
as qu'aux stratagèmes les plus propres à vous
tirer ici cet automne avec votre frère et le bon
. Revenez, revenez, ô mes flirts d'antan, mes bons
rts anglo-saxons ! Je suis guérie pour toujours de
mour celte.

Votre ressuscitée et plus que jamais fidèle,

Florence TRELAWNEY.

DEUXIÈME PARTIE

Si l'Anglaise se laisse aller à une « grande passio[n],
cette passion devient une affaire très sérieuse, vraime[nt]
neuf fois sur dix, ce n'est que caprice ou mode, coque[t]-
terie ou orgueil. Mais la dixième fois, ce sera un oura[ge],
car on ne peut dire ce qu'elle fera ou pourra faire.

(Lord BYRON.)

I

« Le diable emporte les huis de genêt ! Ouvrez...
Mais ouvrez donc... Vous voyez bien qu'il pleut
torrents et que je ne trouve pas le loquet... »

Personne ne répondant, Kernéguez écarta du can[on]
de son fusil les branches tressées qui formaie[nt]
l'unique clôture de la fruste habitation où il essaya[it]
de pénétrer, jeta un coup d'œil circulaire à l'int[é]-
rieur et n'aperçut âme qui vive. La pluie redoublai[t],
une de ces guilées d'orage, comme on disait autrefo[is]
qui éclatent sans dire gare et s'écrasent sur la ter[re]
en gouttes larges comme des pièces de cent sous.

« Ma foi, tant pis ! dit Croc-d'Argent. On verr[a]
plus tard pour les dégâts. J'entre... »

En deux coups de talon, rageusement, il ava[it]
défoncé la porte et pénétré dans le taudis. Un[e]
insupportable odeur de chenil lui sauta à la gorg[e] ;
il recula, puis, surmontant son dégoût, fit quelqu[es]
pas à l'intérieur ; une fenêtre sans vitres, mince [...]

longue comme une meurtrière, n'y laissait filtrer
qu'un jour avare ; le plancher, jonché de roseaux et
de fougères séchées, n'était qu'une vaste, une infecte
litière. Kernéguez commença par secouer sa casquette
trempée de pluie, s'ébroua comme un chien mouillé,
puis se retourna vers le seuil pour chercher Pontus
dont il se croyait suivi.

« Eh bien ! où est-il donc resté ?... »

De fait, Pontus ne se pressait pas de rallier. Kernéguez pensa que son compagnon avait trouvé un abri
dans une anfractuosité du plateau. Il se rapprocha
du foyer et, comme ses yeux s'étaient habitués peu
à peu au demi-jour du taudis, il examina curieusement les choses qui l'entouraient.

Pardieu ! Il connaissait la misère bretonne ; il
savait qu'il n'est pas besoin d'aller en Polynésie ni
au Kamtchatka pour trouver des huttes de sauvages.
Et, tout de même, jamais comme dans cette maison
isolée du plateau de Norohou, il n'avait eu la sensation d'un si brusque recul dans le temps, d'un saut
pareil au fond de la préhistoire. Passe pour l'huis de
genêt et la fenêtre en meurtrière : l'un et l'autre se
rencontrent un peu partout en Bretagne. Ce que
Kernéguez n'avait pas vu encore, c'était, comme ici,
un lit unique, énorme, capable d'abriter toute une
tribu et fait de grandes dalles de schiste plantées de
champ, une armoire en pierres brutes de même style
adossée au lit, une table qui avait peut-être servi
autrefois de dolmen, et, dans cette armoire et sur
cette table, des écuelles et des jattes de cette même
poterie grossière qu'on trouve, mêlées à des poignards
de bronze, des grattoirs de silex et des colliers de
coquillages, dans les sépultures en forme de tumuli

qui hérissent le plateau de Norohou. Quels être
étranges habitaient donc céans ? C'était à se demande
si sur ce plateau perdu de la Cornouaille, par quelqu
mystérieux phénomène d'atavisme, ne s'étaient pa
conservés les usages et les mœurs des époques prim
tives. Peut-être, en quelque steepe de l'Arrhée, le
habitants paissaient-ils à l'écart leurs troupeaux
mammouths et de rennes ; Kernéguez allait les vo
rentrer d'un moment à l'autre, couverts de poils, le
maxillaires saillants, la hache de silex ou les flèche
barbelées à la ceinture...

Il fit quelques pas pour secouer l'hallucination qu
pesait sur lui et s'aperçut que l'orage avait cessé ;
ciel, nettoyé comme par enchantement, avait repr
sa limpidité première. Les nuages s'enfuyaient
débandade vers le sud-ouest : de grands paysage
faits de quelques lignes nettes et fortes, émergeaie
lentement derrière eux. Kernéguez, pensant q
Pontus allait sortir de sa cachette et le rejoindr
attendit encore un peu. Les deux compagnons étaie
partis de bon matin, avec leurs fusils et leurs chien
d'arrêt, dans la direction du Yûn-Ellez, où l'on sign
lait des passages de sauvagines, quoiqu'on ne fu
encore qu'au début de l'automne et que le temp
restât lourd comme en été. A la vérité, ce n'était p
sans peine que Croc-d'Argent, qui avait pourta
bien assez à faire de lutter contre ses propres idé
noires, était parvenu à entraîner Pontus ; pour
décider à rompre ce vœu de claustration où il sem
blait s'enfermer depuis quelques mois, il n'avait p
fallu moins que les pressantes objurgations, tou
l'autorité du bon gentilhomme.

« Prenez garde aux diables bleus, mon jeune a

vait-il dit à Pontus. Vous n'avez déjà que trop de endance à la mélancolie... Eh ! parbleu ! je sais que a vie n'est pas gaie, ne la faites pas encore plus riste que nature. C'est fort bien de vous occuper des ôtres et je crois que vous avez pris le bon parti en ssumant la direction de leurs affaires. Dame ! ça ne a pas tout seul en commençant. On ne s'improvise as agronome du jour au lendemain ; il y faut quelque pprentissage, mais tout s'arrangera... Voilà Bennéad ui n'a plus que quelque mois de bail à courir. Usez ans vergogne, le moment venu, de votre droit de ongément ; je ne donne pas un quart d'heure ux experts pour se mettre d'accord sur la valeur es bâtiments, clôtures et cultures établis par votre iraour. Bâtiments et clôtures tombent en ruines. t les cultures sont à l'avenant... Belle occasion, ar parenthèses, de substituer sur vos terres du usquec le régime du métayage à celui du domaine ongéable qui finit par équivaloir à une suppression resque totale des prérogatives du foncier ! Ce mode e tenure a fait son temps, mon cher Pontus, et il y a plus guère que le marquis votre père. pour rendre sa défense, comme de tout ce qui nous vient u passé. Avec le régime du métayage, vous aurez arres de toutes façons sur vos gens, vous pourrez s surveiller et les maintenir dans le droit chemin. n attendant, apprenez votre métier d'agronome ; urveillez vos coupes, rentrez vos fourrages, pansez os bêtes, parfait ! Mais donnez-vous de temps à utre quelque répit, chassez, pêchez, distrayez-vous, ue diable !... »

Soit bonne volonté, soit lassitude de l'antienne, ontus, ce jour-là, s'était laissé convaincre. Les deux

amis étaient partis pour Botmeur, dans le tilbury de
Croc-d'Argent. La voiture devait aller les attendre à
Loqueffret. Toute la matinée, Pontus et Kernéguez
avaient battu le marais, sans lever autre chose que
quelques judelles et des bécassines.

« Et dire, fit Kernéguez, qu'il y a dix ans, quand
arrivait le carême, le Yûn fournissait assez d'œufs
de canards pour la consommation des habitants de
Loqueffret, de Brennilis, de Botmeur, de Braspart
et de Saint-Rivoal réunis ! Nous avons mangé de
trop belles omelettes dans notre enfance, mon cher
Pontus... Fini des halbrans et des cols-verts !...
Chaque année, le marais se dessèche un peu plus.
L'énorme lac, enchâssé comme une émeraude au
milieu de la Bretagne, dans le cercle d'argent des
monts d'Arrhée, était déjà bien dégénéré quand nous
l'avons connu. Cette Méditerranée bretonne ressemble
maintenant à une immense grève abandonnée par le
retrait de la marée et où luisent encore çà et là
quelques flaques d'eau saumâtre...

— Je l'aime mieux ainsi, dit Pontus... Aucun
paysage n'a une beauté plus désolée que celui-ci...

— Oui, vous êtes pour les paysages funèbres, vous.
Ma foi, vous êtes servi à souhait. Quelle région ! Pas
de champs, pas d'arbres, pas de maisons, rien, la
solitude toute nue, sauf là-bas vers Botmeur et son
mince promontoire de verdure... La vie semble
encore ici à l'état d'ébauche. N'était le pic d'un
carrier solitaire ou le mélancolique *Alikè* que les
petits pâtres de l'Arrhée se renvoient d'une montagne
à l'autre en paissant leurs troupeaux sur les pentes,
on se croirait sur une planète en formation... Je ne
m'étonne plus si les chevaux des *pillawers* portent

des fanons et de la barbe ; il faut cela pour leur permettre de brouter entre ces ajoncs nains, aigus et tranchants comme des rasoirs, l'herbe décolorée, presque blanche, dont ils sustentent leurs maigres flancs. Pauvres bêtes ! La jument de Don Quichotte était un Bucéphale auprès d'elles... »

A ce moment le chien de Pontus fonça dans le carex, et une couple de judelles, lourdes et de vol bas, prit le vent à deux pas du chasseur.

« Mais tirez donc ! dit Kernéguez...

— Trop tard ! dit Pontus.

— Je ne vous reconnais plus, dit Kernéguez. Un départ magnifique... Et vous n'épaulez même pas !... C'est peut-être le paysage qui vous impressionne ?

— Peut-être, dit Pontus.

— Alors, allons-nous-en. J'aurais dû me douter que l'air du Yûn n'était pas respirable pour vous... Avec un peu de bonne volonté on lui découvrirait je ne sais quoi de méphitique, de sulfureux... L'herbe que voici doit être cette fameuse « herbe-aux-sorcières », fabricatrice de philtres et de charmes maudits... Et, vrai Dieu ! l'étrange sabbat que semblent mener autour de nous toutes ces croupes de montagnes pelées qui escaladent l'horizon et dont les schistes déchiquetés et grisâtres se hérissent au vent comme des crinières pétrifiées !... *Ubique dæmon*, comme dit l'abbé Colober... Ma foi, je comprends que les Bretons aient logé céans la conciergerie de l'enfer. C'est bien ici l'antichambre du Tartare...

— Et voici son soupirail, le Youdic, dit Pontus, en montrant au centre du Yûn, qui prenait à cet endroit un ton d'oxyde très prononcé, une sorte de fosse marécageuse, tendue d'une moississure rougeâtre où venaient crever des bulles lourdes et malsaines. Vous connaissez le proverbe breton, Kernéguez : « Tout ce qui s'en va de ce monde sort par le Youdic, les êtres et les choses : c'est l'abîme où tout s'engloutit... »

— Eh bien, jetons-y de commun notre mélancolie, dit Kernéguez, et faisons en sorte qu'elle ne remonte pas à la surface...

— Il faudrait nous y jeter avec elle, dit Pontus. On ne fait pas sa part au Youdic... »

Les deux compagnons s'éloignèrent sur ce mot et, comme la journée s'avançait, ils coupèrent par les garennes du Reundu pour gagner Loqueffret... A mi-côte du plateau de Norohou, il leur sembla entendre dans le lointain les abois d'une menée, mais le ciel, limpide et chaud jusque-là, commença de se couvrir. Un énorme nuage noir descendit comme un crêpe du Menez-Mikel, absorbant dans son ombre la petite chapelle miraculeuse plantée à l'extrémité du piton. Kernéguez et Pontus prirent le pas de course dans la direction d'un toit de genêt qu'ils apercevaient sur la hauteur. L'orage creva dans l'intervalle et, soit que Pontus se fût arrêté en route, comme le pensait Kernéguez, soit qu'il se fût égaré, les deux compagnons perdirent momentanément le contact : Kernéguez arriva seul au lieu du ralliement.

A la longue cependant, cette absence prolongée de Pontus finit par inquiéter l'excellent gentilhomme. Il grimpa sur l'éminence schisteuse contre laquelle s'épaulait le toit de genêt qui lui avait procuré une hospitalité un peu contrainte et d'où l'on commandait tout le paysage. Dans l'ouest, vers Bodriec, aux trousses d'un gros sanglier qui fonçait droit devant lui, il aperçut une meute, des piqueurs et un groupe de cavaliers en habit vert que rejoignait une amazone lancée à toute vitesse. Le bruit de l'orage l'avait sans doute empêché d'entendre le passage des veneurs au moment où ils traversaient les gorges de Norohou : il regarda plus attentivement et crut reconnaître, à sa redingote verte et à ses parements amarante, Florence Trelawney.

« Oh ! oh ! pensa Kernéguez, voilà qui se complique !... Est-ce que Pontus, d'aventure, aurait été changé en statue de sel par sa belle ennemie et cousine ? »

Ce n'était pas d'aujourd'hui que Kernéguez avait conçu des soupçons au sujet des deux jeunes gens. Avec cette perspicacité que donne l'expérience personnelle du malheur, il avait flairé un mystère entre Florence et Pontus ; mais sa réserve l'empêchait de provoquer une explication et il se contentait de la version officielle qui courait et qui attribuait la mésintelligence des deux familles aux entreprises financières de lord Trelawney et à son projet d'exploitation d'un gîte de plomb argentifère nouvellement découvert sous les terres du Rusquec. Le vieux marquis en avait bondi d'indignation sur son fauteuil. Et que ce projet audacieux eût fini de brouiller les deux familles, déjà bien refroidies l'une à l'égard de l'autre, il n'y avait pas trop lieu de s'en étonner. Ce qui était inexplicable, c'était que Florence eût tant fait pour précipiter la rupture et usé avec cette âpre ténacité de l'influence qu'elle possédait sur son père pour le détacher complètement des Talgoët. En quoi elle paraissait servir une rancune personnelle beaucoup plus qu'entrer dans les vues de lord Trelawney.

A quel propos cette rancune ? Quelle sorte de vengeance la jeune fille assouvissait-elle, ce faisant ? C'est ce que se demandait Kernéguez. Toujours est-il qu'entre le Rusquec et Lergoat-Ligolennec toutes relations semblaient définitivement rompues. Les deux châteaux vivaient étrangers l'un à l'autre. Le Rusquec s'était rendormi sur sa butte solitaire, au chant monotone de sa cascade : les affaires de la famille, à la vérité, paraissaient en meilleur point qu'avant, depuis que Pontus en avait pris la direction, et Croc-d'Argent, à la rigueur, pouvait croire qu'il s'était exagéré la détresse de ses amis. Même au pire moment de leur gêne, du reste, il avait cru qu'ils ne souffraient que d'un embarras momentané dont les avait soulagés la vente des tailles de Coat-Ellez. Pouvait-il deviner à quels prodiges d'économie continuaient de se livrer les Talgoët, moins pour faire figure au dehors, comme le croyait Florence, que pour parer aux manies dépensières de leur chef, que l'âge rendait chaque jour plus exigeant ?

De toutes façons, le contraste était vif entre l'existence qu'on menait au Rusquec et celle qu'on menait à Lergoat-Ligolennec. Comme il arrive fréquemment en pareil cas, les premières réfections du cottage en avaient entraîné d'autres : chenil, vénerie, remises, volière, faisanderie, pavillon de chasse, chaque jour voyait la création de quelque nouvelle annexe. Lingolennec était méconnaissable : les salons avaient été refaits à neuf et l'on devait y danser l'hiver ; Lebigre père, qui passait une partie des vacances parlementaires au Goasvennou, en Poullaouen, avait accepté

la vice-présidence du conseil d'administration de la
Trelawney Company and Cº et profité de cette bonne
fortune pour pousser son fils dans l'intimité de Florence. Le jeune homme devint tout de suite un des
assidus de Ligolennec. Il s'y trouvait en nombreuse
compagnie : le cercle des relations de Florence n'avait
pas tardé à s'étendre ; il y avait réception tous les
vendredis chez les Trelawney, table ouverte tous les
jours, garden-party deux fois par mois au moins.
Florence se jetait à corps perdu dans le plaisir. Ses
équipages, son luxe, sa beauté avaient mis en émoi
tout le département ; c'était à qui, de Morlaix à
Châteaulin, solliciterait de lui être présenté. On
s'inquiétait déjà, un semestre à l'avance, d'être des
heureux privilégiés qu'elle prierait à ses tirés et à ses
laisser-courre. Lord Trelawney, qui possédait en
propre le bois de la Lande, s'était rendu acquéreur
du droit de chasse dans le Hellaz, le Burcoat et le
bois de la Coudraie, propriétés de l'État. Fort abondants en chevreuils et en sangliers, ces bois allaient
recevoir sous peu du cerf et du daim ; dans les taillis,
un millier de faisans, tétras et brianneaux avaient
été lâchés au printemps. Florence attendait d'un
moment à l'autre tout un lot d'amis d'outre-Manche
sur lesquels on disait qu'elle comptait beaucoup pour
relever le ton de ses raouts : on citait parmi eux les
Radnor, le jeune marquis d'Annandale et cette Jessie
Pengwinion, la fille unique du fameux Pengwinion,
de la *Pengwinion Consolidated*, et l'une des *pro-
fessionnal beauties* de l'Angleterre, qui venait justement d'être présentée à la Reine.

Tout ce beau monde débarqua un matin à Lergoat-
Ligolennec. Septembre touchait à son déclin. Les bois

prenaient peu à peu ces tons fauves, ces colorations violentes, qui rappellent l'incarnat maladif dont s'empourprent les pommettes des tuberculeux ; des émanations ignorées montaient du sol, odeur terreuse des mousses dont la couche élastique et dense étouffait le pas des promeneurs, odeur saumâtre des feuilles tombées, qui, mêlées aux aiguilles des pins et aux fanes des hêtraies, se décomposaient dans l'humidité de l'atmosphère, odeur alcoolisée des fruits sauvages, merises, prunelles, fraises et myrtilles, si abondants que la main se lassait de les cueillir et que la plupart pourrissaient dans les fourrés, odeur poivrée des cèpes, des agarics, des chanterelles, qui bombaient çà et là leurs parasols polychromes, et toutes ces senteurs végétales amalgamées composaient un arome capiteux et puissant qui enivrait comme une boisson fermentée...

Seuls, au milieu de cette somptueuse agonie de la forêt, les arbres d'hiver demeuraient impassibles, gardaient leur immuable manteau de verdure sombre. Sous les épicéas, l'ombre restait aussi glauque et, quand le soleil d'automne les pénétrait obliquement, on se serait cru encore dans le demi-jour d'un aquarium.

Les fûts rouges des pins luisaient seulement plus vif ; il y avait de grands houx dont les cippes nerveux ressemblaient à des paquets de tendons mis à nu, à des anatomies de muscles excoriés. Mais les troncs des mélèzes, si prompts à se parer de leur frêle dentelle smaragdine, les premiers aussi se dépouillaient et ressemblaient sur les hauteurs à d'immenses cierges infléchis. Grossis par les pluies d'automne, les torrents bondissaient de roche en roche dans les vallées et, dominant leur voix de cristal, on entendait au pied du Guibel les grondements sourds du Puns-Ahès[1], perpétuellement enveloppé d'un nuage d'embrun diamanté. Dans la prairie qui s'étalait en amont du gouffre, les travaux d'excavation pour l'aménagement d'une nouvelle réserve destinée à l'alimentation d'un second canal avaient commencé depuis un mois. Ce canal, par une brèche ouverte de main d'homme dans la partie ouest du Guibel, devait conduire aux fonderies du Bruguec, encore sur le papier. Mais déjà, aux puits de la Molette et de Poullabat, les travaux avaient repris : une partie des galeries était dégagée et l'on s'occupait à l'épuisement des eaux du fond...

Si plongée qu'elle semblât dans le plaisir, Florence elle-même trouvait le temps de faire de fréquentes visites aux nouvelles installations : on eût dit qu'elle s'y intéressait particulièrement et comme si elle s'était fait un point d'honneur personnel du succès de l'entreprise. Chaque soir elle s'enquérait près de son père des résultats obtenus, du rendement espéré. Pendant les absences de lord Tralewney, que la réorganisation du travail dans toute l'étendue du bassin argentifère appelait fréquemment à Pontpéan, à Trémusson, à la Bouexière et sur divers points de la région bretonne, elle se renseignait près de l'ingénieur en chef ou du *purser*. Quand elle avait appris qu'un filon d'une richesse exceptionnelle passait sous les terres du Rusquec, elle avait battu des mains et voulu assister aux premiers forages. Pontus l'avait

(1) Ou puits d'Ahès (v. plus loin, p. 312). Les fabricants de cartes postales l'appellent plus familièrement « le Gouffre ».

aperçue, près de la cascade, qui dardait son œil
d'aigle sur le manoir : une joie sardonique y flam-
boyait, comme si elle avait joui délicieusement de la
disgrâce des Talgoët.

Sa seule déception lui était venue de miss Bokenhave. La première fois qu'elle s'était rendue à la
mine, elle avait fait passer sa voiture par la Coudraie
dans l'espoir de surprendre au nid l'insaisissable et
fallacieuse *teacher* du *Babington Institute*. Grande fut
sa déconvenue au moment où son *pony-chaise* la
déposa devant la maison de la Mère-aux-Chiens ; la
porte était fermée, les volets assujettis et personne
ne put lui dire où s'étaient envolés miss Bokenhave,
ses papillotes, son turban et ses quarante toutous.
Florence ordonna des recherches pour retrouver la
piste de la disparue. En attendant, et comme si la
compagnie et le bruit lui étaient nécessaires pour
s'étourdir, les réceptions à Lergoat-Ligolennec succé-
daient aux réceptions, les garden-parties aux battues
et les excursions en mail-coach aux matches de cano-
tage sur le Stang-Vraz. La tenue était de rigueur
aux grandes chasses en forêt. Kernéguez, quoiqu'il
ne fût pas des plus sympathiques à Florence, avait
reçu le bouton un des premiers ; mais il marqua si
peu d'empressement à s'en parer que Florence finit
par rayer son nom de la liste des invités. Lebigre fils,
d'ailleurs, n'avait pas tardé à l'éclairer sur ce braque
de Croc-d'Argent :

« Un ours, avait-il dit, et, qui pis est, un ours qui
fait du sentiment. L'espèce n'est pas dans Linné, ce
qui ne l'empêche pas d'être plus dangereuse que
toutes les espèces classées. »

Florence avait daigné sourire. Lebigre junior en

avait conclu un peu hâtivement que ses affaires de
cœur marchaient bon train. Un grand laisser-courre
devait être donné le lendemain .par l'équipage de
Ligolennec. La veille au soir, les valets de limiers
avaient fait les bois du Hellaz et du Burcoat et
relevé les voies de deux grands sangliers, un quartanier et une laie, dont le pied accusait dans les
deux cent cinquante. Au matin, ils avaient ramené
le limier sur les voies en les lui donnant à goûter sur
le contre-pied, pour ne pas faire prendre l'éveil aux
animaux. Ceux-ci n'avaient presque pas bougé d'un
bloc de fourré assez épais ; on voyait leurs traces
dans un taillis voisin, qui était tout labouré par eux,
les racines à nu, la terre retournée comme au soc.
Les voies marquées, le premier piqueur était revenu
à Ligolennec, où les chasseurs l'attendaient sur la
pelouse, et avait fait son rapport à Florence, rapidement initiée au rôle de maîtresse d'équipage et qui
était vraiment exquise, ce matin-là, sous son tricorne
et sa redingote verte à parements amarante, tenue
officielle copiée par le reste des invités.

Florence avait décidé qu'on frapperait d'abord sur
la brisée de la laie, reconnaissable à ses traces plus
longues et à ses pigaches plus pointus. Les chiens
d'attaque avaient été rapidement mis aux branches.
L'animal ne se fit pas prier : il déboucha tout de suite
en boitillant par la coulée du Hellaz ; on sonna le
lancer à vue et on découpla les quarante chiens de
meute. La chasse commença. Suivant l'estimation
générale, elle ne devait guère durer plus d'une heure
ou deux, à cause de cette boiterie de la bête, ressouvenir d'une chute ou de quelque balle perdue. Aussi
la surprise fut-elle vive quand le sanglier, se ramassant

et coupant par la traverse de Saint-Ambroise pour
remonter par le Plandonen, Kerochou, Coatelez,
Kerfermon et le Couzanec, eut réussi à semer la
moitié du vautrait sans avoir l'air plus fatigué que
s'il venait de prendre chasse. Sa boiterie avait
disparu par enchantement ; une douzaine de chiens
tenaient encore assez bien, il est vrai ; les autres
suivaient en débandade.

Vers Margillan, l'animal dut s'engager dans la
vaste fougeraie qui s'étend au pied du Norohou.
L'orage, qui éclatait presque aussitôt, avait détourné
l'attention de Kernéguez ; mais Pontus, moins préoccupé de se soustraire à l'averse, était encore sur
place quand la bête déboucha dans la garenne, suivie
des piqueurs en culotte de Manchester, cadenette et
tricorne, et d'une partie des invités de Florence.
Abrité derrière un talus qui masquait sa haute taille,
le jeune homme laissa passer l'avalanche sans bron-
cher. Florence n'avait pas encore paru, mais il avait
reconnu la couleur de sa livrée et il avait peine à
comprimer les battements de son cœur.

« Elle va venir », pensait-il.

Il se flattait que le talus lui cacherait sa présence.
Au même moment un cavalier isolé, dont l'inexpérience équestre se trahissait dans ses efforts impuis-
sants pour ramener sa bête dans la ligne droite,
arrivait à l'improviste sur lui, butait dans le talus et,
désarçonné du coup, se relevait écumant, les yeux
injectés, l'invective à la bouche :

« Brute ! Crétin ! Idiot ! Triple buse ! »

Sous le treillis de l'averse, le costume de Pontus,
ses guêtres souillées par la tourbe du Yûn-Ellez, son
accoutrement de berlinge avaient fait illusion au

personnage qui croyait n'avoir affaire qu'à un simple braconnier...

« A qui en avez-vous ? demanda sans se déranger Pontus qui, plus perspicace, avait tout de suite éventé Gaston Lebigre.

— Mais à toi, canaille ! Je vais t'apprendre à te cacher derrière les talus pour effrayer les chevaux... »

Il se ruait déjà, les bras tendus, quand il s'aperçut de sa méprise.

« Tiens ! C'est vous, M. de Talgoët ?... Ça change un peu les choses. Mais pardieu ! ce qui est dit est dit et je ne retire rien. Tant pis pour vous !... »

Pontus, d'une détente de ses jarrets nerveux, fut debout instantanément. Il avait jeté sa carabine derrière lui pour garder les mains libres. Si c'était sous l'injure qu'il s'était redressé ou si c'était la vieille rancune des Talgoët contre le fils du plus acharné de leurs exploiteurs qui était venue gonfler subitement sa rancune personnelle, sa haine de l'homme en qui il pressentait un rival heureux, lui-même ne l'eût pas su dire. Mais il y avait une telle passion concentrée dans son regard que Lebigre, qui commençait à entrevoir les conséquences de sa sotte esclandre, essaya de battre en retraite sans plus différer. Pontus ne lui en laissa pas le temps : sa poigne vigoureuse s'abattit sur l'épaule du drôle, l'obligea de pirouetter sur les talons. Lebigre, ins-tinctivement, ferma les yeux. Il ne comprit jamais ce qui s'était passé par la suite, ni comment il se retrouva libre, intact, la face sauve de toute correc-tion, ni pourquoi Pontus, qui le tenait à merci, se ravisa tout d'un coup et lui dit d'une voix qui s'efforçat de rester calme :

« Tenez, monsieur Lebigre, allez-vous-en. Cela
vaudra mieux... »

Satisfaite, en son obscur intellect de quadrupède,
d'avoir fait vider les arçons au malappris, la monture
de Lebigre broutait placidement à deux pas. Pontus
revenait vers le talus. Lebigre en profitait pour
remonter en selle, tout en suivant du coin de l'œil,
par prudence, chacun des mouvements de son adversaire. Il le voyait, avec une satisfaction mêlée d'étonnement, qui ramassait son fusil, sifflait son chien et
tournait vers le plateau de Norohou...

« Lâche ! Lâche ! Oh ! vous êtes complet... monsieur de Talgoët !... »

Pontus frémit dans toute sa membrure à cette
voix bien connue dont chaque syllabe entrait en lui
comme une pointe d'acier. Il eut cependant la force
de se maîtriser et de continuer sa route comme s'il
n'avait pas remarqué la haineuse amazone qui venait
de le souffleter au passage de ces paroles de mépris,
les plus cruelles qui pussent atteindre son cœur
d'homme. Quand le galop du cheval se fut perdu
dans l'éloignement et que Pontus fut assuré que
personne ne le voyait, alors, mais alors seulement,
il se laissa tomber sur le sol et, pour la première fois
de sa vie, il pleura comme un enfant. Affaissé dans
la bruyère roussie, avec laquelle se confondaient ses
vêtements, il avait longtemps échappé à l'œil de
Kernéguez, qui l'aperçut enfin et descendit précipitamment. Pontus, la tête dans les mains, pleurait
toujours, et cette douleur solitaire faisait un spectacle dont Kernéguez fut bouleversé : il s'était pris
pour le cadet des Talgoët d'une affection particulière, qu'expliquait suffisamment la noblesse de carac-

tère du jeune homme, mais où entrait peut-être aussi, sans qu'il s'en doutât, le ressouvenir de cette Bertrande dont il retrouvait chez Pontus les traits adorés.

Que de fois il avait été sur le point de provoquer les confidences de son jeune ami et que de fois la fierté ombrageuse de celui-ci et sa propre timidité, qu'il tâchait de masquer sous une brusquerie trop affectée pour être sincère, avaient refoulé l'interrogation qui montait à ses lèvres !

Doucement, comme on approche du chevet d'un malade, il s'était approché de Pontus et, sans rien dire, il le regardait pleurer. Les derniers cavaliers disparaissaient vers Bodriec : la bête, qui avait tenu les abois jusqu'aux fourrés du Ménez-Groaz, avait dû faire tête à des chiens de relai ; on la sentait sur ses fins, rendue ou forcée peut-être, car l'hallali sonnait dans le lointain et le dernier acte de la scène approchait. Florence arriverait à temps pour servir la bête.

Florence !... Kernéguez revoyait sa jupe verte et ses parements amarante ; elle avait croisé Pontus tout à l'heure ; quelles paroles empoisonnées lui avait-elle crachées au passage pour qu'il restât là, effondré sur lui-même, pleurant comme une Madeleine, lui qu'il avait connu toujours si fier, si maître de sa douleur ? Il attendit encore, puis se pencha vers son jeune ami et le força de lever le front pour le regarder.

« Vous étiez là, dit Pontus, à qui les bons yeux de Kernéguez firent l'effet d'un calmant ; vous avez entendu ?

— Je n'ai rien vu ni entendu, dit Kernéguez. Je

ne sais rien, mon pauvre ami, sinon que vous pleurez et que vous avez sans doute bien du chagrin...

— Lâche... elle m'a traité de lâche ! » dit Pontus.

Kernéguez voyait bien de qui Pontus voulait parler. Mais, n'en sachant pas davantage, il se sentait impuissant à consoler le jeune homme, et enfin il craignait de glacer sur ses lèvres, par une hâte maladroite, les confidences qu'il sentait près d'en sortir. C'était à ce cœur solitaire à s'épancher de lui-même, et Pontus, en effet, à travers ses hoquets et ses larmes, eut bientôt tout confessé à Kernéguez.

« Elle ne sait pas ! Elle ne peut pas savoir ! disait-il à mots entrecoupés. Non ! Non ! Kernéguez, vous ne pouvez pas savoir vous-même... Ce Lebigre, s'il était là, je l'écraserais maintenant comme une limace, mais à ce moment, comprenez donc, c'était impossible... Je l'aurais souffleté, traîné dans la boue, piétiné... Ce n'était pas l'envie qui m'en manquait et il n'aurait eu que ce qu'il méritait... Mais après... après... Il aurait fallu me battre, Kernéguez... J'entendais des galops derrière nous : la scène aurait eu des témoins. Un duel devenait inévitable...

— Je ne comprends pas très bien, ne put s'empêcher de remarquer Croc-d'Argent.

— Vous voyez, dit Pontus... Vous non plus, vous ne comprenez pas. Comment voulez-vous qu'elle ait pu comprendre ?... Elle sait que nous ne sommes pas riches, mais pouvais-je lui dire que nous sommes complètement ruinés, que j'ai dû quitter le régiment, me faire mettre en réforme pour venir au secours des miens et travailler comme un mercenaire des mains que voici ?... Oh ! cette mise en réforme, Kernéguez, si vous saviez ce qu'elle m'a

coûté !... Il le fallait. Nous étions criblés de dettes.
Notre domanier nous tondait jusqu'à l'os, de complicité avec Lebigre, le père du misérable qui m'a insulté tout à l'heure... Sans vous, je ne sais pas comment nous aurions fait pour recevoir les Trelawney. J'ai fini par remettre un peu d'ordre dans nos affaires ; ma mère et mes sœurs mangent maintenant à leur faim et nous pouvons donner à notre père l'illusion d'une certaine aisance. Il ignore que nous sommes ruinés, Kernéguez, et il doit l'ignorer toujours : la révélation de ce nouveau malheur l'achèverait, le médecin nous en a prévenus... Et c'est pour cela qu'il m'en veut d'avoir donné ma démission ; lui aussi, il me traite intérieurement de lâche, comme Florence. Il ne sait pas, il ne peut pas savoir... Si je pouvais mourir, du moins !... Mais ce n'est pas assez que j'aie rendu mes galons, rompu avec tout ce qui faisait mon orgueil, ma joie, ma raison d'être, il faut encore que je vive, Kernéguez... Je n'ai pas le droit de me battre, de me faire tuer, de me faire blesser même. Mon sang ne m'appartient pas et j'en suis comptable aux miens jusqu'à la dernière goutte. Ils n'ont plus que moi, et, si je viens à leur manquer, tout est dit ; ma mère et mes sœurs n'ont qu'à couper un bâton dans le taillis voisin et à s'en aller mendier par les routes. Ça vaudra mieux pour elles que d'entrer comme dames de compagnie au service des Lebigre... Je ne parle pas de mon père... Son affaire à lui serait plus vite réglée encore... Comprenez-vous maintenant pourquoi je n'ai pas châtié ce drôle, pourquoi, quand je pouvais d'un revers de main l'envoyer dans le fossé, je me suis retenu et n'ai même pas répondu par un

haussement d'épaules à ses goujateries ? Oui, j'en suis là qu'un Gaston Lebigre peut me traiter impunément de brute et de canaille... Ah ! Kernéguez, vous voyez un homme bien malheureux !...

— Pauvre ami, dit affectueusement Kernéguez en attirant Pontus sur sa poitrine, pourquoi ne m'avez-vous pas dit tout cela plus tôt ? Tant de choses auraient pu être évitées !... »

Brusquement, dans le lointain, les cors éclatèrent dans un allegro final ; la bête venait d'être servie et l'on sonnait la retraite-prise. Un frisson secoua Pontus.

« Vous entendez, Kernéguez ?...

— Oui, dit le bon gentilhomme. La représentation est terminée...

— Oh ! ce Lebigre ! dit Pontus, dont le poing tendu alla menacer derrière l'horizon le rival dont le ricanement tintait encore à son oreille et qu'il imaginait triomphant à côté de Florence conquise.

— Mon cher Pontus, dit doucement Kernéguez, il se peut qu'en ce moment-ci M. Lebigre junior prenne des attitudes de rodomont ; ça ne durera guère d'ailleurs et j'ai comme idée qu'il n'emportera pas sa petite goujaterie en paradis. Ce que je veux vous dire, c'est que le monde peut momentanément se tromper sur votre compte à tous deux et, tenu de se prononcer entre un Gaston Lebigre et un Pontus de Talgoët, donner la préférence à Lebigre et lui décerner le pompon... Moi qui viens d'entendre vos explications, qui connaissais de longue date votre droiture, votre bravoure, votre sentiment chevaleresque de l'honneur et qui ne vous ai jamais caché ma profonde sympathie, j'ai pour vous à cette

heure la même affection sans doute, mais le respect
l'emporte encore sur l'affection... Je vous aimais
jusqu'ici comme un frère plus jeune, mon cher
Pontus, continua-t-il avec un léger tremblement
dans la voix ; je vous admire maintenant comme
un héros... Oui, oui, un héros, je maintiens l'expression. De toutes les formes de l'héroïsme, celle-là est
la plus haute qui n'a même pas aux yeux des hommes
le bénéfice de son attitude, qui se cache avec une
pudeur jalouse, qui n'attend aucun prix de sacrifices
qu'elle s'impose, qui prendrait au besoin, pour
dérouter l'admiration, le masque des défauts qui lui
sont le plus étrangers, et c'est cette forme de l'héroïsme que vous avez volontairement choisie... »

Pontus écoutait, pâle, le cœur battant. Kernéguez
se découvrit et, tendant la main au jeune homme :

« Voulez-vous me faire l'honneur de me serrer la
main, mon cher Pontus ?

— Ah ! dit Pontus en se rejetant dans les bras de
Croc-d'Argent, vous me rendez la vie, Kernéguez... »

Les deux hommes s'étreignirent. Le soir tombait :
des brumes violettes traînaient sur Bodriec : le
Ménez-Mikel s'empourprait des adieux de la lumière
qui le frappait le premier et le dernier le quittait.
Pontus et Kernéguez reprirent l'ascension du Norohou,
et Kernéguez, en passant devant l'étrange maison
où il s'était abrité de la pluie, la montra du doigt à
Pontus.

« Savez-vous qui gîte là ? demanda-t-il à son compagnon.

— Non, dit Pontus. Mais la cheminée fume ; il y
a quelqu'un certainement. Vous pouvez vous renseigner...

— Ma foi, je n'en serais pas fâché, dit Kernéguez. je me suis introduit par effraction, tout à l'heure, dans ce *home* de troglodytes, et j'ai oublié, en partant, de régler la note de mes dégâts. Entrons... »

Les deux amis franchirent un échalier fait d'une seule ardoise posée de champ et pénétrèrent dans la petite cour qui précédait la sauvage habitation. Aussitôt retentit un concert de jappements et de hurlements épouvantables qui aurait mis en fuite des hommes moins déterminés que Pontus et Kernéguez.

« Little-Duke, Brika, Dash, Rob-Roy, Fox, Black, *come here!* glapit de l'intérieur une voix dont le timbre fortement britannique éveilla l'attention de Pontus.

— Mais c'est de l'anglais ! dit Croc-d'Argent stupéfait. Par exemple ! Moi qui pensais trouver ici quelque mégalithien de l'âge de la pierre polie ! On est joliment civilisé sur le plateau de Norohou ! »

Pontus, non moins stupéfait que Kernéguez, avait reconnu du premier coup la voix de cette extraordinaire miss Bokenhave que Florence Trelawney cherchait partout depuis sept ou huit mois et que les galopins du Huelgoat avaient surnommée la Mère-aux-Chiens. Mais la pauvre maniaque avait le tort de rappeler au jeune homme une des journées les plus ensoleillées de sa vie.

« Non, n'entrons pas, dit-il, à Kernéguez. Venez je vous expliquerai...

— Comme vous voudrez ! » dit Croc-d'Argent, qui n'insista pas et reprit avec son compagnon la route de Loqueffret.

Chemin faisant, en effet, Pontus conta à Kernéguez

ce qu'il savait de la Mère-aux-Chiens, de son turban et de ses lubies, mais il ne lui dit point où ni quand il l'avait rencontrée.

« Avouez tout de même que c'est bizarre ! dit Kernéguez. Habiter au Pont-Mikaël, passe encore : on n'y est point complètement séparé du reste des humains : les rouliers et les mineurs mettent à certaines heures un peu d'animation sur la route. Mais se loger au plateau de Norohou et avec ce mobilier préhistorique ! La pauvre femme est folle...

— Qui sait ? répondit lentement Pontus. C'est peut-être une sage, quelque pauvre blessée de la civilisation, à qui la vue de ses semblables est devenue insupportable et qui reporte sur les bêtes l'affection inemployée dont son cœur est plein. Ici elle est à peu près assurée contre toute rencontre fâcheuse... »

Et il ajouta à voix plus basse :

« Vous la plaignez, Kernéguez, et moi je l'envie... »

Des lumières commençaient à briller sur la hauteur : les deux hommes eurent bientôt atteint Loqueffret. Pontus, en dépit des efforts que faisait son compagnon pour le dérider, était retombé dans son mutisme. Le domestique de Kernéguez avait remisé le tilbury de son maître à l'auberge des *Trois Rois Mages*. Affalé au coin du foyer, sur le banc d'un vieux lit-clos de Braspartz en hêtre verni clouté de cuivre, Pontus attendait que la voiture fût attelée et ne répondait que par monosyllabes aux politesses de l'aubergiste qui se croyait obligé de s'informer de sa santé et du chiffre de ses victimes ; Kernéguez était sorti pour donner des ordres et tardait à revenir. Brusquement Pontus se dressa : une fanfare venait d'éclater à l'entrée du bourg. C'était l'équipage des

Trelawney qui rentrait aux flambeaux à Lergoat-
Ligolennec...

Oh ! fuir, disparaître sous terre, n'avoir plus dans
les yeux et dans les oreilles ces visions et ces musiques
obsédantes, être mort à tout et à tous !...

Comme si le vœu de Pontus avait été entendu, la
sonnerie des piqueurs s'arrêta court et, dans
la brève accalmie qui suivit, le jeune homme crut
saisir devant l'auberge la rumeur d'une altercation...
Il n'y prit pas garde sur l'instant, pensant que
c'étaient des rouliers qui se gourmaient. Kernéguez,
d'ailleurs, rentrait quelques minutes après en se
frottant les mains. Un sourire étrange illuminait son
rude et cordial visage et il enveloppa Pontus d'un
regard où celui-ci, s'il n'avait pas été moins absorbé
dans son chagrin, eût discerné comme une secrète
satisfaction...

II

J'irai, j'irai lui dire, au moins avec mes larmes :
« Regardez, j'ai souffert... » Il me regardera
Et sous mes jours changés, sous mes pâleurs sans charmes,
Parce qu'il est mon père, il me reconnaîtra.

                              (Mme DESBORDES-VALMORE.)

Libéré de sa douillette et de son cache-nez, l'abbé
Colober était en train de chausser ses pantoufles.
Dame Véronique, suivant l'habitude, était allée le
quérir au Rusquec. Elle arrivait généralement au
manoir un quart d'heure à l'avance, et en attendant
que son maître eût terminé le partie de M. de Talgoët,
elle cousait ou tricotait dans la cuisine ou donnait
la main à Tina pour échauder la vaisselle. Quand
elle entendait le pas du vieux desservant dans l'escalier, elle prenait sur la table la douillette, le cache-
nez de laine noire et la grande lanterne de corne
qu'elle y avait déposés en arrivant, allumait la lanterne, dépliait le cache-nez et la douillette et, que
l'abbé Colober protestât ou non, qu'il fît froid ou
qu'il fît chaud, le ficelait littéralement de la tête aux
pieds dans cette sorte de matelas improvisé où elle
était bien assurée qu'il ne pincerait pas de bronchite
en traversant les futaies du Rusquec pour rentrer au
presbytère. Par surcroît de précaution, et comme lesdites
futaies n'étaient pas très sûres en hiver, Véronique

assujettissait à son poing droit resté libre le cordon
de cuir d'un *pen-scod*, sorte de casse-tête ou de
massue fort en usage chez les montagnards de
l'Arrhée et dont, avec sa musculature de Walkyrie
cornouaillaise, elle se chargeait de frotter avec assez
de vigueur les côtes des loups qui rôderaient de trop
près autour de son maître pour leur ôter l'envie de
jamais recommencer.

Le prieuré, ou plutôt l'habitation qui avait conservé ce nom (en fait le dernier prieur résidant, un
certain abbé Guillo, était mort en 1774 d'une chute
de cheval, et son successeur, l'abbé de Beauvais,
dignitaire de l'église de Rennes, n'avait jamais mis
les pieds à Saint-Herbot), s'élevait en contre-bas de
l'église sur une sorte de placître bordé de petites
maisons grises et trapues, à usage d'auberges pour
la plupart, et que signalait l'originale rangée d'ardoises de leurs faîtières, découpées et ajourées de
manière à représenter des animaux et des grotesques.
C'était une grande bâtisse de la Renaissance, surélevée
d'un étage et percée de quatre fenêtres à croisillons.
Régulièrement, il aurait dû s'en ouvrir une cinquième
au-dessus de la porte, dont l'arc en accolade ne
passait pas les dimensions ordinaires ; mais le mur
était plein entre les deux fenêtres de l'étage, qui
paraissaient ainsi comme reléguées aux extrémités
de la façade.

L'effet, au total, était assez disgracieux. Mais l'intérieur du prieuré rachetait ce que l'extérieur en
avait d'inélégant et même d'assez grossier : de fines
boiseries en chêne sculpté revêtaient les murs du
haut en bas et ne paraissaient pas avoir trop souffert
de la barbarie du traitement que leur avaient infligé

les prédécesseurs de l'abbé Colobert. Véronique les avait savonnées, frottées, étrillées de si belle main que leurs délicates moulures avaient fini par reparaître sous la triple couche de badigeon laiteux dont on les avait odieusement déshonorées. L'abbé Colober avait sa chambre à coucher et sa bibliothèque dans la même pièce, et il est vrai que la pièce était si vaste qu'elle pouvait servir aux deux fins, et encore que le vieux desservant, fort passionné de recherches généalogiques, paléographe émérite et membre de la *Société archéologique du Finistère*, de *l'Association bretonne* et de *l'Union polymatique des Trois Evêchés*, l'eût encombrée, en plus des bouquins de toute sorte rangés sur ses étagères, de paperasses poudreuses, chartes, rentiers, parchemins, grimoires de tous les pays et de toutes les époques, qui faisaient le désespoir de dame Véronique.

Impuissante à remettre un peu d'ordre dans ce fouillis, la digne *carabassen* se rattrapait sur le reste de la maison, qui luisait d'une propreté si méticuleuse que, de quelque côté qu'on se tournât, les murs ou le plancher vous renvoyaient votre image ; dame Véronique avait un don d'ubiquité qui lui permettait d'être partout et de tout faire en même temps et de n'en point paraître plus lassée que si elle n'avait point fait à elle seule la besogne de trois servantes. Et le plus extraordinaire est qu'elle faisait tout à la perfection, la cuisine comme le reste, au point qu'on la citait pour le meilleur cordon-bleu du diocèse de Quimper. Mais il est vrai que ce grand gendarme de Véronique, comme l'appelait quelquefois son maître, jouissait d'une santé de fer qui lui permettait de veiller encore sur sa couture ou sur son tricot

quand tout le monde était couché au Rusquec ou à
Saint-Herbot et d'être levée nonobstant à quatre
heures du matin, hiver comme été, pour épousseter,
balayer, frotter, lessiver, repasser, soigner la volaille
et préparer le café à la crème de M. le recteur.

Et, justement, ce soir-là, tandis que l'abbé Colober
chaussait ses pantoufles et récitait intérieurement son
In manus avant de s'aller mettre entre les draps,
Véronique, dans la cuisine du prieuré, aux lueurs
d'un maigre suif fiché dans une pince de fer, reprisait
sur la dalle du foyer une des soutanes du vieux
desservant. Besogne à se crever les yeux, tant la
clarté était faible, si la digne femme, comme les
chats, n'eût possédé ce regard noctiluque qui vaut
les meilleurs lampadaires ! Il y avait longtemps que
le reste du hameau était plongé dans le sommeil ; la
grosse horloge en cuivre, prisonnière dans sa gaîne
de noyer verni, venait de sonner la demie de dix
heures ; son tic-tac cadencé était le seul bruit qui
troublât le silence avec la sibilante respiration des
chouettes nichées dans la tour de l'église et le hurle-
ment des loups qui rôdaient sur la garenne de Loqueffret. Mais c'était là pour Véronique un accompa-
gnement si familier de ses veilles qu'elle n'y faisait
plus attention... Timidement soulevé par une main
hésitante ou qui craignait peut-être de trop attirer
l'attention, le heurtoir de la porte s'ébranla : on frappait à petits coups. Véronique décrocha le suif de sa
pince et, non sans maugréer intérieurement contre
le fâcheux assez osé pour déranger à une heure
pareille M. le recteur, se dirigea vers la porte et
demanda en breton : « *Piw zo aze?...* » (Qui est là ?)

— C'est moi, Véronique, dit en français une voix

de femme, dont le timbre produisit sur la digne *arabassen* l'effet d'une décharge de pile électrique.

— Est-ce Dieu possible ? Madame Bertrande... »

Toute palpitante d'émotion, Véronique, dont les mains tremblaient au point de ne pouvoir retrouver la serrure ni le verrou, réussit enfin à entrebâiller la porte qui livra passage à une femme vêtue d'un complet de voyage de nuance sombre. Un blondin de six à sept ans se serrait contre ses jupes.

« Doucement, Véronique, je t'en prie, doucement, dit la voyageuse, il n'est pas nécessaire que tout le hameau soit prévenu de mon arrivée.

— Jésus-Marie ! Si c'est possible ! continua de répéter Véronique en dévisageant la voyageuse à la clarté de son luminaire... Vous n'êtes tout de même pas venue à pied jusqu'à Saint-Herbot avec ce mignon ?...

— Rassure-toi, dit la voyageuse. J'ai laissé ma voiture au bas de la côte...

— Ah ! mon Dieu ! Jésus-Marie ! Doux Seigneur ! Qu'est-ce que va dire M. le recteur quand il va savoir ?... Entrez toujours, madame Bertrande, entrez par ici... C'est le réfectoire, vous vous rappelez bien... Le temps de prévenir M. le recteur et je suis à vous...»

Plantant là son luminaire, elle grimpa quatre à quatre l'escalier, ne prit pas la peine de frapper, ouvrit la porte du brave ecclésiastique tout à trac et lui jeta du seuil, juste au moment où, un peu inquiet de ce subit tintamarre, il glissait une jambe hors de ses couvertures :

« Monsieur le recteur, Mme Gardivaux qui est en bas !... »

Quoi fait, elle descendit comme elle était montée,

courut à sa cuisine, saisit une brassée de bois mort,
repassa dans la pièce où attendaient la voyageuse et
l'enfant et, en moins de temps qu'il n'en faut pour
l'écrire, eut allumé une belle flambée dans la cheminée, approché deux fauteuils, relevé la mèche de
la lampe, sorti une nappe de l'armoire et déposé sur
la table tous les éléments d'une frugale réfection...

« Mais vous êtes folle, ma pauvre Véronique, dit
la voyageuse. Nous n'avons pas faim.

— Laissez donc ! Je sais ce que je sais et qu'une
tartine de pain mollet, avec une bonne couche de
beurre par-dessus, n'a jamais fait de tort à personne.
Par exemple, il va falloir que vous attendiez un peu
pour le café... Pauvre mignon ! dit-elle, en s'arrêtant
une seconde devant l'enfant, grave et silencieux, et
qui gardait sa main dans la main de sa mère... Il a
l'air tout gelé... Et, si ce n'est pas vous fâcher,
madame Bertrande, ce gentil chérubin-là, c'est t'y...

Elle n'osa poursuivre...

« C'est mon fils, dit la voyageuse.

— Votre fils ? Ah ! Dieu, je le voyais bien... Un
Talgoët tout craché, et il vous ressemble !... Mais
vous savez, rapport à toutes ces histoires... Et puis
il y a si longtemps... Et puis... Ah ! madame Bertrande, si seulement le petit monsieur voulait permettre que je l'embrasse !...

— Va, mon enfant, dit doucement la voyageuse.
Embrasse Véronique : c'est une digne femme et un
cœur d'or... Et, si tu veux m'obliger, accompagne-la
dans sa cuisine. Elle te racontera des histoires pendant
que je causerai avec M. le recteur... »

L'enfant, gentiment, tendit ses joues à la brave
paysanne qui l'enleva comme une plume et disparut

avec sa proie dans le corridor. L'abbé Colober entrait au même moment. Son visage, d'ordinaire égal et reposé, sauf quand il se penchait sur quelque vieille charte bien illisible et bien crasseuse ou quand il apercevait sur sa table certain confit de truite au vin blanc, triomphe de dame Véronique, avait pris une expression soucieuse qui y faisait l'effet d'un contre-sens. L'abbé Colober comptait quatre-vingt-deux hivers bien sonnés ; mais il n'y paraissait guère à le voir. A la vérité, l'âge avait fortement neigé sur ses tempes, mais sans toucher à ses beaux cheveux bouclés autrement que pour les poudrer à frimas. Le corps était grêle, le buste trop long, les jambes trop courtes, l'échine légèrement voûtée : la figure, enca-drée de boucles soyeuses, demeurait rose et poupine comme une figure d'enfant de chœur...

Ancien recteur de Plouvénez-du-Faou, paroisse dont dépendait depuis la Révolution le ci-devant prieuré de Saint-Herbot, l'abbé Colober avait tenu sur les fonts baptismaux les cinq héritiers du marquis de Talgoët. De fait et quoique le manoir du Rusquec fût sis administrativement en Loqueffret, les Talgoët, de temps immémorial, avaient toujours baptisé leurs enfants dans l'église de Saint-Herbot, tant à cause de la proximité de cette église que parce que la chapelle « du côté de l'Évangile » leur appartenait en qualité de seigneurs de Keraznou et qu'ils y avaient droit de lisière, d'escabeau et d'écusson. Leurs armes occupaient encore plusieurs panneaux de la maîtresse vitre. L'abbé Colober aimait à rappeler que, d'après un aveu du chapelain de Penanec'hre trouvé par lui et remontant au XVIe siècle, les Talgoët-Rusquec fournissaient gracieusement la troupe de gens d'armes nécessaire au guet et à la garde de l'église « en temps de grand pardon et de grande foire », lesquels duraient huit jours pleins, moyennant quoi le chapelain devait présenter une paire de gants neufs et un denier au capitaine de la troupe qui entrait alors dans l'église, faisait faire la haie à ses hommes « depuis la grande porte jusqu'au balustre de l'autel », baisait la patène et se retirait avec le guet pour continuer à « veiller au dehors jusqu'au lendemain de la grande foire. »

Fort attaché lui-même à ce beau sanctuaire de Saint-Herbot, qui avait traversé les siècles sans subir le moindre affront, le vieux desservant n'eut pas plutôt atteint la limite d'âge où les canons ecclésiastiques lui permettaient de prendre sa retraite qu'il abandonna la cure de Plouvénez-du-Faou et vint se fixer, près de sa chère église, dans les bâtiments de l'ancien prieuré ; il y vivait entre ses livres et sa gouvernante, d'une vie un peu étroite peut-être, n'étant pas très riche et n'ayant pas fait de grandes économies pendant son ministère, mais que les prodiges ménagers de Véronique rendaient fort supportable en somme, d'autant que Kernéguez et les Talgoët eux-mêmes, au temps de leur splendeur, ne marchandaient pas au vieux desservant les invitations et les menues libéralités.

Habitué du manoir depuis un demi-siècle ou presque, l'abbé Colober y était traité moins comme un hôte que comme un membre de la famille : il n'avait pas seulement baptisé les Talgoët, petits et grands ; il les avait vus pousser et monter en graine, comme il disait, et, témoin de leurs premiers jeux, s'était trouvé plus tard le confident tout désigné de leurs chagrins domestiques. Il tutoyait encore Pontus et Bertrande, quand le premier entra au régiment et que la seconde devint Mme Gardivaux. Que n'avait-il pas tenté à cette époque pour détourner la jeune fille du mariage inconsidéré où elle se jetait tête baissée, en aveugle, contre le gré de ses parents et contre ses propres intérêts ! Mais Bertrande avait le caractère impérieux de son père : gamine aux yeux hardis, quand elle courait les corridors du prieuré, où l'attirait la complicité de dame Véronique dont elle était l'enfant gâtée, la « boudette », et qui la gavait de sucreries et de caresses, l'abbé Colober s'effrayait de la sentir si rebelle à toute discipline et de lui découvrir des goûts d'indépendance qu'il n'avait rencontrés chez aucune de ses sœurs. Sans Véronique, plus d'une fois et malgré son angélique patience, il eût mis à la porte la petite trouble-fête qui galopait à travers ses appartements comme un poulain échappé, bouleversant tout sur son passage et refusant, quand, d'aventure, on avait fini par l'appréhender au corps, de courber la tête pour demander pardon.

Il est permis d'être un peu égoïste quand on a quatre-vingt-deux ans, des rhumatismes articulaires et la passion des vieux grimoires : l'abbé Colober, tout en enfilant de travers les manches de sa soutane et en confondant son bonnet de coton avec son mouchoir de poche, signes non équivoques de la précipitation qu'il apportait à se rendre près de Bertrande, ne laissait pas de soupirer et de jeter un coup d'œil de regret vers son bureau. Il y avait tout préparé pour le travail du lendemain, Véronique ne lui permettant pas de veiller au delà d'une certaine heure. Las ! Quelle nouvelle tribulation lui réservait la Providence et juste au moment où il venait de

mettre la main sur un paquet de titres inédits,
relatifs à sa chère église et dont le moins curieux
n'était pas une pétition des habitants du ci-devant
prieuré de Saint-Herbot, en date du onzième ven-
démiaire an V de la République, pour solliciter
l'érection de leur hameau en commune, attendu
disait la pétition, qu'ils « éprouvent des difficultés
insurmontables, par suite de l'éloignement et du
mauvais état des chemins, dans la fréquentation de
l'église paroissiale de Plounévez-du-Faou », qu'aussi
bien la chapelle de Saint-Herbot est « une des plus
belles du département et en grande vénération à
une infinité de personnes » et qu'enfin « le grand
nombre de pèlerins qui y vient de pays fort éloignés
contribue beaucoup à fortifier la foi dans le pays. »

Les étranges citoyens qui faisaient choix de semblables arguments — au lendemain de la Terreur —
pour s'attirer les bonnes grâces de l'administration !..
Allons ! il renverrait à un temps meilleur le dépouillement de ces précieuses paperasses. Ce soudain débar-
quement de Mme Gardivaux et de son fils au prieuré,
en pleine nuit, à la muette, n'était point naturel et
cachait évidemment quelque nouvelle incartade de
Bertrande. L'écervelée n'en pouvait faire d'autres, du
reste, étant donné son caractère, et toute l'affection
que lui avait gardée le vieux desservant ne prévalait
pas contre sa rancune secrète de la voir troubler à
nouveau l'existence des Talgoët et sa propre tranquillité. Il n'avait point égard, comme l'indulgente
Véronique, à la seule joie de retrouver la disparue,
il oubliait la parabole de l'Évangile et qu'il y a plus
de félicité au ciel pour une brebis égarée qui rentre
au bercail que pour cent moutons qui ne sont jamais

sortis de leurs palissades. Et c'est pourquoi, quand il pénétra dans la pièce où se tenaient Bertrande et son fils, sa rose et grassouillette figure de vieil enfant à cheveux gris était barrée d'un pli de contention sévère qui n'échappa point à l'œil pénétrant de Véronique, laquelle se promit de veiller au grain tout en préparant ses rôties et en filtrant son moka...

Bertrande, non plus, n'avait pas été sans remarquer l'expression un peu contrainte du vénérable ecclésiastique. Mais, dans l'extrémité où elle se trouvait réduite, il n'y avait point de meilleur parti à prendre que de confesser tout de suite la vérité.

« Oui, dit-elle, c'est moi, monsieur le recteur... Et c'est mon petit garçon, René, que vous venez de croiser dans le corridor avec Véronique... Vous devez trouver que c'est bien du sans-gêne d'arriver chez vous à pareille heure. Malheureusement je n'avais le choix ni de l'heure ni du lieu. Pardonnez-moi l'embarras involontaire que je vous cause...

— Hem ! hem ! l'embarras, dit l'abbé Colober visiblement mal à l'aise... Vous ne me causez aucun embarras, ma chère Bertrande...

— Si, monsieur le recteur, je vois bien que vous n'êtes pas autrement satisfait de la liberté que j'ai prise. Que voulez-vous ? L'absence est un grand trompe-l'œil et j'avais pensé qu'à défaut de l'ancienne affection que vous me portiez...

— Mes sentiments pour vous n'ont pas changé, Bertrande, dit l'abbé Colober d'un ton qui ne paraissait pas autrement convaincu, mais à la sincérité duquel la jeune femme fit semblant de se méprendre.

— Je vous remercie de m'en donner l'assurance, dit-elle au vieux desservant. La bonté que vous

voulez bien me témoigner m'aidera à poursuivre et
à vous expliquer la nature du service que j'attends
de votre obligeance...

— C'est que..., crut devoir objecter l'abbé Colober...

— Souffrez que je vous explique d'abord pourquoi
et comment je suis ici, continua Bertrande sans
paraître avoir entendu la timide restriction du vieux
desservant. En deux mots, j'ai quitté mon mari ; ma
demande en séparation de corps et de biens est
déposée. Le tribunal n'a fait aucune difficulté pour
m'accorder la garde de l'enfant, mais il m'a fixé
pour domicile provisoire la maison de mon père...

— Le Rusquec ! dit l'abbé Colober en sursautant.
C'est impossible...

— Oui, dit Bertrande, c'est ce que je me suis dit
d'abord : mon père ne voudra jamais me recevoir...
Mais où aller pourtant, puisque j'ai refusé toute
pension alimentaire et que je n'ai ni dot ni argent
personnel ?... Alors j'ai pensé que votre intervention
réussirait peut-être là où mes supplications demeu-
reraient sans effet et que, si mon père ne consentait
pas à me pardonner, il me permettrait du moins
d'habiter provisoirement sous son toit. Je ne demande
pas autre chose...

— Mais cet espoir même vous est défendu, ma
pauvre Bertrande, dit l'abbé Colober. M. le marquis,
le lendemain de votre mariage, a été frappé d'une
attaque de paralysie générale dont il est sorti presque
impotent ; ses jambes lui refusent tout service, et
voilà plusieurs années qu'il n'a bougé de son fauteuil.
La moindre émotion l'achèverait. On ne peut songer
à lui faire part de votre arrivée à Saint-Herbot.

Songez qu'on n'a même pas osé lui dire qu'il était ruiné... »

Bertrande demeurait comme écrasée sous ces terribles révélations : l'orgueil d'abord, puis l'amour-propre, la honte, le sentiment de sa faute et cette connaissance qu'elle avait de l'inflexibilité de son père avaient fait qu'elle était restée complètement à l'écart des siens et dans l'ignorance des catastrophes qui avaient fondu sur eux ; elle les apprenait pour la première fois de la bouche du vieux desservant et, déjà si pénétrée de son indignité, n'en concevait que plus d'horreur contre elle-même. L'abbé Colober, pour ferme qu'il fût resté jusqu'alors, ne pouvait s'empêcher de contempler avec une émotion profonde cette ruine humaine écroulée à ses côtés et si belle encore dans le désastre de ses espérances...

« Oui, dit-il lentement, votre mariage a fait bien des malheureux, Bertrande... Mais je ne sais pas si la séparation que vous demandez et l'inévitable scandale qui en résulterait ne feraient pas plus de malheureux encore... Comprenez-moi bien, continua-t-il au sursaut que ces paroles provoquèrent chez la repentie, je ne dis point que votre mari n'ait point eu de grands torts envers vous. Puisque le tribunal vous accorde la garde de l'enfant, c'est qu'il estime que vous avez plus de titres à sa confiance que M. Gardivaux. Mais je dis que, quels qu'aient été les torts de votre mari envers vous, il eût été d'une épouse chrétienne de pardonner ces torts et d'accepter comme un commencement d'expiation les déboires et les amertumes de votre existence conjugale... Vous avez le sang vif, Bertrande, et la tête impérieuse... Voyez ce que ces défauts

vous ont coûté déjà et aux vôtres... Il n'y a plus de
place pour vous au Rusquec et, si la volonté divine
en a ainsi disposé, c'est assurément qu'elle voulait
marquer que votre place était ailleurs. Retournez près
de votre mari, Bertrande... Véronique ira tout à
l'heure prévenir Joseph Bizouarn, le commissionnaire
de Saint-Herbot. Vous repartirez pour Morlaix dans
son char-à-bancs. Bizouarn est discret : personne ne
saura que vous êtes venue ici... »

Bertrande avait peine à se remettre de sa stupeur.

« J'ai mal compris sans doute, dit-elle enfin. Vous
voulez que je retourne près de mon mari, que j'aban-
donne ma demande en séparation ?...

— Votre amour-propre souffrira peut-être de ce
sacrifice, dit l'abbé Colober. Mais vous aurez fait
votre devoir et Dieu vous tiendra compte de ce
premier pas dans la voie du repentir. Bizouarn...

— Laissez là Bizouarn, monsieur le recteur, dit
Bertrande. Quand vous m'aurez entendue, vous ferez
appel à ses services, si c'est toujours votre intention.
Je pensais n'avoir qu'à venir et à vous dire : vous
me connaissez, je suis fière, entêtée, volontaire, j'ai
mes défauts, monsieur le recteur, mais il y a une
qualité que, déjà toute petite, vous vouliez bien me
reconnaître, la sincérité. Eh bien, le mari que j'ai
choisi n'est pas seulement un mari indigne, ce qui
ne ferait, après tout, de mal qu'à moi seule ; il n'a
même pas le respect de son enfant et les exemples
qu'il étale sous ses yeux, l'inconduite qu'il affiche
dans sa vie privée, sont de nature à salir l'âme de
ce pauvre petit...

— Voilà de bien graves accusations, dit l'abbé
Colober. Mais n'êtes-vous point un peu dupe de votre

ressentiment, ma pauvre Bertrande, et l'aversion que vous professez pour M. Gardivaux ne vous porte-t-elle pas involontairement à vous exagérer ses imperfections ?... »

Bertrande comprit que l'abbé avait son siège fait et qu'il lui faudrait aller jusqu'au bout de sa pénible confession, si elle voulait qu'il changeât d'opinion à son endroit. Visiblement il la jugeait à travers ses souvenirs, non sur les faits de la cause, et la courtoisie seule l'empêchait de qualifier d'imprudence ou de légèreté son départ du domicile conjugal. Et, devant ce parti-pris de son interlocuteur — parti-pris bien explicable, reconnaissons-le, et que justifiait trop le passé de la jeune femme, — toute honte céda chez Bertrande : elle parla. La voix sèche et sourde, elle dit le long martyre qu'avaient été ses sept années de mariage ; elle dit ses premières déceptions de femme, ses rancœurs, ses mortifications, la bassesse d'âme de celui à qui elle s'était donnée et qui, en l'épousant, avait cru faire une bonne affaire et ne supportait point de s'être si lourdement trompé.

Gardivaux ne s'était pas plutôt aperçu de son erreur et que son mariage, dans les conditions où il l'avait réalisé, non seulement ne lui ouvrait pas toutes grandes les portes du noble faubourg, mais encore lui consignait l'entrée des quelques familles de l'aristocratie où il avait pénétré par effraction, qu'il plantait là Bertrande pour courir le guilledou et mener l'existence de bâton de chaise qui semblait sa véritable vocation. Ni la beauté, ni les qualités de cœur et d'esprit de la cadette des Talgoët n'avaient eu de prise sur cette âme vaniteuse et grossière, trop disposée à rejeter sur autrui la responsabilité de ses

avanies mondaines. Sans exagération, sans vaines
phrases, elle peignit comme il était, au naturel, ce
mari de mauvais lieu, gentilhomme frelaté, baron
de contrebande, gaspillant avec des bookmakers
la fortune équivoque amassée sou à sou par son
père, courant les tripots, les bars et les champs
de courses, et si criblé de dettes après sept
années de cet aimable régime qu'on annonçait déjà
en Bourse, comme une chose courante et qui ne
faisait doute pour personne, l'affichage de Gardivaux
et sa prochaine exécution.

Trop fière pour se plaindre, trop consciente de sa
propre indignité pour se révolter contre ce qu'elle
regardait comme un châtiment du ciel, Bertrande
avait tout accepté pendant ces sept années, les
insultes devant la domesticité ricanante et gogue-
narde, les souillures, les mauvais traitements, les
coups... Si la femme souffrait cruellement dans sa
dignité d'épouse, la mère trouvait des consolations
singulières dans l'affection de l'enfant qui lui était
né. Que n'eût-elle point supporté pour cet enfant?
Mais, encouragé par la soumission de Bertrande,
l'impudent Gardivaux n'avait bientôt plus connu de
borne à ses déportements. Qu'il la trompât, qu'il la
bafouât, qu'il la maltraitât, elle le voulait bien; il
pouvait donner ses bijoux à des gourgandines, la
dépouiller du nécessaire au point qu'elle n'avait plus
une toilette à se mettre et qu'elle ne savait, à certains
jours, comment faire marcher la maison : cela encore
elle l'acceptait. Elle ne s'était révoltée que le jour où,
perdant tout mesure, il avait installé le scandale à
demeure et non plus sous yeux à elle, mais sous les
yeux de son enfant : cela, non, elle ne l'avait pu

supporter et, si c'était à refaire, elle ne le supporterait pas davantage. Si plein d'indulgence que fût l'abbé Colober, elle hésitait à croire qu'il pût absoudre de pareilles infamies et lui tenir rigueur d'avoir soustrait son fils à un spectacle si démoralisant...

L'abbé Colober se taisait ; une épouvante secrète l'avait empli peu à peu à l'exposé de toutes ces horreurs. Il contemplait avec étonnement la cadette des Talgoët, cette Bertrande, en qui il n'avait vu d'abord que la tête à l'évent, capricieuse et volontaire, que lui peignaient ses souvenirs un peu vacillants d'octogénaire et qu'il trouvait si changée, si différente de la Bertrande d'antan. Évidemment elle disait vrai ; ses paroles avaient un accent de sincérité, de bonne foi, qui ne pouvait tromper personne et l'abbé Colober moins que personne. Et, maintenant, devant cette douleur effroyable, ces sept années d'un supplice inouï dont il retrouvait les stigmates dans la pâleur de Bertrande, le cerne de ses prunelles, ses rides précoces, sa bouche amère et désabusée, il restait sans parole ; il ne savait quelle contenance garder, ni comment s'excuser de la légèreté égoïste de ses premiers conseils. Retourner chez son mari, non, elle ne le pouvait pas et c'est elle qui avait raison : elle avait bien fait de partir. Et Bertrande vit clairement, aux prunelles embuées du vieillard, à l'émotion qui faisait trembler ses mains, que cette fois elle avait frappé juste et que le bon desservant lui était définitivement acquis...

Véronique entrait au même moment avec les rôties et le café... Son œil investigateur embrassa toute la scène ;

« Le café est servi, madame Bertrande, dit-elle.
Voici votre tasse et voici celle de M. le recteur.

— Il en manque encore une, Véronique, dit l'abbé
Colober...

— Oui da, monsieur le recteur, et pour qui donc,
s'il vous plaît ?...

— Mais pour l'enfant de madame...

— M. René ? dit Véronique en partant d'un grand
éclat de rire. Ah bien, si vous l'attendez... Le pauvre
petit mourait de sommeil. Je lui ai fait prendre du
lait chaud et je l'ai couché, au premier étage, dans le
lit de Mme Bertrande...

— Bonne Véronique ! dit Bertrande, touchée de
cette attention délicate. Mais M. le recteur ne sera
peut-être pas bien flatté de nous loger cette nuit au
prieuré...

— Et où voulez-vous loger alors ? répartit vivement Véronique. Est-ce qu'il y a des hôtels à Saint-
Herbot pour héberger le beau monde et c'est-y la
première fois que nous recevons des étrangers au
prieuré ?... Quand je dis étrangers, madame Bertrande, vous savez bien que je ne parle pas pour
vous, qui êtes tout mêmement ici, avec votre bijou
de garçonnet, comme qui dirait des enfants de la
maison... Ah bien, il aurait fallu voir que M. le
recteur vous mît à la porte à une heure pareille.
J'aurais emboîté le pas derrière vous et l'on ne
m'aurait pas revue...

— Véronique, dit l'abbé Colober, tout penaud
d'avoir été deviné par sa servante, il n'a jamais été
dans mes intentions de refuser l'hospitalité à madame.

— Alors, monsieur le recteur, pourquoi que vous
ne lui avez pas ouvert les bras quand elle est entrée

avec son Benjamin ? C'est-y votre dignité qui vous arrêtait ? Mme Bertrande, que vous avez tenue sur les fonts baptismaux, que vous avez connue pas plus grande que ça et qui passait la moitié de ses après-midi au prieuré !... Et vous n'avez pas vu tout de suite à son air qu'elle était malheureuse ? A quoi donc que ça sert, s'il vous plaît, le latin qu'on apprend dans les séminaires ?

— Mais je vous assure, Véronique..., protesta timidement l'abbé Colober.

— Oui, oui, riposta la digne gouvernante, allez toujours, sans-cœur que vous êtes ! On connaît vos manigances. Si l'enfant n'avait pas été là, je vous aurais montré de quel bois je me chauffe quand on fait le turlupin avec des gens comme Mme Bertrande !...

— M. le recteur n'a été qu'équitable à mon égard, dit Bertrande.

— Équitable... équitable..., dit Véronique. C'est des mots que je ne connais pas... Enfin, tout est bien qui finit bien. Du moment que la paix est signée, j'économise mon sermon et je rentre dans ma cuisine... Mais n'y revenez pas, monsieur le recteur, dit-elle encore sur le seuil de la porte, n'y revenez pas ou je me fâche... »

L'abbé Colober leva les mains au ciel.

« Et voilà comme elle me traite quand je ne fais pas ses trente-six volontés ! soupira-t-il avec une expression de comique accablement...

— C'est une si digne femme ! dit Bertrande...

— Oui, reprit l'abbé, avec elle les choses ne traînent jamais et il ne fait pas bon ne pas marcher droit. Après tout, elle a peut-être raison. J'ai été bien dur pour vous tout à l'heure... J'aurais dû attendre, m'informer... Le cœur des humbles a des lumières spéciales, et Véronique, en se fiant au sien, a vu plus clair et plus avant que moi avec tout mon latin de vieux cuistre... Comme vous avez souffert, ma pauvre amie, et comme il vous reste à souffrir encore ! Vous êtes ici chez vous sans doute et vous resterez au prieuré tant que vous le jugerez nécessaire, mais ce n'est point là une solution et, tôt ou tard, il faudra que vous en trouviez une autre pour vous conformer à la décision du tribunal... Le mieux encore serait que nous prissions conseil de votre frère.

— Pontus est donc ici ? dit Bertrande troublée...

— C'est vrai, dit l'abbé Colober, vous ignorez cet autre contre-coup de la destinée, l'obligation où s'est trouvé votre frère de quitter l'armée qu'il aimait et où il allait passer officier, pour prendre la direction des affaires de votre famille.

— Pauvre Pontus ! dit Bertrande. Encore une victime de ma triste folie... Comme il doit m'en vouloir !...

— Pontus est une nature généreuse, dit l'abbé Colober. Je le verrai demain et je lui parlerai... Peut-être tout n'est-il pas perdu... »

Bertrande hocha la tête : elle ne partageait point la confiance de son interlocuteur ; après le mal qu'elle avait involontairement causé à Pontus, il aurait fallu que celui-ci fût un saint pour lui pardonner. Mais elle était dans cet état de prostration, voisin de l'anéantissement, où l'on accepte les solutions les plus désespérées. Elle ne repoussa donc pas la proposition de l'abbé Colober et pour si cruel qu'il lui fût de se rencontrer avec son frère, Véronique, un bougeoir dans chaque main, faisait du reste sa réapparition en coup de vent dans la pièce où se tenaient les deux interlocuteurs.

« Je vous demande un peu si c'est du bon sens de veiller si tard !... Mme Bertrande qui doit avoir tant besoin de repos !... Allons, monsieur le recteur, la nuit porte conseil. Vous aurez les idées plus nettes demain matin pour reprendre la conversation et aviser au sujet de Mme Bertrande et de son chérubin... »

L'excellente fille n'avait pas eu besoin que Bertrande lui contât tout au long sa triste odyssée matrimoniale : elle avait deviné bien vite que la cadette des Talgoët, malheureuse en ménage, cherchait à rentrer en grâce près de sa famille, et, de toutes ses forces, elle poussait déjà au raccommodement. C'est pourquoi elle avait gagné les devants et, connaissant la timidité de son maître, son horreur des complications, comme aussi l'espèce de crainte révérentielle que lui inspirait le vieux marquis, n'avait pas hésité à prendre sur elle de coucher l'enfant de Bertrande, afin de rendre impossible son départ en pleine nuit.

« Autant de gagné sur l'ennemi ! » pensait-elle.

Elle se promettait bien, d'ailleurs, d'user jusqu'au bout de l'influence qu'elle possédait sur son maître et de lui pousser l'épée dans les reins aussi souvent et aussi longtemps qu'il le faudrait. Le vieillard aurait des retours de timidité, et, s'il n'était pas énergiquement soutenu par Véronique, il était à craindre qu'il ne lâchât pied dès la première rencontre. Déjà, le matin, comme elle le voyait tourner autour de sa table de travail, elle avait vigoureusement pris l'offensive...

« Non, monsieur le recteur, il faut laisser là vos grimoires. Mme Bertrande et le petit dorment encore. C'est le moment de s'occuper d'eux... »

Le vieillard avait soupiré, puis s'était rendu.

« Tu as raison comme toujours, Véronique... Je vais aller au Rusquec...

— Avez-vous pensé à voir d'abord M. Pontus ?

— C'est lui que je vais demander, dit l'abbé Colober. Il nous aidera peut-être à sortir d'embarras...

— Oh ! vous, monsieur le recteur, vous voyez des embarras partout... Avec ça que M. Pontus, bon comme je le connais, est capable de tenir rigueur à Mme Bertrande !...

— Aussi n'est-ce pas lui que je redoute, Véronique, mais le marquis...

— Bon ! Laissez faire le temps : c'est un grand maître et qui arrange bien des choses... La place ne manque pas au prieuré, et nous garderons Mme Bertrande jusqu'à tant que cette vieille bête de marquis ait consenti à la recevoir et à lui pardonner...

— Mais, Véronique, tu n'y penses pas. J'ai consulté le Code hier au soir avant de me coucher : les articles 268 et 269 sont formels et, tant que Bertrande n'aura pas obtenu la séparation, il faut qu'elle habite au Rusquec, chez son père...

— Ouais ! dit Véronique. N'est-ce que cela et voilà ce dont vous vous embarrassez ?...

— Mais, dit l'abbé Colober, il me semble... je crois bien...

— Ah ! ça, dit Véronique, rêvez-vous encore, monsieur le recteur, que vous ayiez oublié que M. le marquis est impotent et ne peut quasiment plus remuer qu'une souche sur son fauteuil ?...

— Je sais cela, Véronique, certainement oui, je sais cela... Mais je ne comprends pas très bien tout de même où tu veux en venir...

— Pardine, répondit la digne gouvernante, j'en veux venir là que, si M. le marquis ne peut pas bouger de son fauteuil, il n'y a rien de plus facile que de loger Mme Bertrande et son fils dans une des ailes du château qui ont leur entrée particulière sous le grand guichet. Comme ça, la loi sera observée : Mme Bertrande et son fils seront sous le toit de leur père et grand-père, et, s'ils prennent la précaution de ne point entrer de jour dans la cour d'honneur, je gage mon salut qu'ils feront capot M. le marquis... »

En effet et comment ni Bertrande ni l'abbé Colober n'avaient-ils pas pensé à cette solution si simple et qui accommodait tout ? D'emblée, sans réflexion, Véronique avait trouvé dans sa caboche de simple paysanne ce que le vieil ecclésiastique s'ingéniait à chercher depuis la veille sans faire autre chose que tourner toujours dans le même cercle d'impossibilités matérielles.

« *Spiritus Dei flat ubi vult*, dit-il à mi-voix. Tu es une fille de tête, Véronique, et je veux te consulter dorénavant sur toutes mes affaires... Oui, une fille de tête, reprit-il... Donne-moi mes socques que je coure au Rusquec... Il me semble que j'ai cent kilos de moins sur la poitrine... »

Un quart d'heure plus tard, Tina venait prévenir Pontus que l'abbé Colober voulait lui parler. Un peu étonné de cette visite matinale — l'ancien desservant de Plounévez-du-Faou, méthodique et réglé comme un chronomètre, tout entier à ses grimoires d'ailleurs, ne paraissait jamais au Rusquec avant sept heures du soir, — Pontus demanda où se trouvait l'abbé Colober.

« Le voici en personne, mon cher Pontus », dit l'abbé, dont la falote silhouette se découpa sous le guichet du petit porche qui faisait communiquer la cour d'honneur avec la cour de la métairie.

Pontus, en manches de chemise, des sabots aux pieds, surveillait la rentrée de ses fourrages d'hiver et aidait lui-même un valet de ferme à les engranger. Naguère peut-être, il eût rougi d'être surpris dans une tenue pareille, mais tout orgueil s'était éteint en lui et, d'ailleurs, il connaissait trop l'abbé Colober pour faire des façons avec le vieil ecclésiastique. Sautant de la meule de foin où il avait planté sa fourche, Pontus se porta au-devant de l'abbé et serra les deux mains qui se tendaient vers lui, non sans remarquer que l'étreinte du brave desservant se faisait singulièrement plus chaude et se prolongeait aussi plus longtemps que d'habitude. Que voulait dire cela ? De plus en plus étonné, il regarda son interlocuteur avec attention : l'expression de l'abbé Colober était celle d'un homme qu'on a chargé d'une commission particulièrement délicate et qui prélude à ses explications en se donnant les façons et la mine qu'on voit aux appariteurs de funérailles.

« Mon ami, mon cher ami, dit le vieux desservant sans lâcher les mains du jeune homme... Du courage !... La Providence veut encore vous éprouver... Mme Gardivaux est ici... »

Pontus croyait rêver : Bertrande au Rusquec, après sept années d'absence, sept années où elle n'avait pas donné une seule fois de ses nouvelles !...

« Non, pas au Rusquec, reprit l'abbé Colober...
Vous savez bien que votre père ne l'aurait pas reçue...
Elle est au prieuré avec son fils René... Elle demande
si vous voulez la voir. Elle est bien malheureuse,
allez !...

— Chacun son tour, dit durement Pontus, et nous
avons nous-mêmes assez souffert par sa faute.

— Voyons, mon cher Pontus, insinua doucement
le vieil ecclésiastique, un peu de pitié. Songez que
c'est votre sœur. Oubliez... »

Mais Pontus souffrait d'une blessure trop cuisante
et trop fraîche pour avoir grand égard aux supplications de l'abbé Colober. Oublier ! Le vieux desservant en parlait à son aise. Pourvu qu'il eût le nez
dans ses paperasses, il trouvait que tout était pour
le mieux dans le meilleur des mondes. Mais lui,
Pontus, il savait par expérience ce qu'avait coûté
aux siens et à lui-même le mariage inconsidéré de
Bertrande : c'était elle la cause première et directe
de toutes les calamités qui avaient fondu sur eux.
Sans la paralysie de son père, homme de tête sous
ses dehors un peu légers de marquis de l'ancien
régime, Pontus n'aurait pas eu besoin de quitter le
régiment et de revenir au Rusquec : le marquis eût
été de taille à mater tout seul les Bennéad et consorts,
et probablement même les coquins eussent-ils regardé
à deux fois avant de se frotter à lui ; Pontus n'aurait
pas connu Florence ou, s'il l'avait connue, elle ne lui
aurait pas imputé à crime de préférer l'épée du soldat
au carnet à souche du spéculateur ; il n'aurait pas
été obligé de baisser la tête sous les insultes d'un
Lebigre ; il n'aurait pas été souffleté au passage, par

l'impétueuse amazone, de cette épithète de lâche,
dont il frémissait encore dans toute sa membrure...
Oublier, non décidément il ne le pouvait pas et
c'était tant pis pour Bertrande si elle était malheureuse à son tour. Elle était riche, du moins, elle, et
avec de l'argent tout s'arrange. Qu'elle s'arrangeât :
il refusait de la voir...

« Ce ne peut être votre dernier mot, dit l'abbé
Colober, qui ne s'était pas attendu à une telle résistance... Non, quand vous saurez... quand vous
connaîtrez tout... Moi aussi, dit-il plus bas, j'ai
parlé comme vous d'abord... J'ai voulu la renvoyer
du prieuré avec son enfant...

— Mais que lui est-il donc arrivé ? » demanda
Pontus.

En quelques mots l'abbé Colober refit à Pontus le
récit que Bertrande lui avait fait la veille. Il était
encore tout gonflé de ses tristes confidences... Il lui
peignit à son tour Gardivaux, mari jaloux, brutal
et débauché, rouant de coups Bertrande et la trom-
pant avec les premières venues... Bertrande avait
tout accepté sans se plaindre. Elle sentait que
c'était son expiation, cette vie affreuse, si différente
de la vie qu'elle avait rêvée... Elle n'avait quitté
son mari qu'à la dernière extrémité... quand le
scandale était devenu tel qu'on ne pouvait plus
le cacher, même à l'enfant...

« Pourquoi s'est-elle mariée ? » dit Pontus d'un
air sombre.

Mais vainement essayait-il de lutter contre lui-
même : à mesure que se déroulait le récit de l'abbé
Colober, il sentait que sa rancune contre Bertrande
faiblissait, diminuait, se réduisait comme une eau

surchauffée. Ainsi cette Bertrande qu'il croyait heureuse et dont il ne pouvait s'empêcher d'envier quelquefois le facile égoïsme et l'esprit de souple indépendance, Pontus apprenait tout à coup qu'elle avait gravi un calvaire plus douloureux encore que le sien !... Qu'avaient donc fait à Dieu les Talgoët pour qu'il s'acharnât ainsi sur chacun de leurs membres et qu'il n'en exceptât aucun des atteintes de son ire ? Pauvre Bertrande ! Il ne se sentait plus d'aversion pour elle ; son cœur fondait en pitié et quand, quelques minutes plus tard — le temps de passer un veston et de changer ses chaussures, — il la retrouva dans ce vieux prieuré de Saint-Herbot où l'abbé Colober l'avait provisoirement recueillie, il n'eut pour elle aucun mot de reproche ; il lui ouvrit les bras et la tint longuement pressée sur sa poitrine. Il éprouvait comme une amère volupté au contact de cette souffrance qu'il sentait sœur de la sienne. Sa propre misère lui en paraissait moins lourde à porter.

Il n'avait pas encore fait attention à l'enfant de Bertrande, un blondin aux cheveux bouclés, à l'expression volontaire et décidée, tout de noir vêtu et qui se tenait à l'écart dans une embrasure de la croisée.

« Comme il ressemble à son grand-père ! dit Pontus, en le prenant par les épaules et en le haussant jusqu'à ses lèvres.

— Il n'y a pas à ergoter, appuya l'abbé Colober, c'est un Talgoët.

— Veux-tu m'embrasser ? demanda Pontus.

— Oh ! oui, tonton Pontus, dit avec empressement le gamin...

« — Tu sais donc comment je m'appelle ?

— Il y a longtemps !... Maman m'a montré tant
de fois votre portrait !...

— C'est vrai, Bertrande ? dit Pontus, souriant à
travers ses larmes...

— C'est vrai, dit Bertrande.

— Ah ! dit Pontus, tout n'est donc pas que fiel
dans la vie... »

Il embrassa encore l'enfant sur les deux joues et
ne le déposa à terre que sur un signe du vieux desservant qui lui donnait à entendre que l'heure s'avançait
et qu'il était temps de passer à des choses plus
sérieuses.

« Je crois que Véronique t'appelle pour te montrer
ses ruchers, dit l'abbé Colober à l'enfant.

— Va, mon enfant, répéta la mère, que le petit
René avait consultée du regard.

— Il ne s'agit pas de tout cela, reprit sur un ton
de décision qui ne lui était pas habituel le brave
ecclésiastique quand le bambin eut refermé la porte
derrière lui, Mme Gardivaux ne peut rester plus longtemps ici. Le tribunal près duquel elle a déposé,
avant de partir, sa demande en séparation de biens
et de corps lui a indiqué pour domicile provisoire la
maison paternelle, je veux dire le Rusquec. Comment
allez-vous faire pour obtenir le consentement du
marquis ?

— Je me le demande aussi, dit tristement Pontus.
Mon père est d'un caractère si entier qu'il n'est pas
à espérer que nos prières le fléchiront. Impression-
nable comme il l'est, je craindrais plutôt que la vue
de Bertrande ne lui causât une nouvelle attaque... »

Bertrande cacha sa tête dans ses mains à ce rappel

de sa faute et des conséquences terribles qu'elle avait eues.

« J'ai consulté le Code, reprit l'abbé Colober L'article 269 dit expressément : « La femme sera tenue de justifier de sa résidence dans la maison indiquée, toutes les fois qu'elle en sera requise : à défaut de cette justification, le mari pourra refuser la provision alimentaire, et, si la femme est demanderesse, la faire déclarer non recevable à continuer ses poursuites. »

— En effet, dit Pontus, l'article ne laisse prise à aucune équivoque.

— Je vous proposerais bien d'aller trouver M. le marquis et de faire appel à ses sentiments de chrétien, continua l'abbé Colober. Mais, Pontus l'observait justement, il y aurait toujours à redouter avec lui une de ces émotions violentes dont il a déjà été la victime. Nous voilà au rouet, comme disait ce sceptique de Montaigne... »

Bertrande et Pontus se taisaient, en proie à leurs réflexions. L'abbé Colober avait quelque peu escompté ce silence :

« Vous ne trouvez rien ? dit-il enfin. Pas de solution? Aucun moyen d'accommoder les choses ?

— Je cherche, dit Pontus.

— Eh bien, ne cherchez plus, mon jeune ami, dit triomphalement l'abbé Colober. Il y a quelqu'un qui a trouvé pour vous et qui n'y a pas mis si longtemps.

— Véronique ? demanda Bertrande.

— Eh oui, Véronique ! dit l'abbé Colober. L'important, n'est-ce pas, est que Bertrande soit légalement domiciliée au Rusquec et, pour le reste, on peut s'en remettre au temps et à la divine Providence. Or, qui vous empêché, comme dit Véronique, de loger Bertrande dans une aile du manoir sans que le marquis s'aperçoive de rien ? Par exemple, il faudra que Bertrande veille avec soin sur son fils et qu'elle le garde toujours à ses côtés...

— Certes, voilà une solution à laquelle nous n'avions pas songé, dit Pontus, et, si elle convient à Bertrande comme à moi-même...

— Je ferai ce que vous me direz de faire, dit simplement la jeune femme...

— Eh bien, fiez-vous à moi, reprit Pontus. Il faut d'abord que je retourne au Rusquec... Vous connaissez le cœur de notre mère, Bertrande, et vous êtes assuré d'avance de son pardon... Mais, enfin, je ne puis rien décider sans son assentiment... Attendez-moi ici et prenez patience jusqu'à mon retour : je ne fais qu'aller et venir... »

Il revint, en effet, au bout d'une demi-heure, avec le réponse de Mme de Talgoët : l'indulgente mère n'avait pas eu besoin qu'on la sollicitât bien vivement pour accepter d'ouvrir ses bras à la repentie. Tout de suite aussi elle avait acquiescé au projet de Pontus : Bertrande et son fils seraient logés dans l'aile gauche du manoir précédemment occupée par les Trelawney, tout aménagée donc, et qui avait l'avantage de posséder un escalier de service aboutissant sous le grand guichet. Ils occuperaient les pièces qui donnaient sur la pelouse, de préférence aux autres sur lesquelles le marquis avait vue de ses croisées. Bertrande et son fils pourraient de la sorte entrer et sortir à toute heure ; ils s'interdiraient seulement de pénétrer dans la cour d'honneur, où l'œil aigu du vieux gentilhomme aurait eu vite fait de les dépister. Pour le reste, entretien et nourriture, les nouveaux hôtes du Rusquec devraient s'accommoder au régime du manoir, qui n'était pas des plus brillants, hélas...

« Mais M. Gardivaux sera obligé de payer là sa femme et à son fils une pension alimentaire proportionnée à ses facultés, dit l'abbé Colober, qui avait oublié que Bertrande avait décliné toute faveur de ce genre.

— Est-il dans votre intention d'accepter cette pension alimentaire ? demanda Pontus.

— Non, dit Bertrande avec décision. Voyez, continua-t-elle en montrant ses mains nues, bagues, bracelets, bijoux, j'ai tout laissé... Si j'avais eu encore mon trousseau de jeune fille, je l'aurais repris pour ne rien apporter au Rusquec du vêtement de ma vie d'épouse...

— Bien, Bertrande, dit Pontus... Je ferai prendre ce soir les bagages de René à Morlaix et je m'arrangerai pour que toutes ces allées et venues échappent à l'attention de notre père.

— Ah ! dit Bertrande, voilà mon châtiment : d'être si près de mon père et de ne pouvoir le fléchir !...

— Dieu est grand, dit l'abbé Colober. Espérez et priez, ma chère fille ; celui qui a su attendrir les rocs du désert saura bien trouver quelque moyen pour dércidir le cœur de M. le marquis et en faire jaillir l'indulgence et le pardon... »

L'installation au Rusquec de Bertande et de son fils eut lieu le même jour. Toutes les précautions avaient été prises, et le marquis ne s'aperçut de rien. Par précaution, on avait condamné la galerie en colombage qui communiquait avec les apparte-

ments du vieux Talgoët. L'abbé Colober vint, comme
d'habitude, le soir, au jeu du marquis ; mais Kernéguez ne parut pas. Après la scène de la veille,
Pontus fut un peu surpris que Croc-d'Argent, dont
il avait éprouvé une fois de plus le grand cœur, fût
resté toute la journée sans se montrer au Rusquec.
Mais les événements qui venaient de se passer avaient
donné un nouveau tour à ses préoccupations et eu
cet effet relativement heureux de l'arracher au stérile
remâchement de son propre chagrin.

« Pauvre Bertrande ! »

C'était le mot qu'il ne cessait de répéter et qui
résumait toute sa tendresse et toute sa pitié pour sa
sœur. Tout ressentiment s'en était allé de lui :
Bertrande avait vaincu. Il avait suffi qu'elle se
montrât. L'âge et la souffrance elle-même avaient
si peu dérangé la fière harmonie de ce visage de
Diane chasseresse, aux yeux de sombre améthyste,
au casque de cheveux noirs tordus sur un front mat
et lisse comme le paros des statues éginètes ! Seuls
la meurtrissure des paupières, le pli amer de la
bouche disaient les veilles, les déceptions, l'aigris-
sement... Pontus retrouvait sa sœur comme il l'eût
retrouvée au retour d'un long voyage, un peu lasse
et désenchantée, mais sensiblement la même qu'avant
son départ. Chez cette cadette des Talgoët comme
chez lui, la plaie n'était pas apparente ; elle saignait
en dedans, et l'effort de volonté était si puissant
pour la cacher à tous les yeux que personne ne la
soupçonnait avant cet éclat final qui s'était terminé
par la fuite de Bertrande et le dépôt de sa demande
en séparation...

Encore eût-elle hésité à déposer cette demande, si

elle avait su dans quel état elle allait retrouver les siens ! Ce n'était donc pas assez de ses deuils et de ses ruines à elle ? Et voilà que maintenant, dans ce vieux manoir qui avait été la maison de sa jeunesse, elle sentait comme le symbole de sa propre destinée : tout croulait autour d'elle ; les choses mouraient d'une mort lente, d'une consomption mystérieuse, et les siens et elle-même lui faisaient l'effet de fantômes... L'impression de caveau funéraire ressentie par Florence en débarquant au Rusquec, elle la ressentait à son tour et avec quelle poignante intensité, avec l'amertume de se dire que c'était elle qui avait glacé la vie dans cette demeure, chassé l'animation et la joie de ce foyer, porté le coup de grâce à ces murailles lézardées ! Des anciens hôtes qui fréquentaient chez son père, aucun sans doute, à l'exception de l'abbé Colober, n'avait retenu le chemin du Rusquec. Et c'était elle encore qui était cause de cela. Où étaient M. de Kermouézan et ses filles, où les Chiffrevast, les Plusquellec, les Lannuzouarn, les Touronce, les Le Postec des Iles et ce braque de Kernéguez, qu'on appelait Croc-d'Argent et qui avait une si amusante figure de terre-neuve en pénitence quand il la regardait passer au bras de ses valseurs ?

Kernéguez !... Pourquoi sa pensée s'attardait-elle mélancoliquement sur ce nom plus que sur les autres ? De tous les hommes qu'elle avait connus dans sa jeunesse et qui lui faisaient une si brillante guirlande d'adorateurs, pourquoi celui-là, qui n'était ni le plus beau ni le plus riche, lui revenait-il à l'esprit de préférence à ses rivaux ? Infirme, le poil gris, quadragénaire ou presque, il rachetait ces disgrâces par je ne sais quoi d'infiniment tendre et de délicat, par l'espèce de culte avec lequel il servait Bertrande et se pliait à ses moindres caprices. Longtemps elle s'était consultée pour savoir si, au cas où il demanderait sa main, elle devrait accepter ou refuser. Et peut-être qu'à la fin elle n'eût pas dit non et que les qualités morales de Kernéguez l'eussent fait passer sur son âge et sur son infirmité. Le bonheur était peut-être là. Mais Kernéguez, elle ne savait pourquoi, ne s'était pas déclaré. Peut-être attendait-il. Peut-être s'était-elle trompée aussi sur ses sentiments véritables. Qu'importait du reste ? On ne remonte pas le cours de la vie et, sans doute que Kernéguez, comme les autres, s'était éloigné, avait oublié peu à peu le chemin du Rusquec...

Accoudée à sa fenêtre, Bertrande, dans le soir qui tombait, aspirait silencieusement les souffles de la forêt : elle avait pris possession la veille de cette aile du manoir, et pour la première fois depuis tant d'années, elle revoyait le paysage familier de son enfance, mais combien changé et comme touché, lui aussi, d'un mal mystérieux, la pelouse livrée aux mauvaises herbes, aux orties et aux ronces qui avaient étouffé les délicats bosquets de roses mousseuses et supprimé jusqu'à la trace des allées, la gigantesque vasque de granit armorié, orgueil du vieux marquis et où ne verdissaient plus maintenant que les pluies de l'automne, l'avenue d'ormes centenaires, d'un port si fier et si droit jadis, qui s'oxydait d'une rouille précoce et rendait dans le vent comme un cliquetis d'armures froissées... René, à ses pieds, feuilletait un livre d'images ; Pontus, dans l'embrasure de la croisée, songeait... Toute cette journée encore, comme la veille, Kernéguez n'avait pas donné signe de vie et cette absence prolongée commençait à inquiéter le jeune homme. Si Croc-d'Argent ne venait pas le soir au jeu du marquis, Pontus n'attendrait pas davantage : La Haye, après tout, n'était pas si loin du Rusquec. Le pressentiment d'un nouveau malheur l'agitait. Il entendit un galop dans l'avenue et, croyant que son pressentiment l'avait trompé, il se pencha, tout heureux, pour donner le bonsoir à son ami. Le crépuscule l'empêchait de distinguer les traits du cavalier, et ce ne fut qu'au bout d'une minute ou deux qu'il reconnut le domestique de Kernéguez.

« Comment ! C'est vous, Joson ?... »

Le cavalier leva la tête...

« Ah ! monsieur Pontus, je vous trouve heureusement. Venez vite à La Haye ; mon maître est blessé, et le médecin ne sait pas s'il passera la nuit...

— Blessé ! dit Pontus, à qui ce mot fut une révélation.

— Oui, un accident de chasse..., du moins à ce qu'on prétend, car M. le comte n'avait pas son porte-carnier avec lui et c'est le médecin qui l'a ramené dans sa voiture...

— Il ment ! Il s'est battu avec Lebigre !... Bertrande, continua Pontus en se retournant vers sa sœur, la voix rauque, les traits décomposés, voici le plus grand malheur qui pouvait nous arriver : Kernéguez est peut-être mort à l'heure qu'il est, et c'est nous qui l'avons tué !... »

III

Le médecin venait de quitter La Haye, quand
Pontus, qui s'était hâté de seller Coantic et qui avait
fait la route à franc étrier, se présenta devant la
grille du château ; Joson, parti au Huelgoat chercher
des médicaments, n'était pas encore de retour et le
reste de la domesticité avait reçu pour mot d'ordre
d'expliquer par un accident de chasse la blessure de
Kernéguez : l'excellent gentilhomme était tombé par
mégarde dans une fosse à loup et si malheureusement
que l'un des épieux lui avait perforé l'abdomen. La
blessure n'était pas très grave par elle-même ; mais
le docteur craignait des complications. Il avait
même cru tout d'abord à une péritonite imminente
et n'avait pas caché son appréhension : si l'intestin
était lésé, le malade, probablement, ne passerait pas
la nuit.

C'est sous le coup de ce sinistre pronostic que le
fidèle Joson avait couru au Rusquec. Depuis lors,
toutefois, le médecin avait laissé percer quelque
espoir : la fièvre était moins violente, le délire avait
disparu, mais l'irritation du plexus lombaire semblait

auser une assez vive souffrance au blessé. De toutes façons, il ne fallait pas songer à le voir : le docteur avait consigné la porte du malade à tout le monde, sauf à Joson et à l'infirmière — une Sœur blanche du Huelgoat — qu'on venait d'installer à son chevet.

Dans l'impossibilité où il se trouvait de forcer momentanément la consigne, Pontus ne vit d'autre solution que d'attendre le retour de Joson. Peut-être celui-ci, habilement confessé, lui dirait-il la vérité ; car, de croire à cet accident de chasse et pour si bien imaginé fût-il, c'est à quoi ne pouvait se résoudre le jeune homme. Trop de coïncidences se réunissaient contre cette version : l'absence de Kernéguez deux jours durant, sa sortie seul et sans porte-carnier, le retour inopiné sous l'escorte du médecin.

D'autre part certains faits, certains mots, certaines expressions de figure, auxquels il n'avait pas pris garde sur le moment, revenaient à l'esprit de Pontus : il se rappelait ce que Kernéguez lui avait dit de Lebigre et que celui-ci n'emporterait pas sa petite goujaterie en paradis. Et c'était encore, tandis qu'accablé sur son banc, dans l'auberge de Loqueffret, il se bouchait les oreilles pour ne pas entendre l'odieuse fanfare des veneurs qui traversaient le bourg, ce subit silence des trompes, cette rumeur d'altercation à laquelle il n'avait rien compris et qui s'était terminée par la rentrée de Kernéguez, une flamme aux joues, cachant mal sa satisfaction et se frottant les mains comme après un bon coup... Que voulait dire tout cela, sinon que Kernéguez, généreux jusqu'à exposer sa vie pour son jeune compagnon, avait pris sa place en face de Lebigre et contraint le drôle de lui rendre raison ? Et le résultat

de ce bel acte de générosité, c'était cette blessure au
ventre dont Kernéguez se mourait peut-être à cette
heure et qu'il faisait passer pour un accident de
chasse afin que Pontus n'en conçût aucun remords.

La nuit tombait et, dans la pièce attenante à la
chambre du malade où Pontus promenait sa fièvre
et son énervement, l'ombre se faisait de plus en plus
profonde. Ah ! que n'eût pas donné le jeune homme
pour pouvoir pénétrer près de Kernéguez, lire sur
son visage la vérité, baigner de ses larmes les mains
de son trop généreux ami ?... La vérité, sans doute
il la devinait, mais il n'en avait pas la certitude,
il lui manquait la preuve, le signe infaillible qui fait
tomber toutes les hésitations, et il se prenait encore
par moments, à espérer, à croire qu'il s'était peut-
être trompé, que l'accident de chasse n'était pas une
invention de Kernéguez et de ses gens...

Un valet apporta une lampe et, par hasard, au
moment où la clarté reparaissait, les yeux de Pontus
rencontrèrent la panoplie qui décorait une des cloi-
sons de la pièce : la paire d'épées de combat, croisée
au-dessus des pistolets d'arçon et qui en faisait le
motif principal, n'était plus à sa place, et, trois
jours auparavant, Pontus l'y avait encore remar-
quée. Ainsi la preuve était faite : Kernéguez s'était
bien battu en duel ; l'accident de chasse n'était
qu'une invention... La porte s'ouvrit peu après
et, croyant que c'était le médecin ou Joson qui
rentrait, le jeune homme se retourna. Il pâlit en
reconnaissant Florence.

« Vous ici !

— Je venais aux nouvelles, dit Florence sans
prendre garde à ce que l'exclamation pouvait avoir

le discourtois. J'espère que la blessure de M. de Kernéguez n'est pas aussi grave qu'on l'a dit...

— Il s'est battu, n'est-ce pas ? demanda Pontus.

— Oui.

— Avec Lebigre ?

— Avec Lebigre.

— Ah ! dit Pontus, j'en étais sûr ! »

Il était si perdu de détresse qu'il en était devenu
indifférent à la présence de la jeune fille. Florence
put ainsi le contempler à son aise et sans qu'il fît
un mouvement pour échapper à cet examen. L'orgueilleuse fille ne tremblait pas ; mais il y avait
comme une inquiétude au fond de ses froides et
lumineuses prunelles : peut-être commençait-elle à
se demander si elle avait bien jugé Pontus et si le
malheureux enfant qu'elle voyait là, écroulé sur une
chaise et pleurant toutes les larmes de son corps,
était bien le lâche qu'elle avait cru. Le Rusquec
n'avait peut-être pas livré tout son secret, et Florence, avec toute la pénétration dont elle se targuait,
n'était peut-être pas allée jusqu'au fond du mystère.
Si Pontus avait été l'homme qu'elle avait pensé,
Kernéguez lui eût-il été attaché par des liens si
étroits, lui eût-il témoigné une amitié si fraternelle,
eût-il épousé de la sorte sa querelle et parlé de lui
dans des termes si chaleureux ? Elle se rappelait
encore cette scène rapide de l'avant-veille, tandis
que l'équipage de Ligolennec traversait aux flambeaux Loqueffret : Kernéguez se portant vers Lebigre
qui cavalcadait et paradait à ses côtés, l'arrêtant par
la bride et lui ordonnant :

« Penchez-vous donc un peu, monsieur Lebigre,
ai un mot à vous dire. »

Lebigre se penchait et le gant de Kernéguez
l'allait souffleter en pleine face. Lebigre verdissait,
tracassait sa cravache et n'osait riposter ; Croc-
d'Argent happait la cravache et en envoyait les
débris dans la douve, puis, se tournant vers Florence, muette de surprise :

« Excusez-moi, milady... Monsieur avait besoin
d'une petite leçon de savoir-vivre et il était juste
qu'il la reçût en votre présence, puisque c'est en
votre présence qu'il a gravement outragé un homme
que vous apprendrez peut-être à connaître un jour
et que je m'honore d'avoir pour ami... »

Elles tintaient encore aux oreilles de Florence, ces
énigmatiques paroles de Kernéguez. Toute la soirée
elle était restée songeuse et n'avait prêté qu'une
attention distraite aux rodomontades du jeune
Lebigre qui jetait feu et flamme et affectait trop
de sécurité extérieure, peut-être, pour avoir l'esprit
bien tranquille touchant les conséquences de sa rencontre avec Croc-d'Argent. Le vieux gentilhomme,
quoique gaucher, avait la réputation d'un tireur de
première force, et volontiers, si Lebigre n'avait
consulté que ses propres sentiments, eût-il laissé
dormir l'offensé et l'offenseur. Mais l'altercation
avait eu des témoins, et, au premier rang, lady
Trelawney : Lebigre était acculé à une demande de
réparation, et, faisant contre fortune bon cœur,
adressait dès la première heure ses témoins à Kernéguez. Croc-d'Argent, jugeant inutile de déranger
pour un Lebigre les amis qu'il avait conservés dans
la société morlaisienne et désireux d'en finir le plus
tôt possible avec cette sotte histoire, les abouchait
séance tenante avec son garde général et un voisin

de campagne, ancien négociant en vins retiré au Squiriou, Charles Le Tulle, dont il avait été autrefois le client. Toutes négociations ayant échoué par suite du mandat impératif donné par Kernéguez à ses témoins, la rencontre avait eu lieu dans l'après-midi du lendemain à l'orée des bois du Burcoat: mais le terrain, quelque peu trempé par les pluies, manquait d'élasticité; il devait être en outre assez raboteux, car on ne peut expliquer autrement que le pied de Kernéguez y eût buté dès le premier engagement et que lui-même fût venu s'enferrer dans Lebigre. Celui-ci, qui flageolait sur ses jambes, en avait été quitte pour la peur. Quant à Kernéguez, après une légère syncope, il prenait aussitôt ses dispositions pour que l'affaire demeurât entre ses témoins et lui. On convint que la blessure serait mise sur le compte d'un accident de chasse, et ce fut la version que le médecin fit adopter à la domesticité de La Haye. Kernéguez pensait ainsi dépister Pontus ; il connaissait son jeune ami et le savait de conscience trop scrupuleuse pour supporter la pensée que c'était son refus de se battre avec Lebigre qui avait causé la catastrophe.

La visite imprévue de Florence, dont le trouble, pendant ces deux jours, n'avait cessé de grandir, dérangea cette ingénieuse combinaison. Pontus savait maintenant pourquoi et avec qui Kernéguez s'était battu et, tout à son chagrin, il ne remarquait point l'étrange regard dont l'enveloppait silencieusement la jeune fille. De ce duel entre Kernéguez et Lebigre, elle n'avait pris d'abord qu'un souci assez médiocre, pensant que l'affaire, comme il arrive neuf fois sur dix, se terminerait par une égratignure. Et voilà que

les choses avaient brusquement tourné au tragique
et que la vie de Kernéguez se trouvait en danger
par sa faute ! Pour la première fois, dans l'âme de
Florence, un sentiment s'était fait jour qui ressemblait au remords : en même temps qu'elle s'accusait
d'avoir poussé à la rencontre de Kernéguez et de
Lebigre, elle se prenait à réfléchir sur l'âpreté et
l'injustice de son attitude à l'égard de Pontus.

« Vous apprendrez à le connaître un jour », avait
dit Croc-d'Argent.

Ce jour était-il donc venu ? Non sans doute, et il
y avait encore trop de brume sur la conduite du
jeune homme pour que Florence pût reconnaître
définitivement son erreur. Mais déjà elle n'éprouvait
plus pour Pontus cette aversion et ce mépris qui
s'étaient exaspérés chez elle jusqu'au dégoût en le
voyant battre en retraite devant Lebigre : s'il avait
reculé, s'il n'avait pas riposté à son adversaire, elle
sentait bien à cette heure que ce n'était point par
pusillanimité et que Pontus, en agissant comme il
avait fait, obéissait à cette voix intérieure, à cette
sorte d'impératif mystérieux qui l'avait déjà poussé
à refuser sa propre main et encore qu'elle eût la
certitude qu'il l'aimât...

Un roulement de voiture dans l'avenue l'arracha
à ses réflexions : c'était Joson qui apportait des
médicaments et ce fut ensuite le tour du médecin
qui revenait examiner la blessure. Chirurgien de la
marine en retraite, nouvellement installé au Huelgoat, le docteur Dilasser avait de longue date la
pratique de ces sortes d'accidents ; mais, dans l'ignorance où il était encore de la nature de la plaie, il
n'avait osé faire de suture, afin de ne pas provoquer

d'hémorragie interne, et il s'était contenté d'entourer d'un bandage l'abdomen du patient. Mus par le même sentiment, Florence et Pontus s'étaient portés en même temps à sa rencontre : il les pria d'attendre et entra seul dans la chambre de Kernéguez. Quand il en sortit, l'expression de son visage suffit pour faire comprendre aux deux visiteurs qu'il était loin d'avoir repris confiance.

« Le thermomètre ne marque pas une élévation trop sensible de la température, dit-il, mais le ventre est légèrement ballonné et je crains toujours des complications...

— Ne pourrais-je obtenir de veiller cette nuit le malade ? demanda Pontus.

— Cette nuit, non, dit le médecin. Votre présence agiterait M. le comte et il faut lui éviter toute espèce d'émotions. Nous verrons par la suite, si le mieux s'accentue.

— Vous avez donc quelque espoir ? interrogea Florence.

— La blessure n'est peut-être qu'une plaie pénétrante simple, c'est-à-dire n'intéressant que la paroi abdominale et le péritoine... Si l'épieu...

— Que parlez-vous d'épieu, docteur, interrompit vivement Pontus, et à quoi bon ruser avec moi ? Kernéguez s'est battu et a été blessé au ventre par l'épée de son adversaire.

— Puisque vous le savez, monsieur, mettons que je n'ai rien dit... Laissez-moi pourtant vous donner un conseil, non dans votre intérêt, mais dans l'intérêt de votre ami : c'est, quand vous serez admis près de lui, de ne point faire allusion à ce duel. Je ne sais dans quelle intention M. le comte désire que le secret soit gardé ; il veut qu'on croie à un accident de chasse et, s'il s'apercevait que son secret a transpiré, je ne doute pas qu'il n'en conçût une très vive contrariété, ce qui pourrait avoir un effet des plus fâcheux sur son état... »

Tout pénible qu'il était au jeune homme de paraître accepter une version si invraisemblable et de ne pouvoir exprimer ses regrets à Kernéguez, Pontus se rendit sans difficulté au conseil du médecin et se promit de surveiller toutes ses paroles quand il serait admis au chevet du patient.

« Je pense que vous le pourrez voir demain, dit le docteur Dilasser. Aussi bien a-t-il autant de hâte que vous-même d'être mis en votre présence. En tout cas et si son état s'aggravait dans la nuit, je m'engage à vous faire prévenir par un exprès...

— Je n'ose vous prier d'avoir la même attention pour moi, dit Florence. Je ne suis pas de l'intimité de M. de Kernéguez, mais je prends tant d'intérêt à son rétablissement !... Et alors je vous demande la permission de laisser ici un de mes domestiques qui viendra me donner de ses nouvelles toutes les deux heures... Si M. de Talgoët le désire, continua la jeune fille en se tournant vers Pontus, mon domestique pourrait passer chez lui avant ou après... »

Surpris de cette attention plus encore que de l'intérêt qu'elle portait à Kernéguez, Pontus regarda Florence et ne put s'empêcher de remarquer le changement qui s'était fait en elle. Sa voix n'avait plus rien d'acerbe ; toute trace avait disparu de ce dédain presque haineux qu'elle avait témoigné à Pontus dans ses rencontres précédentes. Florence ne désarmait pas encore, mais déjà on la sentait d'humeur

moins agressive et, dans ses yeux assombris, passait
comme le reflet d'une pitié.

Le mélancolique « trop tard » du poète anglais,
too late, remonta malgré lui aux lèvres de Pontus. Il
remercia brièvement Florence, mais n'accepta pas
son offre, non plus que celle du docteur Dilasser.
Joson lui dresserait un lit de sangle dans la pièce
voisine et, quand il aurait prévenu ses parents, il
reviendrait passer la nuit à La Haye ; ne pouvant
demeurer au chevet de son ami, il tenait à être le
moins loin possible de lui au cours de cette suprême
veillée...

Florence n'osa insister et repartit pour Ligolennec,
sans avoir obtenu du jeune homme plus que ce froid
remerciement : entre elle et lui et malgré la tentative
de rapprochement à laquelle son orgueil s'était
momentanément prêté, elle voyait bien que le fossé
n'avait fait que s'élargir et que le sang de Kernéguez
les séparait pour toujours. Un seul espoir demeurait :
c'est que Kernéguez réchappât de sa blessure. Florence aurait tout donné pour qu'il se rétablît. Non
qu'à la faveur de cette guérison elle se flattât de
reconquérir l'affection de Pontus ; mais il lui répugnait d'être un agent de malheur pour le jeune homme
et de laisser cette rouge empreinte sur son souvenir ;
elle comprenait que son dépit l'avait emportée au
delà de toutes bornes et, puisque le livre du passé
n'était pas complètement clos, elle en eût voulu
biffer tout au moins le tragique épisode final...

La nuit, malheureusement, ne fit qu'aggraver l'état
de Croc-d'Argent. La fièvre ne céda point. Pontus,
incapable de dormir et qui se faisait tenir au courant
des alternances du mal, passa par les transes les

plus cruelles. Au matin seulement, le docteur constata une légère amélioration du pouls. Le malade avait repris connaissance et ne paraissait pas trop souffrir de sa blessure. Il demanda encore si Pontus était là et s'il pouvait le voir. On le lui permit, à condition d'écourter l'entrevue...

Pontus fut introduit et pensa défaillir en apercevant son généreux ami. la tête si pâle sur l'oreiller, mais souriant encore et portant sa souffrance avec ce stoïcisme sans pose et doucement teinté d'ironie qui lui était habituel. Pontus aurait voulu tomber à genoux, battre sa coulpe, clamer à la fois au blessé son remords, sa gratitude et son anxiété : il craignit les effets d'une telle démonstration ; mais, dans le temps qu'il tint la main de Kernéguez pressée contre la sienne, il mit une telle chaleur à son étreinte que les prunelles du bon gentilhomme se mouillèrent malgré lui.

« Comment vous sentez-vous ? demanda Pontus...

— Euh ! Euh ! C'est au docteur qu'il faut demander cela, mon cher Pontus. Moi, mon opinion est faite il y a beau temps, et toutes les ordonnances de la Faculté n'y changeront rien... »

Il vit des pleurs à ces mots dans les yeux de Pontus.

« Enfant ! lui dit-il... Pourquoi voulez-vous que je m'abuse sur mon état véritable et à quoi cela servirait-il ? Est-ce qu'il ne vaut pas mieux voir les choses comme elles sont ?... Parbleu, je comprends qu'on regrette la vie quand on est jeune comme vous, qu'on a l'avenir devant soi... Oui, l'avenir !... Les mauvais jours passeront, mon cher Pontus, et j'ai comme idée que j'ai conjuré à mon insu votre mauvais destin... Rappelez-vous mes paroles... »

Le docteur Dilasser, qui s'était discrètement tenu à l'écart jusqu'alors, intervint pour demander aux deux interlocuteurs d'abréger l'entretien. Pontus se soumit, mais Kernéguez haussa les épaules :

« A quoi riment toutes ces précautions, mon cher docteur, et changeront-elles d'un iota l'arrêt de la Parque ?... Enfin, puisque vous le voulez... »

Il tendit la main à Pontus qui suffoquait.

« Vous reviendrez, n'est-ce pas ? Je veux vous voir une fois encore au moins... Pas aujourd'hui, puisque la Faculté y met son veto... Demain... Mais vous me jurez, docteur, que je serai encore de ce monde demain matin ?...

— Singulier malade ! dit le docteur Dilasser quand, après avoir bordé Kernéguez et redressé son oreiller, il eut rejoint Pontus dans l'antichambre. Il se juge perdu et je n'ose encore assurer qu'il se trompe ; mais il prend la chose de telle sorte et avec une conviction si tranquille que je me demande quelquefois s'il ne serait pas désolé de revenir à la santé... »

Pontus avait promis aux siens de leur apporter des nouvelles du blessé dans la matinée. Le vieux marquis vivait seul dans l'ignorance de la catastrophe. Pour expliquer l'absence de Kernéguez à son jeu, on avait recouru au prétexte habituel d'un voyage auquel Croc-d'Argent s'était vu inopinément contraint et dont la durée pouvait se prolonger indéfiniment. Mᵐᵉ de Talgoët et ses filles croyaient à un accident de chasse, Pontus n'ayant pas cru devoir ajouter à leur chagrin par le récit des tristes événe-

ments qui avaient précédé la rencontre de Kernéguez
avec Lebigre.

Mais ces ménagements eussent été inutiles avec
Bertrande, qui n'était point femme à se laisser donner
le change et en qui Pontus trouvait une consolation
à pouvoir s'épancher. Bertrande, d'ailleurs, prenait
presque autant d'intérêt que Pontus à la santé de
Kernéguez. Et sans doute que, dans cet intérêt, il
entrait une grande part de reconnaissance pour la
généreuse conduite de l'ami de son frère ; mais il s'y
mêlait encore comme un ressouvenir inavoué et confus
de son ancienne inclination pour le bon gentilhomme ;
malgré elle, comparant la noblesse de caractère, la
fidélité au malheur dont il avait fait preuve à l'égard
des Talgoët avec la vanité imbécile, l'odieuse stu-
pidité de l'homme dont elle portait le nom, il lui
arrivait de reconstruire en esprit le passé et de se
représenter la vie qu'eût été la sienne, si Kernéguez
n'avait pas été moins timide, si elle avait elle-même
vu plus clair dans son propre cœur. Et le mot qui
était monté aux lèvres de Pontus en revoyant Florence, elle le sentait monter à son tour sur ses lèvres :
too late, trop tard ! Son destin était irrémédiablement
fixé : même séparée de corps et de biens d'avec
Gardivaux, elle ne s'appartiendrait pas et Kernéguez
resterait un étranger pour elle... Malgré tout, il lui
eût été doux de le retrouver, de le sentir comme
autrefois dans son ombre, d'avoir autour d'elle cette
affection enveloppante et discrète tout ensemble, qui
ne parlait pas, qui ne demandait rien, qui se satis-
faisait d'être et de continuer à être. Et cela même
lui était défendu : elle retrouvait Croc-d'Argent au
moment où elle allait le perdre pour toujours. Pontus

ne lui avait pas caché combien l'état du malade était désespéré : à moins d'un miracle, Kernéguez était condamné. Mais ce miracle, comment et de qui l'attendre ? Bertrande avait prié toute la nuit : elle aussi, tandis que Pontus, en proie à l'insomnie, interrogeait les moindres bruits qui venaient de la chambre du malade, elle avait gardé les yeux ouverts, évoqué la pâle figure du moribond. A chaque instant, elle croyait que Pontus allait rentrer pour lui annoncer que tout était fini : dans le vent qui secouait les châssis de plomb de sa croisée, elle se figurait entendre un galop de cheval et, d'autres fois, c'était comme des plaintes confuses, un gémissement sans fin qui glissaient jusqu'à elle. Elle se dressait en sursaut, persuadée que Pontus était là. Et, ne voyant personne, elle retombait sur son oreiller. C'était l'automne qui rôdait autour du manoir et dont la traîne satinée balayait au passage les feuilles mortes de l'avenue. Une girouette grinçait ; les ormes craquaient dans le vent. Le fond de la nuit était tout rempli par le sourd ronflement de la cascade de Saint-Herbot et, sur les garennes de Loqueffret, les loups hurlaient au mince croissant de lune qui se découpait dans un ciel dramatique et mouvementé comme la mer...

La pointe de l'aube blanchissait à peine ses vitres que Bertrande se leva, la tête lourde, pour guetter à la fenêtre le retour de Pontus ; elle respira un peu, quand il lui eut appris que Kernéguez vivait encore, mais pour retomber, après son départ, dans les mêmes angoisses que la veille. Une lettre de son avocat la pressant de lui adresser certains renseignements au sujet de sa demande en séparation resta sans réponse... Les fantômes de son insomnie conti-

nuaient de la poursuivre. Les nuits suivantes ne
furent pas meilleures ; elle dormit un peu, mais sa
pensée ne cessa point d'être occupée de Kernéguez.
Quand Pontus, qui avait passé ces deux nuits à La
Haye, fut de retour au Rusquec, avant qu'il eût
desserré les lèvres, elle avait déjà lu la vérité dans
ses yeux.

« Il est perdu », murmura-t-elle...

Pontus ne releva pas cet arrêt. Lui-même n'avait
plus aucun espoir dans la guérison de Kernéguez. Il
venait de le voir et l'avait trouvé plus abattu que la
veille. Le malade essayait encore de sourire, mais ce
sourire avait quelque chose de contraint et d'emprunté. Et ce que Pontus avait peine à comprendre,
c'est qu'au lieu de résister au mal, d'aider le médecin
dans son œuvre de guérison, Kernéguez semblait
s'abandonner exprès, goûtait comme une satisfaction
morbide à se laisser mourir...

Le docteur Dilasser ne cachait point que cette
prédisposition du malade n'était point étrangère à
l'aggravation de son état : si Kernéguez avait pu se
reprendre à espérer, s'il avait pu vaincre ce dégoût
de la vie qu'il montrait à tout propos, le docteur
n'eût pas regardé son état comme absolument compromis.

« Tâchez de lui remonter un peu le moral, avait-il
dit à Pontus, et de lui faire entendre que sa résignation est un véritable suicide. Je n'ai jamais vu de
malade s'accommoder ainsi de son mal et pousser à
la roue avec cet entrain. Je m'attendais à une bonne
nuit. Ce matin, la fièvre était plus intense que jamais ;
la plaie suppurait comme elle n'a pas suppuré encore

Je n'y comprends rien et il faut qu'il y ait quelque
gabegie là-dessous... »

Pontus s'était aisément prêté à la demande du
docteur, mais tous ses efforts étaient restés inutiles :
Kernéguez parlait déjà de lui-même au passé ; il
secouait doucement la tête quand le jeune homme,
des larmes plein les yeux, le conjurait de ne pas
s'abandonner, de réagir contre le mal.

« Bon ! qui me regrettera ? Je suis un vieux céliba-
taire. Je n'ai ni femme ni enfants, personne à qui
je puisse être utile sur ce pauvre globe terraqué...
J'ai manqué ma vie. Ma foi, c'est le moins que ma
mort serve à quelque chose. »

. . . .

« C'est étrange, en effet, cette prédisposition de
M. de Kernéguez, dit Bertrande à qui Pontus venait
de rapporter le propos. On croirait qu'il est las de la
vie et qu'il saisit avec avidité la première occasion
qui se présente de la quitter. Je le croyais heureux
pourtant...

— Je le croyais aussi, dit Pontus, mais je com-
mence à croire qu'il a éprouvé quelque chagrin dont
il ne s'est jamais bien consolé... »

Bertrande laissa tomber son beau front douloureux dans ses mains. Elle tâtonnait jusqu'alors dans
les ténèbres : quelle clarté soudaine venait d'illu-
miner sa route et de lui donner la brusque intuition
de la vérité ? Craignant que son trouble ne fût
remarqué, elle demeurait dans la même attitude et
balançait intérieurement sur le parti qu'elle devait
prendre. A quoi se décider ? Où était le devoir ?
Épouse et mère, pouvait-elle, surtout à cette heure
où elle venait de déposer son instance en séparation

et où les convenances, à défaut de la loi, l'obligeaient à tant de ménagements, sortir de sa réserve et intervenir dans une existence étrangère ? Et pourtant elle sentait que cette intervention serait décisive, que là était le salut pour Kernéguez, que, si elle demeurait à l'écart, tout était fini. Et elle se demandait si, après avoir causé par sa légèreté tant de catastrophes domestiques, elle avait encore le droit d'assumer ce suprême et dernier malheur, la mort de Kernéguez. Elle releva la tête et, tout à coup, un doute la poignit : si elle se trompait pourtant ! Si Kernéguez n'avait jamais songé à elle ! Si ce grand chagrin dont parlait Pontus, c'était une autre qui en était l'auteur ! Comment savoir ? Elle rassembla tout son courage pour la question qu'elle allait poser à Pontus et dont elle rougissait par avance :

« Avez-vous dit à M. de Kernéguez que j'étais au Rusquec ? » demanda-t-elle presque à voix basse.

Pontus regarda sa sœur avec étonnement et, devant sa confusion, il comprit... Il se rappela le trouble de Kernéguez sur le seuil de l'ancienne chambre de Bertrande et ces regards énigmatiques qu'il promenait sur les choses quand il venait au Rusquec, comme pour y chercher les traces de la disparue. C'était elle, l'absente qu'il cherchait partout, dont il poursuivait partout l'obsédant souvenir. Ainsi s'expliquait son attachement aux Talgoët, l'isolement où il se condamnait pour vivre auprès d'eux, dans l'atmosphère où avait vécu l'aimée, respirer l'air qu'elle avait respiré, nourrir ses yeux des paysages, des objets, du décor familier au milieu desquels elle avait grandi, des tentures qu'elle avait frôlées et qui gardaient encore un peu d'elle. De quelle tendresse mystérieuse et profonde il devait la chérir pour lui avoir voué un pareil culte ! Comme Pontus voyait clair maintenant dans le cœur de son ami et comme il l'admirait, ce faux bourru qui avait si bien su cacher son secret à tous les yeux, qui s'était fait un masque de brusquerie et de causticité pour dissimuler au vulgaire son incurable mélancolie, dont la bouche plaisantait, tandis que saignait au-dedans de lui-même la plaie toujours ouverte, toujours plus large, de son amour incompris !...

Bertrande demeurait encore toute tremblante de son téméraire effort, de la violence qu'elle avait faite à sa pudeur et à ses sentiments les plus intimes : c'est qu'elle n'était pas sans appréhension sur l'accueil que sa demande allait recevoir de Pontus et qu'elle craignait que son frère ne l'interprétât défavorablement. Mais Pontus connaissait trop Bertrande pour la soupçonner d'un calcul étranger à la droiture. Il avait pris dans sa main la main de sa sœur et, sans répondre, il continuait de la regarder : les beaux yeux de Bertrande, ses yeux d'améthyste, ombrés d'inquiétude, se closaient pudiquement sous le rideau des cils, et elle palpitait près de lui comme une colombe blessée. Hélas ! Elle aussi maintenant reconnaissait qu'elle avait passé près du bonheur sans le voir. Stérile expérience, puisqu'elle était à jamais séparée de Kernéguez ! Mais enfin il n'avait pas le droit de repousser le moyen qu'elle lui offrait et pour si osé qu'il pût paraître...

« Vous avez raison, Bertrande, dit-il. Nous devons tout tenter pour sauver Kernéguez... »

Il sortit, sella Coantic et repartit pour La Haye. N'arriverait-il point trop tard ? Le malade n'aurait-il

pas été repris par la fièvre ? Ou bien la nouvelle
qu'il avait à lui communiquer n'aurait-elle pas un
effet tout contraire à celui qu'il en attendait ? Mais
ses hésitations cessèrent dès qu'il eut vu Joson qui
sortait avec Florence de la chambre du blessé. La
jeune fille tenait à la main un pli cacheté aux
armes de Kernéguez. Pontus se rangea pour la laisser
passer ; elle s'inclina légèrement au coup de chapeau
du jeune homme, mais ne s'arrêta pas. Joson revint
vers Pontus après avoir conduit jusqu'au seuil lady
Trelawney :

« Vous ne pouvez entrer tout de suite, monsieur
Pontus, dit-il.

— Pourquoi donc ? dit Pontus, que cette fréquence des apparitions de Florence au chevet du
malade rendait plus nerveux que de raison. Le
docteur a bien autorisé lady Trelawney...

— Justement, dit Joson. Mon maître a profité
d'un moment où il vous croyait au Rusquec pour
faire chercher lady Trelawney, qu'il voulait entretenir seul à seul, et il a bien recommandé qu'on vous
tînt cachée sa visite... Si vous entriez sur-le-champ,
il croirait que vous vous êtes rencontré avec elle...

— J'attendrai donc », dit Pontus.

Mais son impatience était si vive, accrue d'ailleurs
par l'étrangeté du procédé de Kernéguez, qu'au bout
de cinq minutes il revenait à la charge près de Joson.
Celui-ci exigea encore quelque répit et, quand il crut
enfin qu'il n'y avait aucun inconvénient à introduire
le jeune homme, lui entrebâilla la porte de son
maître.

Kernéguez, les yeux ouverts, regardait fixement
devant lui ; mais une brume légère voilait ses pru-

nelles et il se passa quelque temps avant qu'il pût remettre son visiteur...

« Je ne vous attendais plus aujourd'hui, dit-il enfin au jeune homme... Et comment va-t-on au Rusquec, mon cher Pontus ? »

Le jeune homme comprit qu'il fallait jouer le tout pour le tout.

« Jamais votre présence et vos conseils ne nous auraient été plus nécessaires, dit-il au blessé. Un nouveau malheur s'est abattu sur nous...

— Un malheur, dit Kernéguez. Quoi donc ! Le marquis...

— Non, dit Pontus, mon père est en excellente santé... C'est Bertrande qui a quitté son mari et qui est de retour au Rusquec...

— Bertrande au Rusquec !... »

Le malade, d'un geste brusque, avait rejeté ses couvertures et s'était penché avidement vers Pontus. Mais, soit qu'il eût trop présumé de ses forces, soit que le mouvement, mal calculé, eût dérangé l'appareil posé sur sa blessure, il poussa un léger cri, ferma les yeux et retomba sur l'oreiller. Pontus, effrayé, voulut appeler ; Sœur Marie-Ange — la garde-malade — venait justement de sortir ; il se précipita au dehors pour chercher du secours. Par bonheur, Joson se trouvait dans l'antichambre, où il causait avec le domestique de Florence...

« Vite, le médecin ! cria-t-il. M. de Kernéguez se meurt ! »

Le cheval de Pontus, tout bridé, était attaché à la grille : Joson détacha la bête et piqua sur le Huelgoat. Le domestique de Florence, qui avait ordre de rallier Ligolennec à la moindre alerte, n'attendit pas lui-même que Joson fût de retour avec le médecin : jugeant la situation à l'affolement de Pontus, il descendit bride abattue la côte de Locmaria. Il était à ce moment une heure de l'après-midi. Florence et son père achevaient de déjeuner en tête à tête. Comme si la tragique rencontre de Kernéguez et de Lebigre avait donné aux hôtes de Ligolennec le signal de l'exode, les Pengwinion, les Radnor et le beau Joë d'Annandale lui-même avaient émigré la veille vers des rivages plus pacifiques, et Florence n'avait rien fait pour les retenir. La jeune fille gardait son masque de sombre inquiétude. A diverses reprises lord Trelawney lui avait demandé si elle se sentait souffrante, et Florence, pour se soustraire aux questions paternelles, avait fini par invoquer le prétexte d'une migraine persistante.

En réalité, depuis la rencontre de Kernéguez et de Lebigre, mais surtout depuis son entrevue du matin avec le blessé, entrevue à l'issue de laquelle celui-ci lui avait remis le pli mystérieux cacheté à ses armes et portant comme suscription : *A ouvrir après ma mort*, Florence ne s'appartenait plus. Que pouvait contenir ce pli mystérieux ? Un testament ? Des papiers de famille ? Mais pourquoi le lui avoir remis plutôt qu'à Pontus ?

Les fenêtres de la salle à manger, quoi qu'on fût au cœur de l'automne et à cause de l'exceptionnelle douceur de la température, étaient restées ouvertes sur le parc. Un tiède vent du sud-ouest frisait la cime des araucarias ; les dernières roses embaumaient ; un essaim d'abeilles sauvages s'était abattu sur les asters de la pelouse. Florence se leva, vint à la fenêtre et crut entendre dans le lointain le sourd tintement de la grosse cloche de Locmaria. Et d'autres sons pareils, s'espaçant avec une solennelle lenteur et qui s'égouttaient comme des larmes de bronze dans le silence, la tinrent frémissante, pâle d'elle ne savait quelle appréhension... Une femme qui passait sur la route, le long du parc, se signa.

« Allez donc lui demander ce qui sonne », dit Florence à un domestique.

Elle attendit.

« La femme m'a dit que c'était le glas pour l'agonie noble, expliqua le domestique en revenant. Les intervalles sont plus ou moins rapprochés suivant le sexe et la qualité des gens. Pour l'agonie noble, les cloches sonnent seulement de minute en minute... »

L'agonie noble ? A l'exception de La Haye, il n'y avait guère de maison noble dans cette pauvre commune de Locmaria, pâtis et bois jusque dans sa partie basse qui touche à l'Aulne... Florence se tourna vers son père, absorbé dans la lecture du *Times* :

« Je crois que M. de Kernéguez est mort », dit-elle.

Lord Trelawney suspendit sa lecture et rejoignit sa fille près de la croisée :

« Vous l'aviez pourtant trouvé mieux ce matin, Floy... En vérité, ce serait un grand malheur si ce digne gentilhomme était mort... »

Mais Florence n'écoutait plus son père. Elle venait d'apercevoir sur la route, galopant vers Ligolennec, le domestique qu'elle avait laissé en permanence à La Haye ; elle lui fit signe de couper par le parc et ne lui laissa pas le temps de mettre pied à terre.

« Quelle nouvelle ? » lui cria-t-elle d'aussi loin qu'il put l'entendre.

Le domestique secoua la tête, et Florence sentit un grand froid l'envahir : c'était bien le glas de Croc-d'Argent que sonnaient les cloches de Locmaria. Elle remonta dans sa chambre. Sur la cheminée, posé contre la pendule, elle aperçut le pli mystérieux que lui avait remis le matin même Kernéguez : *A ouvrir après ma mort.*

« Il faudra bien que tôt ou tard Pontus apprenne que je me suis battu avec Lebigre, lui avait dit Croc-d'Argent. Les secrets les mieux gardés finissent toujours par transpirer : il y a là de quoi parer aux mauvais effets que pourrait causer la révélation de celui-ci... »

Frissonnante, elle s'approcha, tourna le pli entre ses doigts et le reposa sur la cheminée. Au seuil de cet inconnu où elle allait pénétrer, peu s'en fallait qu'elle ne fût prise de défaillance. Mais elle revit la suscription et elle comprit que, puisqu'elle avait accepté le funèbre dépôt, il lui fallait obéir jusqu'au bout à la volonté du défunt. Elle rompit les cachets et s'arrêta encore, comme si le cœur lui manquait. Aurait-elle la force d'aller plus loin ? Elle fit appel à toute son énergie. L'enveloppe contenait deux feuilles de même format. Sur la première, en grosses lettres, Kernéguez avait tracé ces mots : CECI EST MON TESTAMENT. Et Florence lut :

« Je soussigné, Jean-Baptiste-Théophile Roguon de Kernéguez, sain de corps et d'esprit, institue pour mon légataire universel Pontus - Joachim - Mathias de Talgoët-Rusquec et lui lègue la totalité de mes biens meubles et immeubles, à charge pour lui de verser à mon fidèle domestique Joseph, dit Joson Daniélou, une rente annuelle et viagère de dix-huit

cents francs. Fait à La Haye, le 20 octobre 1869.
Signé : KERNÉGUEZ. »

La seconde feuille, d'une écriture plus fine et plus
serrée, ne portait pas d'en-tête. Florence pensa
d'abord que c'était un codicille au testament qu'elle
venait de lire et que Kernéguez aurait aussi bien pu
remettre à Joson ou à Pontus lui-même. Mais, dès
qu'elle en eut parcouru les premières lignes, l'intention cachée du testateur, sous le persiflage du ton,
lui apparut dans toute sa noblesse délicate et profonde.

« Je pense offrir demain à M. Lebigre une occasion
inespérée de se poser pour le reste de ses jours en
un rival des Grizier, des Pons et des Cordelois : j'ai
eu l'honneur dans ma jeunesse de me mesurer sans
trop de désavantage avec ces maîtres de l'escrime
française et ils voulaient bien reconnaître que,
quoique gaucher, je ne faisais pas trop méchante
figure à côté d'eux. Ce qui n'empêche que demain
21 octobre 1869, profitant d'un bref étourdissement
du soussigné, à moins que ce ne soit d'un faux pas
ou d'une soudaine attaque de rhumatisme — je ne
suis pas encore bien fixé sur le choix du moyen —
M. Lebigre (Gaston-Joseph) m'insinuera quelques
pouces d'acier dans l'abdomen et m'expédiera très
proprement *ad patres*. Le vulgaire en concluera peut-
être que M. Lebigre est un grand fier-à-bras. Mais
il ne me convient pas de laisser mes amis les plus
chers partager cette erreur : la vérité est que
M. Lebigre m'aura rendu à son insu le grand service
de m'aider à sortir d'une vie où je n'ai plus que
faire et qui m'est à charge depuis trop longtemps.
J'avoue que mon intention première était de donner

à ce monsieur une leçon de nature à ne pas se laisser oublier. Mais, à la réflexion, l'occasion m'a paru trop tentante pour ne pas la mettre à profit et j'ai décidé que M. Lebigre aurait l'honneur de m'occire en combat singulier. Espérons qu'il s'y prendra avec toute la courtoisie souhaitable et ne me gratifiera point d'une de ces blessures à longue échéance qui font traîner leur homme une semaine durant...

« Par un testament en due forme, joint à ce memento, j'institue Pontus de Talgoët héritier de tous mes biens. J'espère qu'il me fera l'amitié d'accepter ce legs. Tout scrupule serait déplacé de sa part après les explications que je viens de lui donner et qui dégagent entièrement sa responsabilité personnelle et celle de lady Florence Trelawney.

« Ma fortune se monte environ à 75.000 livres de revenu ; je n'ai pas besoin d'indiquer à Pontus l'emploi qu'il doit en faire. J'ai trop bien pu apprécier sa grandeur d'âme et son esprit d'abnégation pour concevoir la moindre inquiétude à cet égard. Rien désormais ne le retient au Rusquec : qu'il rentre dans cette armée qu'il aimait et où l'attend un si bel avenir ; qu'il donne un nouveau lustre à la vieille épée des Talgoët et qu'il puisse dire aussi un jour, comme l'auteur des *Destinées* :

> J'ai mis sur le cimier doré du gentilhomme
> Une plume de fer qui n'est pas sans beauté...

« Voilà donc qui est entendu, et Pontus va pouvoir confesser au grand jour ce qu'il cachait si jalousement à tous les yeux jusqu'ici : la ruine complète des Talgoët ; l'ignorance de cette ruine où par crainte d'une nouvelle attaque d'apoplexie, devait être tenu

le marquis son père ; les privations de toute sorte
que devaient s'imposer sa famille et lui-même afin
de pouvoir jouer près de leur chef la pieuse comédie
d'une aisance si loin d'eux ; la nécessité où il s'est vu
de briser son épée pour prendre la livrée du simple
paysan et lutter pied à pied, heure par heure, contre
les Bennéad et les Lebigre qui avaient comploté
l'écrasement des siens ; la nécessité plus pénible
encore où les circonstances l'ont placé de décliner
les offres de lady Florence Trelawney et de sacrifier
à l'idéal paternel un amour qui lui était plus cher
que la vie.

« Mais de tous les sacrifices que Pontus s'est
imposés, celui-là n'est pas le moins digne d'admiration à mes yeux auquel il s'est haussé ces jours
derniers. Ancien soldat de l'armée d'Afrique, deux
fois cité pour fait de guerre à l'ordre de son régiment,
promu maréchal des logis sur le champ de bataille
et proposé pour le grade d'officier, Pontus avait parfaitement le droit de dédaigner les basses insultes
d'un Gaston Lebigre. C'est néanmoins à un sentiment plus élevé qu'il a obéi, ce faisant : le sentiment
de sa responsabilité à l'égard des siens. Comptable
vis-à-vis d'eux des moindres gouttes de son sang, et
puisque aussi bien son travail de chaque jour les
faisait vivre et que, lui blessé ou mort, les Talgoët
étaient réduits à l'indigence, il a eu l'héroïsme de
maîtriser sa colère, de préférer le mépris du monde
à la vaine satisfaction d'une vengeance qui lui était
si aisée. Plaise à Dieu, maintenant, que M. Lebigre
junior ne lui retombe pas sous la patte ! C'est un
conseil qu'hostie volontaire je donne indirectement
à mon futur sacrificateur...

« Mieux éclairée cependant sur la valeur morale de ce drôle, je ne doute pas que lady Trelawney n'établisse tôt ou tard une juste distinction entre un Gaston Lebigre et un Pontus de Talgoët. On dit que les vœux des mourants sont sacrés. Je voudrais que le dicton fût vrai. Entendez-moi, mes amis, vous, Florence, et vous, Pontus ; ne vous obstinez pas contre vos propres cœurs ; ne suivez pas mon exemple, ne repoussez pas le bonheur qui s'offre à vous et dont le regret empoisonnerait votre vie. Croyez que je vous parle en connaissance de cause et donnez à mes mânes, ô Pontus, ô Florence, cette satisfaction délicate de savoir que mon dernier vœu n'aura pas été repoussé. — KERNÉGUEZ. »

Florence, ayant lu, laissa glisser à terre les deux plis.

Ainsi le mystère était dissipé ; elle possédait maintenant le secret de l'étrange conduite de Pontus ; elle avait en main la clef de cette âme admirable qui l'avait si longtemps déconcertée et qui se serait peut-être ouverte à elle un jour ou l'autre, comme elle s'était ouverte à Kernéguez, si Florence n'avait exercé sur elle ces pesées violentes et hâtives, ce crochetage indiscret qui avait tout perdu.

Le glas continuait de sonner à l'église de Locmaria, et un autre glas, tintant celui-là dans son propre cœur, répondait au glas des cloches paroissiales qui annonçaient que le bon gentilhomme n'était plus ; glas de ses espoirs inavoués, glas de son amour renaissant et qui s'en irait dormir dans la même fosse que Kernéguez. Une haine la soulevait contre ce Lebigre, si inconsidérément accueilli par elle à Ligolennec et dont elle avait fait l'assassin de son bonheur. Jusqu'alors rien d'irrémédiable ne s'était passé entre elle et Pontus ; leur malentendu pouvait cesser d'un moment à l'autre. Le cadavre de Kernéguez les séparait maintenant pour toujours. Car elle comprenait bien que le vœu du défunt était irréalisable et que Pontus ne lui pardonnerait jamais la mort de son ami. Kernéguez avait beau l'innocenter de cette mort — un véritable suicide en l'espèce, — elle n'en était pas moins l'auteur responsable et direct de la catastrophe. Sans son fatal orgueil, la rencontre n'aurait pas eu lieu. Et elle sentait encore que Kernéguez n'était pas la seule victime qu'eût faite cet orgueil intraitable : il avait tué de surcroît l'amour au cœur de Pontus. Vainement Kernéguez s'efforçait-il d'en ranimer les cendres ; vainement, par un procédé d'une délicatesse surprenante, avait-il voulu éviter aux deux jeunes gens les embarras d'une explication, et, plus vainement encore, il avait choisi les mains de Florence pour dépositaires de ses dernières volontés. Sans doute se figurait-il que, quand elle remettrait à Pontus le testament et la confession de Kernéguez, Pontus lirait sur son front, dans ses yeux, aux moindres lignes de son visage, l'amer et tardif repentir de son inconséquence et que, touché par cette démarche, il oublierait le passé et rendrait son amour à Florence.

Généreuse, mais naïve illusion ! Kernéguez ne connaissait pas la profondeur de la plaie que son arrogance d'étrangère avait ouverte chez Pontus. Au cours de ses dernières rencontres avec le jeune homme, Florence avait bien senti qu'il n'y avait plus chez lui que froideur et dédain. Et, si elle regrettait amèrement de n'avoir pas été plus équitable à l'égard de Pontus, de l'avoir trop jugé sur les apparences, d'avoir trop écouté son orgueil et pas assez les gémissantes musiques de son cœur, c'était trop lui demander à présent de vouloir qu'elle s'exposât à cette humiliation suprême d'une tentative de réconciliation dont elle n'attendait aucun résultat.

Malgré elle, et jusqu'en cette minute douloureuse où bourdonnait encore à ses oreilles la voix du moribond et où elle se rendait compte du mal que lui avait causé son orgueil, une révolte de cet orgueil natif la hérissait contre l'homme qu'elle aimait. Elle se représentait déjà l'éclair de triomphe que sa capitulation ferait briller aux yeux du jeune homme.

Puis, maintenant qu'il était libre et riche, n'attribuerait-il pas cette capitulation à une pensée d'intérêt ?

Les dures mains de l'épreuve n'avaient pas encore suffisamment pétri ce cœur arrogant qui préférait souffrir en silence, quitte à en mourir peut-être, et ne pas publier sa défaite. Florence, sans doute, n'entendait pas garder par devers elle le funèbre dépôt que lui avait confié Kernéguez ; elle en ferait part à Pontus, mais sans commentaire et comme si elle s'acquittait simplement d'une commission...

Le glas s'était tu à l'église de Locmaria.

IV

Setu aman, aotrou, eur burzud bras ha skler
A zo gret diraz-hoc'h gant eur bughel dister,

« Voici, seigneur, un grand et éclatant miracle —
opéré sous vos yeux par un faible enfant. »

(LE MYSTÈRE DE SAINTE TRYPHINE).

Quand Pontus rentra dans la chambre de Kernéguez, le blessé n'était pas encore sorti de son évanouissement. En cet état presque comateux, il semblait en effet n'avoir plus que quelques instants à vivre, et Sœur Marie-Ange, qui était accourue à l'appel du jeune homme, s'attendait d'un moment à l'autre à lui voir rendre le dernier soupir.

Ecroulé au chevet de son ami, Pontus avait enfoui sa tête dans ses mains et son accablement était si profond qu'il ne voyait et n'entendait plus rien. Cependant, et tandis qu'il s'abîmait dans sa douleur, un grand changement s'était fait à son insu dans l'état du blessé : Kernéguez commençait à reprendre connaissance ; ses traits perdaient de leur rigidité cadavérique ; une légère teinte rosée affleurait de nouveau à la surface de son épiderme... Il ouvrit les yeux et les promena lentement autour de lui comme pour chercher quelqu'un qu'il n'apercevait pas. Et, comme il les abaissait, il reconnut enfin Pontus, effondré sur la descente de lit et tout secoué de

9

hoquets. Il l'appela d'une voix faible. Pontus perçu
cette voix comme en rêve et n'osa croire qu'ell
émanait du moribond.

« Pontus ! » reprit la voix.

Cette fois il entendit. Aussi bien Sœur Marie-Ange
le touchant à l'épaule, lui montrait du doigt Kernéguez qui, sans bouger, une expression d'indéfinis-
sable bonheur répandue sur tous ses traits, renou-
velait doucement son appel... Il se releva, stupéfait
n'en croyant ni ses oreilles ni ses yeux : Kernégue
vivait, respirait, avait sa connaissance ! Tout n'étai
donc pas perdu et il restait encore une lueur d'es
poir ?

« Pontus, continuait Kernéguez, dont les lèvre
seules remuaient, est-ce vrai ce que vous m'avez di
tout à l'heure ?... J'ai peur d'avoir mal compris..
Mme Gardivaux ?...

— Oui, dit Pontus, c'est vrai, Bertrande est a
Rusquec. Mais, de grâce, que cette nouvelle ne vou
agite pas trop !... J'ai eu tort de vous parler de m
sœur.

— Non, non, Pontus, au contraire... Tout
l'heure, je l'avoue, quand vous avez prononcé so
nom... j'ai tout oublié et il a fallu cet élancement d
ma blessure pour me rappeler au sentiment de l
réalité. Mais, maintenant, c'est autre chose : l
première émotion est passée... Je ne bougerai plus..
Je serai prudent... Voyez, je me sens déjà mieux.

— Mon Dieu ! murmura Pontus, si vous pouviez
dire vrai !

— Pourquoi vous mentirais-je, mon ami ? repri
Kernéguez... Le docteur va venir : je gage qu'il vou
rassurera tout à fait, quand il m'aura examiné...

Ah ! ce Lebigre, l'ai-je assez maudit de ne m'avoir pas enfoncé sa lame un pouce ou deux plus bas... Maintenant, je le remercie, puisque... puisque... »

Comme pris de pudeur, il n'osa formuler tout haut sa pensée. Mais Pontus avait déjà complété intérieurement la phrase : « Puisque Bertrande est au Rusquec. » Avec un autre que Kernéguez et dans des circonstances moins décisives, il aurait rougi de mettre en avant le nom de sa sœur ; mais il savait Kernéguez incapable d'une mauvaise pensée. En quoi il ne s'abusait pas. Croc-d'Argent était le plus désintéressé des hommes. Ce qui l'attirait vers la jeune femme, c'était moins l'amour qu'il avait pour elle, et si fervent, si profond fût-il, que cet obscur instinct de sacrifice, ce besoin de dévouement qui inspirait la plupart de ses actes. Bertrande heureuse, il se fût tenu à l'écart, n'eût pas prononcé son nom, se fût endormi avec son secret dans le cœur. Et ce secret même, il avait à présent comme une honte d'en avoir donné le soupçon à Pontus. Ses bons yeux de chien couchant semblaient lui demander pardon d'avoir failli profaner par un aveu involontaire le culte intérieur et silencieux qu'il rendait à la jeune femme et, en même temps, ces yeux de Kernéguez contenaient une si religieuse promesse d'inébranlable respect, de déférence absolue et sans réserve pour l'objet de son culte, que Pontus se sentait pleinement rassuré vis-à-vis de lui-même et voyait tomber les derniers scrupules qui l'avaient un moment arrêté.

Aussi bien la fatalité qui s'acharnait sur les Talgoët ne lui avait pas donné le choix des moyens pour sauver Kernéguez : il avait été obligé de prendre le seul biais qui s'offrît à lui et qui, pour repréhen-

sible fût-il et presque inexcusable dans les circonstances ordinaires de la vie, ne présentait plus aucune
apparence d'immoralité avec deux êtres aussi nobles
que Bertrande et que Kernéguez. En quelques mots,
que le bon gentilhomme semblait aspirer comme une
rosée de résurrection, Pontus lui eut raconté le
retour de la repentie au Rusquec, son installation
dans les appartements occupés précédemment par
les Trelawney, son désir de ne plus quitter les siens,
une fois la séparation prononcée, et de se consacrer
tout entière à l'éducation de son enfant... Kernéguez
demanda comment s'appelait l'enfant, quel âge il
avait, s'il ressemblait à sa mère. Et Pontus comprit
que cette insistance était calculée, que, par l'intérêt
qu'il semblait prendre au fils de Bertrande, son vieil
ami voulait le rassurer davantage encore sur la
nature de ses sentiments à l'égard de la jeune femme...

Quand le docteur Dilasser, qui, sur les renseignements de Joson, s'attendait à trouver Kernéguez
expirant ou mort, entra à ce moment dans la chambre
du blessé, sa surprise ne laissa pas d'être assez vive
de le voir qui causait avec Pontus. Un rapide examen
de la plaie le convainquit qu'aucun danger immédiat
n'était à craindre. Sœur Marie-Ange, du reste, avait
paré au nécessaire dès le début : le bandage avait
été replacé ; tout le mal se bornait à une légère
inflammation des lèvres de la plaie.

Ce qui n'étonnait pas moins le spécialiste, c'était
la bonne volonté avec laquelle le blessé se prêtait à
son examen : loin de montrer ces impatiences et ces
brusques mouvements d'humeur qui l'avaient tant
de fois gêné dans ses opérations, Kernéguez, docilement, laissait faire et, quand l'examen fut terminé,

ce fut lui qui prit les devants et qui demanda au
docteur, avec une nuance d'inquiétude dans la voix,
s'il pensait toujours le pouvoir guérir.

Un tel changement dans le moral du malade tenait
positivement du merveilleux : le docteur ne savait à
quoi l'attribuer, et, encore que Kernéguez s'y prît
bien tard pour se raccrocher à la vie, il n'en aurait
pas moins considéré ce changement comme un excellent symptôme, s'il n'avait remarqué qu'il coïncidait
avec une assez forte élévation de la température du
blessé. Craignant à juste titre un nouvel accès de
fièvre traumatique, il fit entendre à Pontus qu'une
plus longue visite risquerait de fatiguer son ami. Le
jeune homme allait sortir quand Kernéguez, dont la
maladie avait développé l'impressionnabilité, perçut
dans le lointain le sourd tintement des cloches de
Locmaria.

« Le glas !... Quelqu'un est donc mort dans la
paroisse ? »

Le docteur et Pontus prêtèrent l'oreille à leur tour.

« Ecoutez, dit Kernéguez qui s'était soulevé sur
son oreiller... Un coup... deux coups à une minute
d'intervalle... L'agonie noble... Parbleu ! c'est mon
agonie qu'on sonne !... »

Et tendant les bras vers le médecin :

« Docteur, docteur, faites-les taire... Ah ! Ah !
Dites-leur... dites-leur que je ne veux plus mourir... »

Il retomba sur l'oreiller, suffoqué, et Pontus, un
moment, put craindre à nouveau pour la vie de
Kernéguez. Mais cette rechute devait être la dernière.
Coupé dès le début par une forte injection de quinine,
l'accès de Kernéguez l'avait cependant trop épuisé
pour que le médecin ne se crût pas obligé à certaines

précautions : il consigna la porte du malade jusqu'au lendemain.

Entre temps, Pontus courait à Locmaria sommer le sacristain d'arrêter le branle de ses cloches et s'informer en même temps du nom de l'imbécile qui avait bien pu lui donner l'ordre de les mettre en mouvement. Le sacristain se rejeta sur le domestique de Florence. Aussi bien le bruit de la mort de Kernéguez, propagé de proche en proche et confirmé par les tintements du glas, avait-il déjà volé jusqu'aux extrémités de la paroisse. Pontus, sur la route, croisait toutes sortes de gens qui l'interrogeaient sur les derniers moments de son ami. Il craignit que la rumeur n'en fût venue jusqu'au Rusquec et poussa son cheval dans la direction du manoir paternel. Sa hâte était d'autant plus justifiée qu'à mi-chemin de Saint-Herbot il rencontra l'abbé Colober qui, de son pas menu, trottait déjà vers La Haye, flanqué de dame Véronique. Il l'arrêta au passage et lui fit rebrousser chemin :

« J'avais peur que mon confrère de Locmaria ne fût absent et, à tout hasard, j'emportais avec moi les saintes huiles, dit le vieux desservant. Véronique était dans le jardin quand elle a entendu le glas de l'agonie noble. C'est elle qui m'a prévenu... »

Pontus ne s'en hâta que davantage vers le Rusquec. Mais, par bonheur, Bertrande était sortie avec sa mère et son fils dont la santé réclamait quelque exercice : le temps était sec et les promeneurs avaient pris la direction de Loqueffret. Pontus les rejoignit à l'entrée du bourg. La présence de Mme de Talgoët ne lui permettait pas de s'expliquer librement avec sa sœur. Bertrande et la marquise l'assiégeaient de questions. Il se contenta de les mettre en garde

contre le bruit qui courait et, profitant d'un moment
où Bertrande se trouvait un peu à l'écart, il lui glissa
quelques mots à l'oreille. Le visage de la jeune
femme s'éclaira aussitôt et ce fut le cœur débordant
de gratitude envers cette Providence à laquelle, tout
à l'heure encore, dans la petite église de Loqueffret,
elle avait adressé une prière si fervente, qu'elle reprit
avec sa mère et son fils la direction du Rusquec.
Pontus, s'excusant sur la nécessité où il était de se
tenir à portée du malade, était remonté en selle et
sa haute silhouette se découpait déjà sur l'horizon,
à l'extrémité du plateau.

Il arriva à La Haye comme la voiture de Florence
s'engageait dans l'avenue : mylord Trelawney et sa
fille, tous deux en noir, descendirent devant la grille
où ils furent reçus par Joson. Pontus, qui revenait
des écuries, fut frappé par l'expression de profonde
stupeur qui se peignit brusquement sur leur figure
Il vit lord Trelawney tirer une carte de son porte-
feuille et la tendre à Joson. Florence et son père
remontèrent presque aussitôt en voiture sans avoir
remarqué Pontus. Celui-ci ne tarda pas à avoir l'explication de la scène, quand Joson lui eut dit que
lord Trelawney et sa fille, trompés par un faux rapport
du domestique qu'ils avaient laissé à La Haye,
avaient cru Kernéguez décédé. Par parenthèses,
c'était ce même domestique qui, en traversant Locmaria, avait répandu le bruit de la mort imminente
du comte : le recteur de la paroisse était absent et
le sacristain avait pris sous son bonnet d'attaquer
tout de suite l'agonie noble...

Pontus, qui se rappelait encore l'impression d'angoisse que cette sonnerie funèbre avait causée à

Kernéguez, en conçut une nouvelle irritation contre
Florence. Ce n'était pas la première fois qu'il remarquait que, par une fatalité singulière, les intentions
de la jeune fille, tant bonnes que mauvaises, tour-
naient toujours contre lui ou contre ceux qu'il
aimait ; il aurait voulu Florence moins assidue à
La Haye et, encore qu'il lui fût difficile de ne pas
voir que cette assiduité manifestait chez la jeune
fille un louable repentir de sa légèreté, il aurait
préféré qu'elle prît, sinon moins d'intérêt, en tout
cas un intérêt moins tapageur à la santé de Kernéguez. Cette assiduité le choquait comme un manque
de discrétion et il en venait presque à lui préférer
la conduite du jeune Lebigre qui n'avait fait prendre
des nouvelles du blessé qu'une seule fois et par un
de ses domestiques. Et il est vrai que la façon dont
avait été reçu ce domestique n'avait pas engagé son
maître à récidiver.

Florence gâtait par son caractère impérieux et
cassant, par l'espèce de roideur britannique dont
elle s'était fait une attitude, les impulsions géné-
reuses de son cœur. Il n'y avait chez elle aucune
des nuances délicates de la jeune fille française.
Pontus, qui l'avait aimée au point de penser mourir
de son abandon, sentait que chaque jour, et surtout
depuis ce duel de Kernéguez avec Lebigre, il se
détachait un peu plus d'elle. S'il avait pu prévoir les
heures où elle devait venir à La Haye, il eût fait en
sorte d'éviter sa présence; il ne concevait pas comment
Kernéguez avait pu la recevoir, à quelles fins surtout
il s'était caché de lui pour la recevoir. Il fallait,
pourtant que l'entretien qu'il avait eu avec Florence
le concernât en quelque façon — mais de laquelle ?

Et que voulait dire encore ce pli cacheté aux armes de Kernéguez que la jeune fille tenait à la main en sortant de la chambre du blessé ?

Toutes ces questions restaient pour Pontus comme autant d'énigmes qu'il s'irritait de ne pouvoir déchiffrer, maintenant surtout que, rassuré sur les conséquences immédiates de la blessure de Kernéguez, son esprit pouvait reprendre un peu de liberté. Le malade, en effet, avait bien eu une nuit agitée : à plusieurs reprises, dans son sommeil, on l'avait entendu appeler Bertrande ; mais au matin, loin que cette agitation eût laissé de trace sur son visage, il paraissait de teint plus reposé et ne semblait pas se ressentir de l'accès de fièvre traumatique qui avait failli lui être si fatal. Pour la première fois depuis longtemps, quand Sœur Marie-Ange lui présenta le grog chaud et la potion opiacée qui faisaient son unique régime, il ne détourna point la tête avec humeur. Ses yeux, comme vitrifiés jadis, luisaient d'une animation presque joyeuse. Le médecin, qui avait pensé ne jamais venir à bout du découragement de Kernéguez, commençait à craindre un danger tout opposé et que l'impatience du malade, l'espèce d'acharnement avec lequel il se raccrochait à la santé, ne fussent pas moins préjudiciables à son rétablissement que le dégoût qu'il avait montré jusqu'alors de la vie.

Pour calmer un peu cette fringale de guérison, le docteur Dilasser lui avait permis de recevoir Pontus, mais à condition que les deux amis se gardassent de tout entretien prolongé et de nature à pouvoir agiter le malade. Quand le jeune homme arrivait du Rusquec, les yeux de Kernéguez l'interrogeaient dès le seuil...

Pontus répondait par un sourire et il n'en fallait pas
davantage : Kernéguez savait ce qu'il voulait savoir.
Il refermait les yeux et restait ainsi des heures
entières, sans parler, heureux de tenir dans sa main
la main de Pontus. Il n'y avait pas de malade plus
docile. Le docteur s'en félicitait. Mais il n'osait se
prononcer encore sur son compte à cause des épanchements séropurulents qui arrêtaient la cicatrisa-
tion de la plaie. C'est au bout d'une semaine seulement qu'un examen plus sérieux lui permit de
conclure à une convalescence presque assurée, mais
qui serait longue et exigerait des soins de tous les
instants.

Pontus faillit suffoquer de bonheur en apprenant
cette bonne nouvelle. Il la porta aussitôt à Bertrande,
dont la joie ne fut pas moins profonde. Aussi bien
la convalescence de Kernéguez arrivait-elle à point
pour les Talgoët, dont les affaires domestiques commençaient à souffrir de l'absence du jeune homme :
Pontus dut mettre les bouchées doubles, comme on
dit, pour rattraper le temps perdu. Il ne lui fallait
pas compter sur Bennéad pour l'aider à rentrer ses
fourrages et à surveiller ses coupes ; le rusé *guiraour*,
sans qu'on lui eût fait part des intentions de la
famille, sentait bien qu'elle n'attendait qu'une occasion de le remercier et que cette occasion se présen-
terait aussitôt que les Talgoët pourraient lui rembourser le montant des constructions et clôtures
élevées par lui sur le domaine. Pontus, à force d'économie et par le fruit d'une sage et prudente administration, espérait bien un jour où l'autre y arriver.
Mais Bennéad, comme s'il avait flairé le danger et
dans le but d'en reculer l'échéance, venait justement

de mettre à profit l'absence de Pontus pour entamer
la construction de vastes appentis d'un prix de
revient assez coûteux. Les bâtiments couvraient tout
un pan des prairies supérieures de l'Ellez. Pour un
homme qui ne cessait de se plaindre de la dureté des
temps et qui feignait une gêne voisine de l'indigence,
la dépense semblait vraiment un peu forte, et il
n'était pas difficile de deviner qu'il y avait là encore
quelque coup fourré des Lebigre, lesquels n'avaient
pas quitté tout espoir de s'emparer du Rusquec.
C'étaient eux, sans doute, qui, pour empêcher Pontus
de congédier leur principal associé dans cette œuvre
souterraine d'éviction, lui avaient fait l'avance des
fonds nécessaires à la construction des nouveaux
édifices. Interrogé sur leur destination, Bennéad
répondit d'un ton doucereux que les temps étaient
plus durs que jamais, que, la terre rapportant de
moins en moins, il voulait essayer de l'élevage et
que son mode de tenure, d'ailleurs, lui laissait toute
liberté à cet égard. Pontus se récria : Bennéad exhiba
un papier déjà ancien et portant la signature de la
marquise, qui lui donnait licence pleine et entière
de faire au domaine toutes les améliorations qu'il
jugerait convenables. Date, signature, tout était en
règle et il n'y avait qu'à s'incliner. La bonne foi de
Mme de Talgoët avait bien pu être surprise : la
famille n'en restait pas moins prisonnière du cau-
teleux domanier.

En un autre temps, la constatation de cette nouvelle
gredinerie eût jeté Pontus dans un accès d'humeur
noire ; il aurait senti combien, dans la lutte qu'il
avait engagée contre Bennéad, ses chances de succès
étaient faibles, et l'inutilité des efforts qu'il tentait

pour la restauration du foyer paternel n'eût pas
manqué de lui apparaître dans toute son évidence.
Mais la joie qui l'inondait, depuis que le docteur
Dilasser s'était porté garant du rétablissement de
Kernéguez, l'emportait sur son dépit d'être une fois
de plus roulé par le madré *guiraour*. A la longue,
pourtant, l'habitude fit son œuvre et Pontus commença d'être moins sensible à son bonheur : il ne
venait plus à La Haye que deux fois par jour, le
matin et le soir ; la convalescence de Kernéguez
suivait un cours régulier, mais le blessé ne se levait
pas encore. En revanche, les deux amis pouvaient
s'entretenir librement et cœur à cœur des sujets qui
leur étaient le plus chers : c'était le nom de Bertrande qui revenait continuellement dans ces entre-
tiens. Il avait fallu que Pontus donnât toutes sortes
de détails au bon gentilhomme sur les événements qui avaient précédé et suivi l'arrivée de
la jeune femme au Rusquec. Le récit de son
long martyre lui arracha des larmes ; il la plaignait et en même temps maudissait son bour-
reau...

Mais Pontus, du jour que la nouvelle du retour de
Bertrande eut produit son effet et assuré la guérison
de Croc-d'Argent, se sentit peu à peu repris de ses
anciens scrupules. L'intérêt grandissant que son ami
portait à la jeune femme ne laissait pas de l'effrayer.
De quel chimérique espoir se leurrait le cœur de
Kernéguez ? Où le conduirait cette passion sans
issue ? Si grande que fût sa droiture, n'y avait-il point
un vrai danger à paraître encourager l'amour qu'il
éprouvait pour Bertrande et que celle-ci partageait
déjà peut-être ? N'étaient-ce pas de nouvelles souf-

frances que Pontus préparait ainsi, sans le vouloir,
aux deux êtres qu'il chérissait le plus ?

Le moment vint où Kernéguez put se lever ; soutenu par Pontus et Joson, il put faire un tour de
chambre, aller de son lit à la fenêtre. Et, peu à peu,
les promenades devinrent plus longues. Un jour que
le temps était beau, le docteur Dilasser permit à
Kernéguez de pousser jusqu'au jardin. La chambre
du convalescent était de plain-pied avec la cour,
assez étroite et d'où l'on passait presque aussitôt
dans un vieux parterre à la française, planté d'ifs, de
buis et de fusains. Joson suffisait pour étayer par
les allées la marche encore un peu chancelante de
son maître ; celui-ci songeait à la surprise qu'éprou-
verait Pontus quand il entrerait dans la chambre et
ne l'y trouverait pas. Mais Pontus, ce jour-là justement, ne parut pas à La Haye. Kernéguez, qui
connaissait son exactitude, fut un peu inquiet de
cette infraction à l'usage. Il ne pouvait deviner
qu'au moment où le jeune homme s'apprêtait à
partir pour La Haye un exprès apportait au Rusquec
un télégramme de l'avocat de Bertrande lui annonçant
que son affaire était rayée du rôle, Gardivaux venant
de mourir subitement à Spa. On ne savait rien de
plus sur cette mort, à qui sa soudaineté et le mauvais
renom de Spa, ville de jeu et de plaisir, donnaient
toutes les apparences d'un suicide. Bertrande, après
avoir lu le télégramme, l'avait tendu à Pontus : la
jeune femme était pâle et il était visible qu'elle
souffrait extrêmement. Cette mort, si brutale, reje-
tait dans l'ombre les torts du disparu : Bertrande
ne se souvenait plus de l'indigne conduite de l'homme
dont elle portait le nom ; elle ne songeait qu'aux

nouveaux devoirs et aux charges austères que lui imposait son veuvage.

Mme de Talgoët, que Tina était allée prévenir, pressait sa fille dans ses bras et lui prodiguait les habituelles consolations. Les sœurs de Bertrande, absorbées par leur dure besogne domestique, étaient demeurées dans la grande pièce qui servait de salon et d'ouvroir à la famille, juste au-dessous des appartements personnels du vieux marquis. Elles entendirent tout à coup la béquille de M. de Talgoët qui frappait rageusement le plancher, ce qui était sa façon habituelle d'appeler les gens. D'ordinaire Gonéry, qui se tenait à proximité, accourait incontinent. Mais, ou Gonéry n'avait pas entendu ou il fallait qu'il fût absent, car la béquille, là-haut, continuait ses roulements de plus en plus rageurs et précipités.

Les trois sœurs, affolées, détachèrent leur aînée vers Mme de Talgoët pour l'avertir de ce tapage inusité. Mme de Talgoët et Pontus, redoutant un malheur, plantèrent là Bertrande, qui, demeurée seule et pour chercher un adoucissement à sa douleur, appela son enfant auprès d'elle. Mais René, qu'elle avait laissé une demi-heure auparavant dans la galerie à colombage, vide de meubles, qu'on lui abandonnait pour ses jeux, avait brusquement disparu, et ce fut en vain que sa mère le chercha dans les autres pièces du logis. Inquiète, elle revint dans la galerie et, seulement alors, remarqua que la porte qui communiquait par un corridor latéral avec les appartements personnels du vieux marquis était entrebâillée. Or, par prudence, on avait condamné cette porte dès l'installation des Gardivaux au

Rusquec. N'osant s'aventurer dans le corridor, Bertrande attendit, le cœur angoissé. René trouvant la porte ouverte — mais qui donc avait fait jouer la serrure de l'extérieur ? — avait-il cédé à un mouvement de curiosité et s'était-il imprudemment engagé dans les appartements de son grand-père ? La colère du vieillard, ses coups de béquille réitérés se rattachaient-ils de quelque façon à cette disparition soudaine de l'enfant ? Bertrande se le demandait.

Pendant ce temps Mme de Talgoët et Pontus étaient montés chez le vieux gentilhomme. Gonéry les y avait devancés ; le fidèle serviteur, qui savait que son maître faisait habituellement la sieste après son repas de trois heures, avait cru pouvoir profiter de ce bref relâche pour descendre casser du bois dans le bûcher. Les soirées étaient fraîches, le marquis frileux. Celui-ci somnolait à demi près de la cheminée, dans un coin du salon où Gonéry roulait d'habitude son fauteuil et que l'avancée du chambranle abritait contre la clarté trop vive. Un pas léger, glissant sur le parquet, le tira de sa demi-somnolence. Surpris, mais n'en laissant rien paraître, le marquis ouvrit les yeux et vit un garçonnet qui était entré par mégarde dans le salon et qui regardait curieusement autour de lui. L'immobilité du vieillard, l'ombre dont il était tout baigné l'avaient fait échapper à l'enfant qui, les mains derrière le dos, ses jolies boucles blondes tombant à flocons sur son col de velours bleu, continuait de promener ses yeux de droite à gauche et de gauche à droite jusqu'au moment où ses regards s'arrêtèrent sur le grand portrait du maréchal de Talgoët-Rusquec en costume de guerre, le bâton de commandement à la main, la tête nue et laurée.

Campé devant la martiale figure, le petit inconnu
laissait percer dans son attitude l'admiration qu'il
éprouvait : on eût dit qu'il apercevait pour la première fois les traits d'un de ces personnages de
légende qui traversent le sommeil enchanté des
enfants ; c'était là, évidemment, le portrait de
quelqu'un dont on lui avait souvent parlé. La vieille
épée du maréchal, nue, sévère, massive, à quillons
droits, au pommeau en forme de disque, l'épée de
fer des Talgoët, pendait au-dessous du portrait;
l'enfant s'approcha, pris d'un besoin de la toucher,
de la baiser peut-être, comme une relique. L'expression de son regard était si grave qu'elle n'échappa
point au vieux marquis. Mais l'ignorance où était
celui-ci de l'identité de l'enfant, la vénération aussi
dont il entourait le glorieux symbole du passé ancestral, lui firent craindre quelque acte d'impiété ou
d'étourderie : il simula une toux légère pour appeler
l'attention du petit inconnu, qui se retourna brusquement :

« Eh bien ! que regardes-tu donc là, gamin ?

— Oh ! monsieur, pardonnez-moi, dit l'enfant, je
ne vous avais pas vu...

— Mais je t'ai vu, moi, dit le vieillard, en affectant un ton sévère... Est-ce que tu le connais, par
hasard, le soldat dont tu regardais si attentivement
'image ?...

— Oh ! oui, monsieur... Son nom est écrit au bas
du portrait, mais je l'aurais reconnu quand même.
C'est le maréchal de Talgoët qui a gagné la victoire
de Wolfenbuttel sur les Impériaux... Maman m'a si
souvent parlé de lui !...

— Ah ! ta mère t'a parlé du maréchal ?...

— Et de son épée donc ! L'épée de fer des Talgoët !
C'est bien elle, n'est-ce pas, monsieur, qui est accro-
chée là ?

— Je le pense.

— Voulez-vous me permettre de la regarder encore,
dites ?...

— Regarde, regarde, petit...

— Comme elle est grande !... Alors c'est avec cette
épée-là que la maréchal a battu les Impériaux ?...

— Oui.

— Et c'est un morceau de la vraie croix qu'il y a
dans son pommeau ?

— Ah ! tu connais aussi ce détail ?...

— Et puis, sur la lame, il doit y avoir une inscription... Attendez... Oui, la voilà... *Red eo*, « Il
le faut ! »

— Quelle érudition ! Mais quel âge as-tu donc,
petit ?

— Sept ans bientôt, monsieur...

— Et à ton âge, avec sa grande lame nue et ses
quillons de fer bronzé, elle ne te fait pas peur, cette
colichemarde ?

— Maman m'a dit qu'il ne fallait jamais avoir
peur...

— Bien répondu, ma foi !... Tourne-toi un peu que
je te regarde à mon tour... C'est qu'il a tout l'air
d'un héros en herbe, ce bambin... Quels yeux
assurés ! Quelle mine fière et hardie ! Tu me
plais, petit : veux-tu que nous fassions amitié
ensemble ?...

— Volontiers, monsieur, si cela ne contrarie pas
maman...

— C'est juste... Eh bien, tu lui demanderas la

permission, à ta maman... Tu lui diras que le vieux Talgoët... »

L'enfant fit un cri :

« Talgoët !...

— Pardieu, toi qui sais tant de choses, il est étrange que tu ne saches pas seulement mon nom...

— Si, si, riposta l'enfant. Je sais votre nom, mais je ne savais pas que c'était vous...

— Ah ! dit le marquis... Et pourquoi donc, quand je t'ai dit qui j'étais, t'es-tu récrié si vivement ? Vous aurais-je fait peur, par hasard, monsieur le matamore ?

— Peur ? Non, dit l'enfant. Pourquoi aurais-je peur de vous ?

— Mais on ne sait pas... Je suis peut-être méchant... C'est peut-être moi Croquemitaine ou l'ogre qui voulait dévorer tout crus les frères du petit Poucet...

— Alors vous ne seriez pas le marquis de Talgoët, dit l'enfant sans le moindre signe d'émotion. Maman m'a dit que c'était l'homme le plus brave du monde... et le meilleur aussi... et que ses soldats, quand il faisait la guerre, étaient tous ses amis...

— Ouais ! Quel panégyrique ! Voilà une maman que je désirerais fort connaître et quand elle ne penserait que la moitié du bien qu'elle t'a dit de moi... Elle est sans doute en visite chez la marquise, ta maman ?...

— Non, monsieur, elle habite au Rusquec depuis deux semaines.

— Au Rusquec, ici ?...

— Pas ici... Là... dans cette aile du château que vous voyez de la fenêtre.

— Çà, petit, dit le marquis dont l'œil flamboya

tout à coup, qu'est-ce que c'est que toute cette histoire ?... Plus je t'examine... Mais, pardieu non, je ne me trompe pas. Comment t'appelles-tu ?

— René Gardivaux », dit l'enfant sans sourciller.

Si violente et si brusque fut la commotion du marquis à ce nom de Gardivaux, un tel afflux de sang lui gonfla les veines du cou et de la face, que l'enfant, malgré lui, recula...

« Je... Je... J'étouffe... Gonéry !... Gonéry !... »

La tête curieuse de Tina se montra dans l'entre-bâillement de la porte et disparut presque aussitôt. Le petit René, cependant, son premier mouvement de frayeur surmonté, s'était porté au secours du vieillard. Mais celui-ci, par un effort de volonté vraiment extraordinaire, avait réussi à se dégager des étreintes de l'apoplexie imminente. Il écarta l'enfant de la main et, saisissant sa béquille posée contre le fauteuil, se mit à frapper sur le plancher ces coups rageurs et précipités qui avaient affolé les trois filles de la marquise. Quand Mme de Talgoët et Pontus arrivèrent dans l'appartement du vieux gentilhomme, la première personne qu'ils aperçurent fut le petit René.

« Mon Dieu ! s'écria la marquise en joignant les mains, nous sommes perdus ! »

Déjà Pontus, dont la frayeur n'était pas moins grande que celle de sa mère, faisait signe à Gonéry d'emmener l'enfant. Mais le vieux gentilhomme lui commanda de ne pas bouger et, s'adressant à Mme de Talgoët :

« Comment se fait-il que Mme Gardivaux et son fils soient au Rusquec ? .»

La marquise, incapable de répondre, était tombée

à genoux près du fauteuil de son mari. Dans cette attitude humble et prosternée, ses cheveux blanchis avant l'âge, ses mains qui tremblaient, les pleurs qui ruisselaient sur ses joues faisaient un spectacle qui eût attendri tous les cœurs. Mais le vieux marquis demeurait impassible.

« Mon père ! dit Pontus en s'avançant.

— Paix là, monsieur ! répliqua sèchement le marquis. Je m'adresse à votre mère...

— Bertrande était si malheureuse ! murmura enfin, à travers ses hoquets, la marquise...

— Elle ne l'a pas encore été assez, dit M. de Talgoët. Il n'y a pas de châtiment assez fort pour les filles de sa sorte...

— Pitié pour elle ! supplia la marquise...

— Non ! dit le marquis. L'indigne fille n'a que ce qu'elle mérite... »

Incapable d'abord de rien comprendre à cette scène, le petit René était resté jusqu'à ce moment immobile et silencieux. Il voyait bien qu'il était question de sa mère dans le colloque orageux des trois acteurs, mais il ne s'expliquait pas la colère du vieux gentilhomme et encore moins que cette colère retombât sur la marquise et sur Pontus. S'il y avait un coupable dans l'affaire, c'était lui qui, par étourderie, curiosité, ignorance d'enfant, s'était introduit dans un appartement réservé : il aurait compris qu'on l'en punît, non qu'on punît Pontus et la marquise. Ce renversement des rôles le déroutait un peu : il ne protestait pourtant pas, craignant de ne pas bien comprendre et que ces choses ne dépassassent son entendement de garçonnet. Mais, quand il entendit le marquis maltraiter sa mère et déclarer qu'il n'y avait pas de châtiment assez grand pour elle, la force du sang l'emporta et, serrant ses petits poings, il se jeta comme un furieux sur le vieux gentilhomme :

« Je ne veux pas qu'on insulte maman ! Je ne veux pas !... »

Il écumait littéralement. Pontus n'eut que le temps de l'arrêter, mais, jusque dans les bras de son oncle, il tapait du pied, serrait les poings et continuait de crier :

« Je ne veux pas qu'on insulte maman ! Je ne veux pas ! »

Le marquis, stupéfait, ne soufflait plus mot. Cette intervention de l'enfant était si inattendue qu'il en demeurait tout abasourdi. Et, d'autre part et jusque dans sa forme puérile, elle témoignait d'une générosité de cœur si spontanée, d'un héroïsme si émouvant et si noble, elle avait enfin un caractère si légitime que, loin d'en vouloir à son petit adversaire, le vieux gentilhomme, peu à peu, se sentait entraîné vers lui par un secret mouvement de sympathie et d'admiration. L'enfant pouvait s'appeler René Gardivaux : certainement, c'était un Talgoët. Il n'en avait pas que les traits ; il en avait l'âme emportée et généreuse.

Le verbe aussi. Le vieux marquis n'avait qu'à se remémorer ces réponses de l'enfant, qui l'avaient tant surpris lors du premier interrogatoire qu'il lui avait fait subir : comme ce bambin parlait avec une gravité précoce, une sorte de piété au-dessus de son âge, du passé des Talgoët ! Comme il était nourri des forts enseignements de leur histoire ! Comme il semblait attentif devant la grande figure du vainqueur de Wolfenbuttel ! Comme il avait regardé cette épée de fer pendue sous l'image du maréchal et dans le pommeau de laquelle tenaient six siècles de gloire !... Oui, en vérité, c'était bien un Talgoët... Le marquis était-il dupe d'une illusion ? Il trouvait que l'enfant, plus encore qu'à Pontus et à lui-même, ressemblait au grand aïeul dont la martiale figure éclairait tout un panneau du salon. C'était le même menton volontaire, les mêmes prunelles de bronze, le même front large et puissant : l'enfant était comme la miniature du maréchal. Les yeux du vieux gentilhomme allaient de l'un à l'autre comme pour les comparer. Pontus, qui observait son père tout en essayant de calmer l'enfant, le voyait avec surprise qui se détendait et s'amollissait insensiblement. Sa colère était toute fondue. Il regarda encore le portrait du maréchal et, comme s'il avait recueilli sur ces lèvres glacées un conseil d'indulgence, une exhortation à l'oubli et à la pitié, les mêmes qui étaient tombés inutilement tant de fois, sous forme de prière, des lèvres de Mme de Talgoët et de Pontus, le vieux gentilhomme ouvrit les bras à son petit-fils et, le prenant par les tempes pour le baiser au front :

« Ne pleure plus, petit. Tu avais raison de défendre ta maman... C'est moi qui te demande pardon... »

V

Brise-toi, mon cœur, je t'en prie, brise-toi..
(SHAKESPEARE).

L'issue inespérée de l'étourderie du jeune René — étourderie qui aurait pu si aisément causer un nouveau malheur et dont Pontus et Mme de Talgoët, dans leur satisfaction d'avoir vu les choses tourner si bien, négligèrent de rechercher l'auteur responsable — n'avait pourtant pas sensiblement modifié les rapports des hôtes du Rusquec. Si le marquis avait baissé pavillon devant son petit-fils, il n'avait pas complètement désarmé devant sa fille. Du moins, et tout en refusant de la recevoir, avait-il permis qu'elle restât au Rusquec. Premier pas vers le pardon définitif ! Magnifique thème à développement pour l'abbé Colober, qui en induisit une fois de plus que les voies de Dieu sont impénétrables et se replongea, d'un cœur plus léger, dans le dépouillement de ses grimoires !...

Seule, Véronique ne manifesta qu'une demi-satisfaction.

« Si ce n'est pas une pitié, bougonna-t-elle, de faire tant de gyries pour donner l'absolution à une si digne personne que Mme Bertrande !... Avec ça qu'elle est si coupable et que M. le marquis a la

conscience si blanche ! On connaît de ses frasques,
peut-être, quand il était jeune... A la place du petit
René, savez-vous ce que j'aurais fait, moi, monsieur
le recteur ? Eh bien, je lui aurais tourné le dos, à
votre scélérat de marquis ! Ce n'est pas un cœur
certainement qu'il a dans la poitrine, c'est un bloc
de glace... »

Kernéguez n'était pas de cet avis. Pontus lui avait
communiqué la double nouvelle de l'algarade du
petit René et de la mort de Gardivaux. Sur les
entrefaites, une lettre de l'avocat de Bertrande avait
apporté des détails sur la fin tragique du coulissier :
c'était bien d'un suicide qu'il s'agissait ; le misérable,
à bout de ressources, après un dernier coup sur la
rouge, s'était logé une balle dans la cervelle. L'avocat
de Bertrande, pour éviter des complications regret-
tables, lui conseillait de renoncer purement et simplement à la succession de son mari. Le sacrifice lui
parut d'autant plus léger qu'elle avait déjà pris
l'engagément de ne rien accepter de Gardivaux. Il
n'en était pas moins vrai que sa présence au Rusquec
et l'éducation de son fils allaient grever d'une nouvelle charge le budget déjà si obéré des Talgoët.

« Je travaillerai comme mes sœurs », avait dit
Bertrande à Pontus.

De fait, à peine installée au Rusquec, elle avait
écrit à diverses personnes de ses relations, qui s'occupaient d'œuvres charitables, pour solliciter des com-
mandes de broderie et autres ouvrages de dames,
d'un rapport malheureusement bien aléatoire. L'abbé
Colober, stimulé par Véronique, s'était offert pour
enseigner le rudiment au petit René. Vaille que vaille,
on pouvait ainsi parer au plus pressé. L'important

n'était-il point que le marquis eût donné son consentement à la présence de Bertrande au Rusquec ? La famille, de la sorte, ne serait plus obligée à ces précautions et à ces cachoteries qui avaient quelque chose d'humiliant...

« Sans doute, avait dit Kernéguez, sans doute. J'ai toujours pensé, mon cher Pontus, que votre père n'était pas si intraitable que vous le croyiez. Et vous me voyez ravi du succès inespéré qu'a obtenu l'étourderie de votre jeune neveu... »

Mais la manière dont il s'exprimait, tout en n'inspirant aucun soupçon à Pontus sur la sincérité des sentiments de son vieil ami, ne laissait pas cependant de l'étonner un peu : où étaient cette flamme, cette animation, cette sorte de fièvre heureuse qui avaient agi si puissamment sur Kernéguez et plus fait pour sa guérison, de l'avis du docteur lui-même, que tous les pansements, les compresses et les drogues ? A peine convalescent, le pauvre Croc-d'Argent semblait retombé dans son atonie des anciens jours. C'était au point que Pontus se demandait si la nouvelle de la mort de Gardivaux n'était pas la cause déterminante de ce subit retour d'humeur noire. Et pourtant cette disparition du mari de Bertrande lui aurait dû être un soulagement, presque une joie : désormais il pouvait prétendre à la jeune femme, l'aimer et se faire aimer d'elle, l'épouser... Mais c'est à peine s'il parlait de Bertrande. Positivement — Pontus en fit la remarque à diverses reprises au cours de ses visites à son ami — la mort de Gardivaux, qui rendait toute liberté à sa veuve, semblait avoir consterné Kernéguez.

Le jeune homme se creusait la tête pour chercher

la raison de cette étrange attitude, qui n'était pas
sans retarder singulièrement la convalescence, pourtant bien avancée déjà, du blessé... Un jour qu'il se
rendait à La Haye, il croisa dans l'avenue Florence
Trelawney qu'il n'avait pas vue depuis la scène du
glas et qui arrêta son *pony-chaise* pour lui parler.

« Excusez-moi, lui dit-elle.. Mais je sais comme
la santé de votre ami vous préoccupe et il est bon,
je pense, que vous soyez prévenu ...

— De quoi ? Qu'arrive-t'il ? demanda Pontus, visiblement agacé de la rencontre.

— C'est assez difficile à expliquer, dit Florence,
sans paraître remarquer ce manque de galanterie. Je
croyais M. de Kernéguez hors de danger ; le docteur
Dilasser, hier encore, m'avait dit : « Rassurez-vous
my lady », et je venais rendre à votre ami un pli
qu'il m'avait confié le lendemain de son duel, quand
lui-même se jugeait perdu...

— Eh bien ? dit Pontus.

— Eh bien, M. de Kernéguez m'a demandé de
garder encore ce pli, sous prétexte qu'il fallait réserver
l'avenir et que rien n'était moins certain que sa
guérison...

— C'est singulier, en effet, dit Pontus. Mais le
pli ne devait donc être ouvert qu'après sa mort ?

— Oui. Seulement, le hasard en a disposé autrement ; le domestique que j'avais laissé à La Haye
m'a trompée et, croyant M. de Kernéguez décédé,
j'ai ouvert le pli.

— Ah ! dit Pontus, qui ne put retenir un mouvement de curiosité...

— Bien des secrets que je n'aurais pas dû connaître m'ont ainsi été révélés avant l'heure. Oh !

j'en suis toute confuse... J'ai congédié cet imbécile
de domestique... Les secrets de M. de Kernéguez,
tant qu'il n'est pas mort, ne doivent regarder que
lui... Il y en a un pourtant que l'aggravation de son
état me fait un devoir de vous confier... J'ai longtemps hésité, mais enfin il faut que vous sachiez que
votre ami a fait exprès de se laisser blesser par
M. Lebigre ; il en avait assez de la vie et il comptait
sur son adversaire pour l'en débarrasser.

— Est-ce possible ? dit Pontus.

— Il ne faut pas dire possible, répliqua Florence,
il faut dire certain. M. de Kernéguez avait fait son
testament le matin du jour où il s'est battu, et ce
testament, contenu dans le même pli que la lettre
dont je vous parle, ne laisse aucun doute sur ses
intentions. M. de Kernéguez l'avait donné à Joson
pour me le remettre en temps et lieux, — c'était son
expression. Quand il vit qu'il n'était que blessé, il
le redemanda à son valet de chambre, écrivit sur
l'enveloppe : *A ouvrir après ma mort*, et me pria de
le garder jusque-là...

— Pourquoi ne m'avez-vous pas prévenu plus tôt ?
dit assez durement Pontus.

— Parce qu'il m'avait semblé que M. de Kernéguez n'avait plus la même hâte de mourir...

— Soit ! dit Pontus. Et vous pensez l'instant venu
de rompre le silence ?

— Je le pense, oui... Je suis persuadée qu'anté-
rieurement à sa convalescence M. de Kernéguez, qui
regrettait de n'avoir pas été tué par son adversaire,
mettait tout en œuvre pour contrarier les efforts du
médecin... La blessure qu'il avait reçue n'était pas
très grave par elle-même, mais elle pouvait le devenir,

et ce n'est certainement pas sa faute si elle ne l'est pas devenue... Rappelez-vous ces épanchements qui ont tant inquiété le docteur Dilasser et qui lui faisaient craindre, disait-il, que la cavité... cavité... attendez que je cherche le mot... oui, c'est cela... que la cavité péritonéale ne fût intéressée... Eh bien, ma conviction est faite : c'est M. de Kernéguez qui les avait volontairement provoqués et qui avait arraché lui-même son pansement.

— Quel horizon vous m'ouvrez ! dit Pontus. Tout s'éclaire à présent...

— Tout ? dit Florence... Non, puisque M. de Kernéguez semble retombé, à la suite de je ne sais quelle intervention, dans son inexplicable accablement des premiers jours. Ses idées noires l'ont repris. Oh ! c'est un mauvais signe, un très mauvais signe... Avec un pareil malade on n'est jamais tranquille et le médecin nous annoncerait tantôt que sa blessure s'est rouverte et que M. de Kernéguez est à l'agonie, je n'en serais pas autrement surprise... S'il n'y avait pas quelque chose de changé en lui, s'il ne s'était pas remis à caresser sa funèbre marotte, m'aurait-il priée de garder encore le dépôt qu'il m'a confié ?

— Vous avez raison, dit Pontus. Il y a quelque chose de changé en Kernéguez. Mais quoi ?

— Le sais-je ? dit Florence... En tous cas, vous voilà prévenu. C'est tout ce que je pouvais faire... »

Elle inclina légèrement la tête, toucha ses ponies et se perdit dans l'avenue, sans que Pontus se fût détourné, comme autrefois, pour la suivre du regard.

Oui, c'était bien maintenant une étrangère pour lui que cette Florence. Il lui savait gré sans doute de

l'avertissement charitable qu'elle venait de lui donner,
mais comme on sait gré au passant qui vous avertit
de la présence d'une trappe ou du voisinage d'une
fondrière. Et il faut dire aussi que rien dans l'attitude de Florence n'était fait pour lui attirer les
cœurs. L'impérieuse fille pouvait avoir de sourds
mouvements de révolte contre elle-même ; il y avait
des heures peut-être où elle se reprochait amèrement
son caractère altier, cet orgueil et cette morgue qui
lui avaient coûté si cher et dont elle ne parvenait
pas à se guérir ; c'était le sang celte qui parlait à ces
heures-là dans ses veines et l'inclinait au repentir.
Devant témoins, l'Anglaise, bardée d'arrogance, reparaissait dans toute sa roideur, avec sa volonté de
fer, sa superbe et son impertinence. De l'émoi intérieur qui l'agitait, du trouble qu'elle avait ressenti
en apercevant Pontus, rien ne transparaissait dans
ses yeux verts et glacés. Statue vivante, elle semblait
assister impassible au drame qui se jouait dans son
propre cœur...

Pontus ne le soupçonnait même pas, ce drame :
une sorte de trêve était intervenue entre Florence et
lui à la suite du duel de Kernéguez et de Lebigre.
Le commun intérêt qu'ils prenaient au rétablissement du blessé expliquait suffisamment les rapports
qu'ils avaient l'un avec l'autre. Kernéguez une fois
guéri, ces rapports, déjà bien espacés, cesseraient définitivement. Pontus et Florence s'en iraient vers leurs
destins respectifs : la séparation serait consommée.
Pontus, pour son propre compte, ne la redoutait pas :
il aspirait plutôt vers elle et la souhaitait aussi
prochaine que possible, tant pour lui permettre de
reprendre son équilibre, ébranlé par une incroyable

succession de catastrophes domestiques, que dans
l'intérêt personnel de Kernéguez...

Encore fallait-il que Kernéguez se rétablît et les
confidences que venait de lui faire Florence et que
corroboraient ses propres observations le jetaient à
cet égard dans une anxiété singulière. Pouvait-il
soupçonner que le pauvre Croc-d'Argent, du jour
que la mort de Gardivaux avait affranchi Bertrande,
était retombé dans des perplexités cent fois plus
douloureuses que celles où il s'était débattu avant
le mariage de la jeune femme ? Pas plus aujourd'hui
qu'autrefois il prévoyait qu'il n'aurait le courage de
lui faire l'aveu de son amour ; s'exagérant sa laideur
et son infirmité, il voyait l'âge, par surcroît, dégarnir
ses tempes, jaunir sa peau, boursoufler son visage,
rayer son front de nouvelles rides et creuser un peu
plus les anciennes. Comment admettre qu'une femme
comme Bertrande voulût jamais d'un magot de son
espèce ? Séparée, pauvre, malheureuse, elle pouvait
le tolérer encore dans son ombre, supporter ses services, souffrir qu'il l'aimât à sa manière, silencieusement, en esclave plus qu'en amoureux... Libre,
elle lui préférerait un autre, plus jeune, moins laid,
qui n'aurait pas sa triste infirmité ; quelque matin
il apprendrait qu'elle s'était envolée du Rusquec au
bras de ce rival encore à naître et qu'il haïssait déjà.
Ce second mariage de Bertrande n'était pas pour lui
une hypothèse, mais une certitude ; il lui apparaissait
comme assuré, fatal, écrit d'avance au livre du Destin.
Dès lors, à quoi bon différer ? Il sentait bien que,
quand sonnerait la redoutable échéance, sa détresse
serait si profonde qu'elle éclaterait à tous les yeux ;
il ne pourrait plus la cacher à personne, et il souffri-

rait tant qu'il aimait mieux, tout de suite, s'en aller, avec son secret dans le cœur, et comme il avait déjà médité de le faire. Ni Bertrande, ni Pontus ne soupçonneraient rien. Ils garderaient son souvenir sans qu'il s'y mêlât aucune amertume ; ils le béniraient même peut-être et, avec la fortune qu'il leur laisserait, ils pourraient recommencer leur vie. Tout pesé, c'était encore la solution la meilleure, ce départ sans éclat, sans tapage, à l'anglaise... Le docteur Dilasser y perdrait son latin : un malade en si bonne voie de guérison ! Tout au plus rêvait-il, pour que la séparation fût plus douce, d'avoir près de lui, avant de mourir, une fois au moins, non point cette Bertrande, veuve de quinze ou vingt jours à peine, dont il comprenait que la vue lui était interdite, mais quelqu'un qui serait encore un peu d'elle, ce petit René dont Pontus lui avait tant vanté la gentillesse et l'intelligence et qui, nouveau David, sans fronde ni cailloux, par la toute-puissance de sa jeunesse et de sa grâce, avait terrassé le vieux Goliath du Rusquec, l'intraitable et farouche marquis de Talgoët.

Dans sa chambre de grabataire, envahie par le hâtif crépuscule d'une fin de novembre mélancolique, Kernéguez avait pris la main de Pontus dans la sienne et lui avait confié, à voix basse, presque en tremblant, le désir qui lui gonflait le cœur...

« Vous me l'amènerez quelque jour, n'est-ce pas, Pontus ?... Demain, si vous pouvez... Mme Gardivaux ne s'y opposera peut-être pas... Vous lui direz que je serais si heureux de connaître son fils !... »

Pontus n'avait pas eu de peine à promettre et encore qu'il n'aperçût pas très bien ce qui pourrait résulter de bon pour Kernéguez de cette entrevue avec le petit René. Mais le cœur de son ami lui restait obstinément fermé et il ne devinait pas à quel sentiment de pudeur délicate obéissait le pauvre Croc-d'Argent. Tourmenté par les confidences de Florence et craignant que son ami ne se portât à quelque extrémité fâcheuse, il vit là du moins un moyen de retarder le dénouement qu'il redoutait. Par surcroît de précaution, en passant dans l'anti-chambre, il prit Joson à l'écart et lui recommanda de bien surveiller son maître. L'excellent serviteur n'était pas meilleur psychologue que Pontus et ne comprenait rien à l'abattement de Kernéguez, d'au-tant que ce dernier, affaibli par le mal, ne prenait plus la peine de cacher sa mélancolie sous le masque de causticité qui avait jadis trompé tant de gens...

Pontus pensa que Bertrande verrait peut-être plus clair que Joson et lui dans l'étrange conduite de Croc-d'Argent. De retour au Rusquec, il la chercha pour lui faire part de ses appréhensions. Mais Ber-trande n'était pas dans sa chambre : il descendit au rez-de-chaussée, croyant la trouver près de Mme de Talgoët ; il n'y avait céans que les trois sœurs, et elles ne purent lui dire où avait passé Bertrande. Tout ce qu'elles savaient, c'est que le petit René était avec son grand-père, là-haut, et qu'on entendait à travers le plafond les roulements de béquille et les brefs commandements du marquis, qui faisait faire l'exercice militaire au garçonnet.

Le vieux gentilhomme et l'enfant étaient, en effet, devenus une paire d'inséparables. Oh ! la chose n'avait pas traîné. Dès le saut du lit, le lendemain de leur entrée en relation, M. de Talgoët avait mandé son petit-fils et il n'avait point donné de cesse qu'on ne le lui eût amené. Jour par jour, heure par heure, l'enfant avait fait la conquête du vieillard qui ne pouvait plus se passer de lui et se retrouvait, avec une joie qu'il ne songeait point à cacher, dans ce blondin impétueux, volontaire et charmant. C'était, chaque après-midi, quand la galopade du jeune René retentissait dans le corridor, sur ses vieilles joues sèches et ridées, le même rayonnement de surprise heureuse qui se changeait en émerveillement à mesure qu'il pénétrait dans l'âme du gentil garçonnet, qu'il l'interrogeait sur ses lectures, ses jeux, ses préférences, ses ambitions. L'enfant voulait être soldat comme son grand-père et comme le maréchal. Le vieux marquis quelquefois, pour le distraire, entamait l'histoire des grandes guerres où avait été mêlé son aïeul, mais il lui arrivait de s'embrouiller, de confondre les dates et les événements, et la victoire de Kempen avec la victoire de Wolfenbuttel ; sa mémoire n'était plus bien fidèle, et c'était l'enfant qui, gentiment, redressait ses erreurs :

« Non, grand-papa, ce n'est pas comme ça. Maman m'a dit... »

A ce nom de maman, le vieux gentilhomme, au début, fronçait bien un peu les sourcils ; intérieurement il ne pouvait s'empêcher de reconnaître que Bertrande s'était montrée une mère parfaite. Il ne le disait pas ; il ne l'avouait pas et pourtant il lui savait un gré infini d'avoir développé dans l'âme de son fils tant de nobles sentiments, de l'avoir élevé dans le culte du passé et des grands souvenirs de sa famille. La vive intelligence de l'enfant n'avait rien laissé perdre des enseignements maternels.

« Positivement, il en remontrerait à un généalo-
giste ! » disait quelquefois le marquis.

Bertrande, nonobstant, demeurait exclue de sa
présence. Sans doute, M. de Talgoët ne la maltraitait
plus en parole : averti par l'expérience, il se gardait
de froisser sur ce point la sensibilité de l'enfant ; il
applaudissait même tout bas à la délicatesse de ses
sentiments filiaux. L'enfant ne s'en étonnait pas
moins de trouver son grand-père si impitoyable à
l'égard de sa mère. Pourquoi refusait-il de la voir ?
Pourquoi ne lui demandait-il jamais de ses nouvelles ?
Son petit cerveau travaillait depuis plusieurs jours
sur ce thème énigmatique. Sa mère, à qui il avait
posé la question, s'était contentée de lui répondre :

« Ton grand-père a ses raisons pour ne pas me voir.
Garde-toi bien de l'interroger. »

Et l'enfant s'était tu ; mais, à l'instigation de
Véronique peut-être, une résolution étrange avait
pris racine dans son petit cerveau : puisque grand-
papa refusait de voir maman, eh bien ! lui non plus
ne verrait pas grand-papa... Et, cette après-midi-là,
le vieux marquis tendit vainement l'oreille pour surprendre dans le corridor la galopade qui annonçait
l'arrivée du petit René ; inquiet, il envoya Gonéry
aux informations, et Gonéry, l'oreille basse, revint
avec l'ultimatum du gamin. Le vieux gentilhomme
s'emporta, jeta feu et flamme, jura ses grands dieux
que ce n'était pas ce tyranneau de sept ans qui le
ferait plier, et, quand il eut bien lâché la bonde à sa
colère, crié, pesté, tempêté, devant le désert qu'était
sa chambre à présent que n'y cascadait plus le rire
perlé du gamin, il sentit sa faiblesse et, vaincu, se
tourna vers Gonéry :

« Va chercher l'enfant et la mère, puisque l'enfant
ne veut pas venir seul... »

Pontus, qui sortait à ce moment de la pièce commune où se tenaient ses sœurs, aperçut Bertrande
comme elle descendait l'escalier qui menait aux
appartements personnels du marquis. Il n'en crut
pas ses yeux et il fallut que Bertrande lui confirmât
le miracle pour qu'il se rendît à la vérité...

« Voilà un grand bonheur et bien inespéré qui nous
échoit, Bertrande, dit Pontus. Mais nous avons été
si peu gâtés jusqu'ici que je n'ose m'y abandonner
complètement. Voyez ce qui nous arrive pour Kernéguez... »

Bertrande pâlit : est-ce que Kernéguez avait eu
une rechute et, si près de la guérison définitive,
pouvait-il donner encore des inquiétudes au médecin ?
Pontus rapporta ce que lui avait confié Florence et
ce qu'il avait lui-même observé ; il ajouta que
Kernéguez désirait voir le petit René. Bertrande
écoutait en silence et, quand Pontus eut fini de
parler, elle resta encore un moment silencieuse et
comme absorbée dans ses réflexions. Enfin, levant la
tête et regardant son frère bien en face :

« Avez-vous confiance en moi, Pontus ? »

Son regard était si franc et si droit que le jeune
homme n'eut aucune hésitation :

« Pouvez-vous me le demander ? dit-il.

— Eh bien ! laissez-moi faire, » dit Bertrande.

Le lendemain était un dimanche. Bertrande
entendit la messe à Saint-Herbot. Mais, au lieu de
rentrer directement au manoir, elle prit à pied, avec
son enfant, le chemin du Huelgoat. Le temps était
sec et froid. Les bois sommeillaient, blancs de givre,

Le silence n'était interrompu de temps à autre que par la fuite apeurée d'un chevreuil ou le croulement d'une bécasse sous le couvert. Au carrefour de Belle-vue, Bertrande et son fils changèrent de direction et quittèrent la route du Huelgoat pour celle de Locmaria. Et, le Vieux-Tronc franchi, les deux promeneurs obliquèrent encore par un chemin de traverse mal entretenu et tout défoncé par les pluies de l'hiver. Des paysans endimanchés, la peau de bique à l'épaule, le *pen-scod* au poing, croisaient et saluaient respectueusement, sans la reconnaître, cette dame en deuil qui tenait par la main un enfant vêtu de noir comme elle. Et Bertrande non plus ne les reconnaissait pas. Tout entière à l'objet de son douloureux pèlerinage, elle ne répondait que par monosyllabes aux questions de son fils qui l'interrogeait à propos d'un détail de l'habillement des montagnards ou lui demandait le nom de tel village — Plouyé, Collorec, Lannédern — dont le clocher pointait là-bas, flèche d'argent pâle, sur la bigarrure des emblaves et des landes. Mais une grande forme brune qui bondit à ses pieds, traversa la route et se perdit, avec un rire aigu, dans le fourré voisin, lui causa une légère frayeur. Cette fois sa mémoire ne l'avait pas desservie : en cette faunesse au rire de démente, dont les trilles sauvages dansaient encore dans son oreille, elle avait reconnu Barba Timeur, l'innocente du Guibel, l'initiatrice de Pontus à la vie forestière. Et sa frayeur fut courte, car elle savait combien Barba était inoffensive, mais elle ne laissa pas de s'étonner, ayant entendu dire par son frère que l'innocente était détenue à Quimper, dans un asile d'aliénés...

L'avait-on relâchée exprès ? S'était-elle évadée ?

Bertrande ne se posa pas la question. L'attention de la jeune femme venait d'être ramenée à son premier objet par un élargissement soudain de la traverse : à gauche, sur un petit tertre gazonné, un hêtre de la grande espèce baignait ses racines puissantes, pareilles à des reptiles endormis, dans une mare d'eau verdâtre où le gel de la nuit retenait prisonnières des feuilles couleur de rouille ; de l'autre côté de la traverse, derrière les pilastres d'une grille oxydée, La Haye ouvrait sa large avenue de chênes et d'ormes alternés. On apercevait déjà, entre les arbres, les hautes cheminées du pignon.

Gentilhommière plus que château et maison des champs plus que gentilhommière, La Haye appartenait depuis 1584 à la famille de Kernéguez ; sur les débris de l'ancien castel féodal, incendié par les Bonnets-Rouges du Papier Timbré, un ancêtre de Croc-d'Argent avait bâti à la fin du XVIIe siècle cet aimable pavillon champêtre, d'un étage sur rez-de-chaussée, assez joli de lignes, mais qui s'était trouvé trop étroit à l'usage et qu'il avait fallu rabouter d'une aile au siècle suivant. Malheureusement, et par un oubli des proportions qui gâtait le coup d'œil, cette aile était plus élevée que le pavillon principal qu'elle dépassait de presque toute la hauteur de son comble. Une petite cour, ornée d'un joli puits à poulie, ombragée de grands lauriers arborescents contemporains du château, régnait devant la façade qu'elle séparait des jardins par une grille semblable à celle de l'entrée principale et scellée comme elle dans deux grands pilastres renaissance.

Bertrande retrouvait les choses dans le même état où elle les avait laissées, la métairie et les communs

à gauche, le four à droite, puis un merisier gigantesque qui débordait sur l'avenue et où, petite fille
amoureuse de fruits verts, elle avait picoré bien des
« badies » d'une maturité douteuse, le colombier, la
volière, enfin le pignon de l'annexe avec son œil-de-
bœuf, sa porte cintrée, ses cheminées magistrales et
la ligne brisée de son grand comble à la Mansart...,

Que de fois elle était venue là avec son père et
Pontus, du temps de M. de Kernéguez l'ancien ! Et
il lui semblait que rien n'avait changé autour d'elle :
des pigeons roucoulaient sur le toit de la métairie, et
elle eût juré que c'étaient les mêmes qui roucoulaient
sur le toit quinze ou vingt ans en deçà. Un chien
aboya, et elle crût reconnaître la voix de Munito, le
grand braque espagnol à deux nez, qui la prenait sur
son dos et faisait avec elle, dans cet équipage, le
tour de la salle à manger. Que tout cela était loin
pourtant, mon Dieu ! N'y avait-il donc qu'elle qui
avait vieilli ? Elle sonna, et le tintement fêlé de la
sonnette fit lever en elle toute une nouvelle volée de
souvenirs : elle revit la cuisinière du feu comte, cette
bonne grosse dondon d'Aurore Zozodola, Zozo, comme
on l'appelait, Bretonne métissée, descendante des
esclaves employés à la mine sous Louis XIII et qui
avait gardé, à travers cinq croisements, le nez écaché,
les yeux blancs et le parler zézayant de la race nègre,
si drôle sur ses lèvres d'assimilée ; elle revit le feu
comte lui-même, bruyant, le verbe haut en couleur,
le teint allumé, vrai type du hobereau campagnard,
si différent de son fils, le pauvre Croc-d'Argent,
timide jusqu'à l'effacement, gêné près des femmes
par la conscience de son infirmité, et, quoique plus
âgé que Bertrande d'une quinzaine d'années, ayant

déjà, pour la petite fille qu'elle était encore, avec ses jupes courtes et ses nattes dans le dos, cette espèce de vénération silencieuse, de culte furtif et distant dont elle n'appréciait que trop tard la délicatesse infinie...

Comme il eût fallu peu de chose jadis, simplement un peu moins de timidité chez Kernéguez, chez elle un peu plus de discernement, pour que sa vie fût changée du tout au tout !

La porte venait de s'ouvrir : un valet de chambre qu'elle ne connaissait pas introduisit Bertrande dans le petit salon blanc et or, aux trumeaux fanés, où elle avait pénétré tant de fois.

« Vous annoncerez Mme Gardivaux et son fils... »

Le domestique s'inclinait, allait prévenir son maître, et, dans le cadre de la porte de communication précipitamment ouverte, Kernéguez surgissait en pleine lumière, si pâle et si défaillant d'émotion en la revoyant et après le grand effort qu'il avait fait pour venir jusque-là qu'il était obligé de s'appuyer au chambranle...

« C'est vous, Bertrande !... »

Elle s'était levée et, poussant son fils devant elle, elle allait à sa rencontre.

« Oui, dit-elle simplement, je suis venue vous présenter René : Pontus m'a dit que vous désiriez le voir... »

Par cette phrase, qu'elle n'avait pas préparée, elle établissait tout de suite le seul ton où pût se tenir l'entretien. Kernéguez ,regrettant déjà l'exclamation qui lui avait échappé, s'était détaché de la porte et avait pris l'enfant dans ses bras.

« Il ne faut pas que vous restiez debout, monsieur

de Kernéguez, dit Bertrande ; vous êtes encore trop faible. »

Docilement, il obéit, mais il ne lâcha pas l'enfant. Ses doigts dans les boucles blondes du petit René, il le regardait, n'osant regarder Bertrande et se flattant de retrouver dans l'enfant quelques-uns des traits de la mère. Il pensa :

« Comme il lui ressemble !... »

Et il comprit qu'il ne devait pas exprimer tout haut sa pensée. Bertrande ne lui avait-elle pas accordé plus qu'il n'eût jamais osé souhaiter en accompagnant elle-même son fils à La Haye ? Il l'avait vue, et, tout à l'heure, quand elle se lèverait pour partir, il la reverrait une dernière fois. Et, en attendant, il repaissait avidement ses yeux du petit être qui était son émanation ; il avait toute liberté pour l'embrasser, le caresser, frôler cette peau lumineuse et douce... Il se disait qu'à présent il s'en irait de la vie sans regret : son vœu le plus cher était exaucé. On ne se baigne pas deux fois dans le même fleuve et il y a des bonheurs qui ne renaissent jamais. Pourvu seulement que celui-là durât un peu, que Bertrande ne brusquât pas trop l'entrevue ! Et il fut sur le point de lui dire qu'il fallait être pitoyable et condescendante à quelqu'un qui n'aurait bientôt plus aucune exigence ; mais, ce qu'il n'osait dire, Bertrande le lut dans ses yeux et elle vit que Pontus ne s'était point trompé. Alors, et comme il tenait toujours le petit René pressé contre lui, elle dit doucement :

« J'ai une grâce à vous demander, monsieur de Kernéguez,... »

Les yeux de Kernéguez se relevèrent craintivement vers Bertrande.

« Il faut que vous viviez », continua-t-elle.

Honteux de s'être laissé deviner, Kernéguez essayait un timide geste de protestation. Comment avait-on pu croire ?... Mais Bertrande, du même ton de douce assurance, reprenait déjà :

« Il faut que vous viviez, et je ne m'en irai point d'ici que vous ne m'ayez promis de faire tous vos efforts pour guérir... »

Bouleversé, Kernéguez avait lâché l'enfant. Vivre ! Bertrande lui demandait de vivre, et quand c'était la seule grâce qu'il ne pouvait lui accorder ! Autant qu'elle lui demandât de ne plus l'aimer, puisque c'était de trop l'aimer justement qu'il se mourait. Comme sa pitié l'égarait ! Comme à son insu elle se montrait cruelle ! Car de croire que Bertrande, en lui faisant cette prière, n'obéissait pas à la compassion toute pure et qu'un autre sentiment avait pu dicter sa conduite, le pauvre homme n'avait point une pareille audace. Et, incapable de prendre une décision, supplicié entre son désir de donner satisfaction à Bertrande et la conscience de l'impossibilité où il serait de tenir sa promesse, il demeurait sans parler, les yeux fixes et voilés d'une brume d'agonie. Et Bertrande, à voix plus basse, le rose de la pudeur aux joues, dit le mot décisif :

« Je vous le demande pour moi... et pour René. »

Kernéguez crut que le ciel s'ouvrait.

VI

Décors sanglants du ciel, n'êtes-vous que mensonge,
Lointaine obsession, païenne hérédité,
Ou bien cette épouvante où votre aspect nous plonge
A-t-elle obscurement sa part de vérité ?

(FRÉDÉRIC PLESSIS.)

Ce printemps de 1870, lourd et chaud et dont les couchants cuivrés, sur les monts de la Cornouaille, avaient quelque chose d'inquiétant par leur persistance, fut plein de signes tragiques et dont se troubla, comme d'une menace, l'imagination des habitants de l'Arrhée.

Nulle contrée n'est plus encline au surnaturel. La Bretagne a là sa Thessalie. Les Hécatonchires de l'Œta ne sont pas beaucoup plus effrayants que le géant Gevr-meur, couché en neuf plis sous les garennes de Loqueffret, ni les Harpies des Strophades que les sorcières griffues qui font élection de domicile à Brennilis, dans le dolmen de Goarem-ar-Boutiket. Le sous-sol du Youdic vaut l'Orcus, et ce soupirail de l'Enfer, ce puits de l'abîme, profond de douze cent cinquante lieues, suivant la croyance populaire, et d'où personne n'est jamais revenu, dut jouer le même rôle dans la mythologie des anciens Celtes que l'entrée du Ténare chez les Grecs du temps d'Homère.

Sur toute l'étendue du Yûn, à la nuit tombante, des feux s'allument, luisent à la pointe des joncs, dansent, serpentent, virevoltent : tantôt c'est une roue enflammée qui tourne dans les airs ; tantôt un cierge isolé que balance une main exsangue ; tantôt un dragon dont la gueule darde sept langues écarlates. Malheur au passant qui s'attarde dans cette région mitoyenne de l'Enfer ! La nuit, en Bretagne, est aux *anaon*[1] et à ceux qui sont chargés de leurs commissions terrestres. Cette fonction est remplie dans le Yûn par un homme qu'il ne fait pas bon croiser sur son chemin après le crépuscule, qui tient en laisse un barbet noir et qui est lui-même aux ordres du recteur de Braspartz, lequel possède le pouvoir de reconnaître les mauvais esprits sous les diverses formes animales qu'ils revêtent pour effrayer les humains. La forme du barbet est la plus employée. Le recteur passe au cou de la bête une corde bénite, et son émissaire n'a plus qu'à la précipiter dans le Youdic[2]. D'autres, il est vrai, dans ce mystérieux voyageur nocturne veulent voir un « conducteur d'âmes », sombre factotum de l'abîme, Hermès dégénéré, qui rôde autour des agonisants et profite d'un moment d'inattention de leurs anges gardiens pour faire main basse sur leurs âmes et les serrer prestement dans un bissac qu'il court vider du haut de Roc'h-Trévézel dans la bouillie rougeâtre du Youdic...

Or, en ce printemps de 1870, l'homme noir du Yûn fut aperçu plus fréquemment que d'habitude et l'on en induisit qu'il se préparait quelque chose

(1) Mânes errants des morts.
(2) Cet émissaire serait actuellement le facteur même de Braspartz, un certain Mazé, fort redouté dans la région pour le pouvoir occulte qu'on lui attribue, tant la superstition est vivace chez les montagnards !

de sinistre dans les conciliabules des esprits souterrains. Ce qui accrut encore l'épouvante, c'est qu'à plusieurs reprises, sur les steppes de l'Arrhée et des Montagnes-Noires, des pâtres qui menaient leurs troupeaux au pâturage dirent avoir observé un étrange phénomène : à pointe d'aube, dans les brumeuses écharpes de l'Orient, ils avaient distingué le fantôme d'un cavalier colossal, un cavalier blanc qui passait et repassait comme un éclair sur le front d'une armée rangée en bataille au sommet des ménez. Et cette armée ne faisait aucun bruit. Elle évoluait silencieusement sur l'horizon, et ce silence, l'air sombre et préoccupé du cavalier, la consternation qui se lisait sur la figure des hommes, avaient quelque chose d'impressionnant. Les vieux fatuaires de la Cornouaille déclarèrent tout d'une voix que c'était Arthur qui passait la revue de ses troupes, signe qu'une grande guerre était proche, et, du morne accablement de cette armée de fantômes, ils tirèrent encore cet augure que la guerre serait longue et malheureuse.

Si ces visions avaient un caractère d'authenticité ou si elles n'étaient que le produit de cerveaux échauffés par les rumeurs belliqueuses qui couraient depuis quelques mois, il importe assez peu céans. Un fait qui malheureusement n'avait rien d'imaginaire et qui ne contribua pas moins que les précédents à créer autour des habitants de la Cornouaille une atmosphère de superstitieuse terreur fut la découverte, à peu près vers la même époque, sur le sauvage plateau de Norohou, d'un cadavre du sexe féminin affreusement mutilé, dépecé et rongé en partie, dont l'identité ne dut d'être établie qu'à la présence, dans

l'habitation isolée où il fut découvert, d'un régiment
de chiens de toutes les tailles, de toutes les races et
de tous les poils. Obsédée, semblait-il, d'une incurable misanthropie, la propriétaire de cet invraisemblable chenil, après des erreurs sans nombre à la
recherche d'un gîte suffisamment écarté,

> Où de vivre inconnue elle eût la liberté,

s'était échouée un beau matin dans cette bauge
fétide, vacante par la mort de son dernier locataire,
un certain Lachater ou Lechater, qui, avec les grandes
dalles de schiste que son pic extrayait de la carrière
voisine, s'était fabriqué tout un mobilier mégali-
thique à bon marché dont la vagabonde avait pris
possession en même temps que du logis. Les chiens
couchaient dans le même lit qu'elle, mangeaient dans
la même écuelle le même pain de méteil et les mêmes
déchets de boucherie qu'une femme du Franquisic
leur apportait tous les trois jours. Encore la femme
devait-elle prendre garde de ne pas pénétrer dans la
maison ; elle déposait la viande et les miches de pain
dans une « cache » pratiquée à cent mètres de là sous
un tumulus.

Ce manège durait depuis près d'un an sans que
personne l'eût remarqué. Le plateau de Norohou est
un désert entouré d'autres déserts : des garennes
solitaires le prolongent sur une aire de trois lieues
carrées jusqu'au pied du Rusquec d'une part, du
Reundu et de Loqueffret de l'autre. L'habitation la
plus proche, le Franquisic, est une simple hutte de
schiste et de genêt, bâtie aux issues de la commune
par un *kraver*[1] ambulant, Kabic Le Moal, toujours

(1) Raccommodeur de parapluies.

par monts et par vaux et ne ralliant sa demeure qu'aux grandes fêtes chômées. D'une de ses pointes dans le bas pays, Kabic avait ramené une Bigoudène de Pont-Labbé nommée Liczenn, forte fille aux pommettes saillantes, aux crins rudes, engoncée dans sa lourde chasublerie orientale et que son exotisme maintenait à l'écart des jalouses populations de l'Arrhée : elle ne bougeait pas du Franquisic, tandis que son mari battait l'estrade aux environs. De caractère sombre et fermé, c'était pour la cénobite du Norohou l'intermédiaire la plus parfaite qu'elle pût trouver. Liczenn avait encore une autre raison pour être discrète : les menus profits qu'elle retirait de son métier d'intermédiaire. Satisfaite des quelques écus qui payaient sa discrétion, elle ne se demandait pas d'où la pauvre monomane tirait son argent ; elle ne cherchait même pas à savoir son nom et encore moins à pénétrer dans son intimité.

Un matin pourtant, vers les sept heures, en venant renouveler les provisions de la recluse, Liczenn fut étonnée de voir que les miches de pain déposées par elle trois jours auparavant n'avaient pas été enlevées du tumulus ; vainement aussi elle chercha la petite somme qui faisait sa rétribution hebdomadaire. Liczenn, un peu inquiète, fut sur le point de pousser jusqu'au logis de la recluse, mais elle se rappela les prescriptions de celle-ci, sa défense, quoi qu'il pût arriver, de rien changer aux habitudes établies, et, par crainte de s'aliéner une si bonne cliente, elle revint au Franquizic sans avoir mis son projet à exécution. Justement, son mari devait arriver dans la soirée, veille du pardon de Saint-Herbot. Elle ne lui parla pas d'abord de sa déconvenue, mais le lendemain, étant retournée au Norohou et ayant trouvé les choses dans le même état, elle crut prudent de l'avertir.

L'homme n'avait pas d'aussi bons motifs que Liczenn pour se tenir sur ses gardes : il lui dit de patienter et de s'en fier à lui, qu'il saurait bien tirer au clair cette histoire. Kabic se coula dehors sur ces mots. Sa femme le vit revenir au bout d'une demi-heure, les yeux fous, le poil hérissé, une sueur d'agonie sur tout le corps. Il tomba sur le pétrin sans pouvoir parler et, quand enfin il eut repris ses sens, il raconta qu'en arrivant au Norohou il avait entendu un vacarme épouvantable et comme si tous les chiens de la recluse, qui en possédait une quarantaine, se fussent jetés les uns sur les autres pour s'entre-dévorer. Quoique ce début ne fût pas très rassurant, il avait assujetti à son poing son *pen-scod* clouté et s'était glissé en rampant jusqu'à l'huis. Par malheur la clôture avait été nouvellement refaite et le genêt remplacé par du bois. Alors il était monté sur une pierre et il avait regardé par la meurtrière qui donnait un peu de jour dans la pièce. Mais ce jour était si faible qu'il n'avait d'abord rien aperçu. Ce n'est qu'à la longue, quand ses yeux se furent habitués à l'obs-curité du taudis, qu'il parvint à distinguer l'enchevê-trement apocalyptique que faisaient tous les chiens de la recluse, petits et gros, rués sur son cadavre et y travaillant des pattes et du mufle comme bêtes à la curée. La figure de la malheureuse était toute mangée, à l'exception du front et des yeux figés dans une atroce expression d'épouvante ; une des épaules, désosssée, saignait aux crocs d'un molosse ; le cœur, comme un caoutchouc qu'on étire, suivait les oscillations de la lutte qu'avaient engagée pour sa possession un fox et un bull arcboutés sur leurs pattes de derrière...

Ce macabre fait-divers, enflé de bouche en bouche, eut un retentissement prodigieux dans l'imagination cornouaillaise. Il fut en quelque sorte pour la Bretagne ce que fut à la même époque l'affaire Troppmann pour le reste de la France. L'autopsie du cadavre ne révéla rien d'autre que ce que l'on savait déjà : c'était bien par ses chiens que la victime avait été dévorée, et ni Pontus, ni Kernéguez n'osèrent, faute de preuves, mettre en cause Bennéad qu'ils soupçonnaient d'avoir préalablement aidé la recluse à franchir le pas. Le domanier des Talgoët avait été aperçu, quelques jours avant la découverte du crime, rôdant aux environs de Norohou : pour s'emparer du petit pécule de la malheureuse, un coquin de cette trempe n'était point homme à s'embarrasser de scrupules. Mais la justice n'en chercha pas si long : s'appuyant sur les conclusions hâtives de l'expertise, elle décida que la recluse avait succombé à la rupture d'un anévrisme et que ses chiens, privés de nourriture pendant cinq ou six jours et pressés par la faim, en désespoir de cause s'étaient jetés sur le cadavre de leur maîtresse. Il avait suffi qu'un plus affamé ou plus sanguinaire donnât l'exemple : le reste du chenil avait suivi...

L'opinion bretonne, d'ailleurs, refusa de sanctionner cette explication qui avait contre elle son excessive simplicité. La mythomanie de la race trouvait là une trop belle matière où s'employer : le chenil de la recluse, transformé en meute infernale, alla enrichir le folk-lore du marais Saint-Michel ;

les quarante pensionnaires de la pauvre Mère-aux-Chiens — car c'était d'elle qu'il s'agissait, et au Huelgoat, du moins, on n'avait pas demandé long-temps pour identifier la victime avec l'ancienne loca-taire de la maison du Pont-Mikaël — apparurent comme autant d'esprits malfaisants, échappés des soupiraux du Yûn et que le recteur de Braspartz aurait bien de la peine à y réintégrer. La pauvre miss Bokenhave devint une sorcière du genre de celles qui fréquentent à Brennillis sous le dolmen de Goarem-ar-Boutiket. Et c'était pain bénit, sans doute, qu'elle eût été la première dévorée par les mauvais esprits, mais ceux-ci ne s'arrêteraient pas en si beau chemin : une fois lâchés par le monde, Dieu sait ce qui arriverait !

Vainement Pontus et Kernéguez, à qui un hasard avait révélé la présence de miss Bokenhave au Norohou, mais qui, dans le tourbillon d'événements où ils avaient été emportés presque aussitôt, n'avaient guère eu le temps de songer à cette rencontre étrange, essayèrent-ils de ramener les *pillawers* de l'Arrhée à une plus exacte appréciation des choses. Un détail auquel ils n'avaient pas réfléchi suffit pour ruiner leur thèse : miss Bokenhave était wesleyenne, et Florence, qui s'était chargée du règlement des obsèques, avait tenu à ce qu'elles eussent lieu confor-mément au rite de l'Eglise réformée. Elle avait fait venir à cet effet de Morlaix le pasteur Jenkins. L'absence du clergé et de toute pompe catholique confirma définitivement la population environnante dans son opinion sur la recluse du Norohou : on ne trouva pas de porteurs dans la commune de Loquef-fret ; Florence dut y employer de ses gens. Le fossoyeur, réquisitionné par autorité administrative, ne se rendit qu'à la dernière extrémité. Les maisons se fermaient sur le passage du cortège et, si les choses n'allèrent pas plus loin, ce fut sans doute à la présence de Pontus et de Kernéguez, unanimement respectés dans la région, qu'il fallut l'attribuer.

Les deux hommes — Kernéguez définitivement remis de sa blessure, mais obligé encore de s'appuyer sur une canne — suivaient le cortège derrière lady Trelawney. Une concession de terrain avait été obtenue à l'écart, dans un coin du cimetière de Loqueffret. Le pasteur Jenkins récita sur la fosse les prières habituelles. A l'issue de la cérémonie, Florence s'avança vers les deux amis et les remercia brièvement.

En fait, les remerciements de Florence n'auraient dû s'adresser qu'à Kernéguez. L'excellent homme, qu'un mot de Bertrande avait si miraculeusement ramené à la vie et à qui son propre bonheur ne faisait pas oublier le malheur des autres, aurait voulu voir tout le monde heureux autour de lui, et Pontus tout le premier, à qui l'attachait une affection particulière. Très peu exigeant pour lui-même, enclin à diminuer plus qu'à s'exagérer la portée de la démarche dont il avait été l'objet de la part de Bertrande, il n'allait pas jus-qu'à croire que la jeune femme pût songer un jour à l'accepter pour mari. Aussi bien le veu-vage de Bertrande lui imposait une réserve toute spéciale à son endroit ; mais cette réserve n'avait rien de farouche et il était visible que la jeune femme goûtait un plaisir très sincère dans sa compagnie. Elle l'accueillait toujours avec bonté, quand il venait au Rusquec; le petit René, plus exubérant, lui sautait au cou dès qu'il l'apercevait.

Il n'y avait qu'un léger nuage dans le ciel de Kernéguez : c'est quand il cherchait par quelle voie délicate et suffisamment secrète il pourrait venir en aide, sans les froisser, aux Talgoët en général, à Pontus et à Bertrande en particulier : leur ombrageuse susceptibilité en ces matières rendait quelque peu ardue la solution du problème. Celle qu'il avait trouvée jadis et qui consistait à disparaître pour leur laisser la pleine disposition de sa fortune n'était plus de mise à cette heure et il se creusait la tête pour découvrir un biais qui pût tout au moins lui permettre de soulager la gêne où se débattaient ses amis.

Or, les expédients dont il s'était avisé jusqu'alors n'avaient réussi qu'à moitié. D'autre part, il ne voyait pas sans tristesse le malentendu qui continuait de séparer Florence et Pontus et qu'il avait tout fait pour dissiper. Les tortures qu'il avait supportées jadis, quand Bertrande avait épousé Gardivaux, lui avaient donné des choses du cœur une expérience douloureuse et profonde. Pontus était comme un miroir où il se retrouvait. Dans les premiers temps de ses relations avec Florence, il n'avait pas manqué une occasion de plaider chaleureusement la cause de son ami ; mais, chaque fois, il s'était buté à l'intraitable orgueil de la jeune fille dont il sentait pourtant, tout au fond, l'inclination cachée pour Pontus... Le jour qu'il prit la résolution de se laisser pourfendre par Lebigre, il osa davantage : en établissant Florence dépositaire de ses dernières volontés et en la mettant bon gré, mal gré, dans l'entière confidence de secrets qu'il ne pouvait lui révéler de son vivant et qui

expliquaient toute la conduite de Pontus, il l'insti-
tuait du même coup le propre arbitre de son bonheur
et lui donnait le moyen de réparer sa méprise. Or,
si les choses avaient tourné de telle sorte qu'il eût
guéri de sa blessure, le hasard l'avait néanmoins
inopinément servi en faisant croire à Florence qu'il
était mort et en induisant ainsi la jeune fille à prendre
connaissance de ses dispositions testamentaires :
elle-même lui avait rapporté le pli décacheté ; elle
savait donc tout et elle ne désarmait pas encore !

Une remarque pourtant l'avait frappé : quelques
jours après la déclaration d'ouverture des travaux
de fond pour la mise en exploitation du filon argentifère qui passait sous les terres du Rusquec —
entreprise qui avait, on se le rappelle, consommé la
brouille des deux familles — la direction de la mine
avait fait paraître une affiche qui annonçait que les
travaux étaient arrêtés par ordre supérieur. Kernéguez voulait voir dans cette affiche la main de
Florence, et il était certain qu'en agissant de la
sorte les Trelawney faisaient aux Talgoët la concession morale à laquelle ces derniers pouvaient se
montrer le plus sensibles.

Encore eût-il fallu que cette concession, dont
Kernéguez n'oublia pas de parler au jeu du marquis,
pour avoir toute sa portée empruntât un autre prétexte qu'une vague raison d'intérêt général. Malgré
tout, ce petit incident avait rendu quelque espoir à
Kernéguez. Il y discernait comme un premier pas
dans la voie du raccommodement définitif, et ce
premier pas, c'était Florence qui l'avait fait. Malheureusement, et au lieu de trouver Pontus disposé
à apprécier comme il le méritait le sacrifice des

Trelawney, Kernéguez, dès qu'il aborda ce sujet, fut frappé de voir à quel point les sentiments du jeune homme pour Florence s'étaient modifiés avec le temps. Les transes par lesquelles il avait passé au cours de la maladie de Kernéguez semblaient avoir éteint le peu qui lui restait d'affection pour sa cousine ; il parlait de Florence avec le même détachement, la même expression d'indifférence que s'il s'était agi d'une étrangère.

Quand éclata le drame du Norohou et qu'il connut les liens qui attachaient la victime à Florence, Kernéguez voulut tenter un dernier effort et s'employa vivement près de Pontus pour qu'il assistât aux obsèques de miss Bokenhave.

« Mais je la connaissais à peine ! dit Pontus. Je ne l'avais aperçue qu'une fois ou deux dans ma vie...

— Pauvre femme ! dit Kernéguez. J'aurais cru que vous lui portiez plus d'intérêt, ce jour où vous m'empêchâtes d'entrer chez elle en revenant de la chasse. Vous en parliez avec une sympathie fraternelle et comme d'une espèce de Timon ou d'Alceste féminin qui avait pris l'existence par le meilleur côté. Il faut croire que votre philosophie de la vie s'est légèrement modifiée depuis...

— Allons ! répondit Pontus sans deviner la raison de cette insistance, je vois que j'ai contracté envers la Mère-aux-Chiens une dette morale qu'il me faut acquitter... »

Kernéguez s'était intérieurement applaudi du succès de sa petite ruse ; les obsèques de miss Bokenhave n'étaient pas seulement une excellente occasion pour rapprocher Pontus de Florence : il avait appris dans l'intervalle à quel point l'horrible drame du

Norohou avait bouleversé la jeune fille, qui se reprochait de n'avoir pas fait rechercher plus activement
son ancienne institutrice. Malgré l'espèce de répulsion
que la pauvre recluse semblait éprouver pour le genre
humain en général, — répulsion dont elle n'exceptait
pas son élève préférée du *Babington Institute*, puisque
c'était le lendemain de leur rencontre dans la grotte
d'Artus que miss Bokenhave avait déménagé à la
cloche de bois de la maison du Pont-Mikaël, — il
n'eût pas été impossible que des soins diligents, une
tutelle douce, presque insensible à force de discrétion, et quelque hydrothérapie par surcroît, fussent
venus à bout de sa misanthropie invétérée. Tout eût
mieux valu évidemment que cette mort effroyable
dont le songe d'Athalie n'approchait pas en horreur :
qu'est-ce que les chiens de Jézabel près de la meute
du Norohou ? Mais comment supposer aussi que cet
exhilarant vaudeville des amours d'un horse-guard
de cinq pieds six pouces et d'une institutrice quinquagénaire pût avoir ce dénouement de mélodrame?
Et justement parce que Florence était si attachée à
la mémoire de la recluse du Norohou, parce qu'elle
tenait à ce que ses obsèques eussent lieu avec toute
la dignité convenable et que l'hostilité de la population ne laissait pas de rendre ce programme d'une
exécution fort malaisée, Kernéguez pensait qu'elle
n'en aurait que plus de gratitude envers Pontus pour
avoir aidé par sa présence à dissiper les préventions
de la foule.

« Ah ! dit seulement Pontus, que n'a-t-elle agi
avec la même commisération, jadis, à l'égard de ma
pauvre Barba !...

— Mais vous savez que Barba s'est évadée de

Quimper, fit remarquer Kernéguez, et que votre sœur croit l'avoir rencontrée près de La Haye ?...

— Je sais, dit Pontus. Elle n'en a pas moins été séquestrée pendant un an et demi pour un méchant caillou qui n'a fait aucune victime... Maintenant, par exemple, qu'on la rattrape !... Depuis qu'elle est tombée dans ce piège infâme où l'on s'était servi de mon nom pour l'attirer, Barba doit être devenue singulièrement défiante...

— Pourvu qu'elle ne fasse pas quelque nouveau malheur ! dit Kernéguez...

— Je n'en mettrais pas ma main au feu », dit Pontus...

La conversation prenait un tour que n'avait pas prévu Croc-d'Argent. Il se hâta de passer à un autre sujet et puisque aussi bien l'essentiel était acquis, la présence de Pontus aux obsèques assurée. Mais la diplomatie du bon gentilhomme se trouva en défaut une fois de plus et, s'il parut que Florence éprouvait une certaine satisfaction de la présence des deux amis aux obsèques de miss Bokenhave, cette satisfaction, pour s'exprimer, prit un ton si compassé, la jeune fille semblait si appliquée à donner le change sur ses sentiments, que Kernéguez, de ce coup, en demeura tout désarçonné.

« Que faudra-t-il donc, pensait-il, pour jeter bas cet orgueil intraitable, pour forcer cette jeune fille à être sincère avec les autres et avec elle-même ? »

En tout cas ce n'était pas Pontus qui pouvait l'aider dans cette tâche délicate. Peut-être que Florence, si elle avait trouvé dans les yeux du jeune homme un peu de l'ancienne affection qui les alanguissait autrefois, eût laissé à son tour s'amollir les siens, n'eût pas fait tant d'effort pour résister à la poussée de ses sentiments les plus profonds. Mais Pontus, décidément, était mort à toute tendresse. Un des plus horribles détails du drame de Norohou, le lacèrement du cœur de miss Bokenhave, lui avait rappelé les vers d'un poète contemporain :

Ne cherchez plus mon cœur ; les bêtes l'ont mangé.

Cet alexandrin de Baudelaire, tout le temps de la triste cérémonie, avait harcelé sa mémoire jusqu'à l'obsession. Et, quand Pontus se retrouva devant Florence, il lui arriva, par une association d'idées singulière et qui peignait bien l'espèce de nihilisme sentimental où il avait fini par sombrer, de s'en faire à lui-même la douloureuse application :

Ne cherchez plus mon cœur ; les bêtes l'ont mangé.

Et son cœur, ce n'était pas assez dire. Kernéguez ne soupçonnait pas, ne pouvait pas soupçonner à quel point le mal était grand et que, chez ce désabusé qui avait vu la vie mentir à toutes ses promesses, il ne restait presque plus rien de l'ancien Pontus. Tant que la vie de son ami avait été en danger, tant qu'avait duré le conflit d'intérêts et de passions au milieu duquel il se débattait, le malheureux avait été soutenu par une énergie factice, par une sorte de tension nerveuse de toute sa personne morale et qui avait pu faire illusion sur son état véritable. Mais, le danger conjuré, le conflit terminé, une prostration intense avait succédé à sa fièvre des anciens jours...

Les signes tragiques dont la fréquence avait tant alarmé l'imagination superstitieuse des habitants de l'Arrhée semblaient du reste n'avoir point menti : on

savait maintenant de source certaine qu'un orage
s'amassait sur le Rhin et qu'une guerre était imminente entre la France et l'Allemagne. Kernéguez, que
le bonheur rendait optimiste, n'attachait pas grande
importance à la chose : il lui paraissait impossible
que les vieilles troupes de Crimée et d'Italie, tant de
fois victorieuses, ne le fussent point encore du nouvel
adversaire qui surgissait devant elles. Pontus ne partageait point cet optimisme ; une sorte de douloureux pressentiment, écho de sa propre mélancolie,
l'inclinait à penser que la campagne serait longue et
incertaine, que le pays aurait besoin de faire appel à
toutes ses ressources en hommes et en argent. Et
peut-être aussi qu'à son insu, avec cette prédisposition mystique qu'il tenait de sa race, il n'échappait
pas entièrement à l'atmosphère de tristesse et de
sourde appréhension qui pesait sur ses humbles compatriotes. Les signes se multipliaient ; l'angoisse universelle tournait au cauchemar. Pontus n'en maudissait que plus âprement la fatalité qui l'avait
arraché à lui-même et à sa vocation de soldat. Sa
place eût été là-bas, sur le Rhin, au grand soleil,
avec les hommes de son ancien escadron, trompettes
sonnantes, latte au poing, chéchia sur l'oreille, non
dans ce Rusquec embrumé et putride, où il lui fallait
disputer pied à pied son patrimoine à une tourbe de
myrmidons.

Chaque jour des nouvelles graves arrivaient de
Paris : le roi Guillaume avait refusé de recevoir
Benedetti, notre ambassadeur à Berlin ; Emile
Ollivier avait demandé au Corps législatif un crédit
de 50 millions à l'effet d'équiper les réserves qu'on
allait rappeler sous les drapeaux. Le 19 juillet, l'état

de guerre existait entre la France et l'Allemagne ;
le 28, après avoir confié la régence à l'Impératrice,
Napoléon III débarquait à Metz. Allons ! Les dés
étaient jetés ; on se battrait et on se battrait sans
lui. Dès lors que lui importait le reste ? A d'autres
l'auréole ! Victoires ou défaites, il n'aurait point sa
part de laurier dans ce duel géant entre deux peuples
d'égale force et de même envergure...

Malgré lui pourtant, et si profonde fût la démora-
lisation où il avait glissé, des sursauts soudains, de
brusques accès de révolte contre lui-même le redres-
saient par moments et faisaient battre ses artères de
la même fièvre dont battait le cœur de la nation ; il
n'avait pas la patience d'attendre les nouvelles sur
place ; pour gagner une heure ou deux, quand la
besogne ne pressait pas trop au Rusquec, il courait
jusqu'au bureau de poste du Huelgoat, se faisait remettre le courrier de son père, le vieux
journal légitimiste auquel les Talgoët étaient
abonnés de temps immémorial, déchirait la bande
et parcourait avidement les dernières informations.

Justement, une après-midi qu'il avait dû passer à
La Haye afin de consulter Kernéguez touchant une
interprétation abusive du droit de coupe à tire et à
aire dont se prétendait investi Bennéad sur un lot de
bois compris dans son bail, il n'avait pu résister à
l'envie de faire un léger détour par Locmaria et le
Huelgoat pour connaître plus tôt le résultat de la
première opération militaire vraiment sérieuse de la
campagne, la marche en avant par Wissembourg et
le Bienwald, décidée dès le 29 juillet et exécutée
seulement le 4 août. Peut-être un télégramme était-il

déjà parvenu au Huelgoat, annonçant le succès de l'opération...

La route que suivait Pontus empruntait une direction parallèle à l'ancienne mine, nouvellement remise en activité par la *Trelawney Company and C°*. D'habitude et à cause des pénibles souvenirs que cet endroit éveillait en lui, Pontus, quand il se rendait de La Haye au Huelgoat, préférait revenir sur ses pas jusqu'au carrefour de Bellevue. Mais ce jour-là, par exception, préoccupé surtout d'aller vite, il avait poussé Coantic dans la direction des gorges du Guibel.

Il y avait plus d'un an qu'il n'avait revu ces gorges et, dans l'intervalle, le paysage avait subi de telles modifications qu'il avait peine à le reconnaître : où ne stagnaient jadis que des bancs de scories, de mornes étendues de slags et de galène aux reflets bleutés, il y avait maintenant des ateliers, des fonderies, tout un mouvement de ruche en pleine activité. Il croisait des mineurs aux joues hâves, au cerne plombé, la lampe rivée à leur casque de cuir bouilli. Les contremaîtres allaient et venaient, donnaient des ordres, se multipliaient. Les haveuses et les treuils ronflaient sous les hangars ; les puits dressaient en plein ciel leur svelte superstructure. Et, devant cette prodigieuse expansion d'énergie, oubliant le viol de nature qui en avait été la rançon, les bois fauchés, les rochers éventrés, les eaux souillées, Pontus, à moitié conquis et dont la foi dans l'idéal de sa race allait de jour en jour s'affaiblissant, se demandait avec inquiétude si ce n'était pas les Trelawney qui avaient définitivement raison ; si la vie étroite et besogneuse que les siens et lui menaient sur leurs terres était bien la vraie vie qu'ils auraient dû mener,

si les Talgoët, qui depuis tant de siècles mettaient
leur point d'honneur à s'abstenir de toute entreprise
industrielle, n'étaient pas les dupes de leurs préjugés
et, comme disait Florence, ne prenaient pas pour
une vertu ce qui s'appelait ailleurs du nom d'inca-
pacité.

L'absence de tout ressort, le manque d'énergie, de
virilité féconde qu'il avait tant de fois constaté chez
le paysan breton ne venait-il pas du mauvais exemple
que lui donnaient ses chefs ? Le patronage inférieur
qu'ils exerçaient sur lui n'était-il pas le plus dépri-
mant des patronages ? Au lieu d'éveiller son initiative, de l'intéresser dans les grandes entreprises qui
auraient pu favoriser son ascension vers un type
différent et supérieur, on les avait vus se replier
dans une bouderie systématique, persifler le progrès,
ne prêter d'attention qu'à leurs garennes et à leur
gibier, refuser obstinément de porter la pioche dans
les landes incultes qui faisaient le plus clair de leur
patrimoine. Ces landes, elles couvraient encore près
des deux cinquièmes du territoire breton. L'agricul-
ture était en enfance presque partout : les méthodes
de travail dataient de Nominoë. Pontus connaissait
des exploitations où l'on en était à la vieille charrue
du moyen-âge, au soc disposé en cône ! La routine
des paysans bretons passait toute imagination : dans
les Côtes-du-Nord, ils avaient fait une émeute à
propos de la première machine à vapeur, brisant les
rouages, défonçant la bielle et le foyer à coups de
bâtons et de fléaux. Consciente de son devoir, qui
se confondait ici avec son intérêt, la noblesse bretonne n'eût-elle pas dû tout mettre en œuvre pour
arracher ces malheureux à leur routine ? Mais, immo-

bile elle-même, on eût dit qu'elle prenait à tâche de maintenir la race dans son immobilité. Combien différente en cela de cette aristocratie anglaise, pour qui le travail était le premier article du code nobiliaire et dont la surprenante activité s'attestait en ce moment même sous les yeux de Pontus dans la réorganisation du bassin minier du Huelgoat ! Si le patriciat armoricain avait appliqué le quart de cette activité à l'amélioration du sol et à l'exploitation de ses richesses métallurgiques, la Bretagne serait aujourd'hui, comme le Cornwall et le pays de Galles pour l'Angleterre, la première de toutes les provinces françaises. Et elle en était la plus pauvre, la dernière dans l'ordre économique !...

Toutes ces choses, qui lui avaient été longtemps lettre morte, il avait fallu, pour que Pontus en constatât la douloureuse réalité et que le sophisme de sa vie passée lui sautât définitivement aux yeux, la dure expérience de ces deux années d'apprentissage agronomique au cours desquelles il s'était heurté tant de fois à l'esprit de routine astucieuse des domaniers de l'Arrhée. Etait-il donc vrai que, là encore, l'idéal des siens lui avait fait faillite et qu'il n'y avait que vide et néant sous ces grands mots d'abnégation, d'honneur et de respect de soi ? Quel contraste entre les vastes solitudes qui cernaient de toutes parts le Rusquec et ces riches vallées du Huelgoat, fécondées par le travail et l'esprit d'entreprise des capitalistes d'outre-Manche ! Une cloche sonna au beffroi de la mine : les treuils cessèrent de grincer ; les fonderies s'arrêtèrent ; les puits vomirent à l'air libre leur ordinaire cargaison de vies humaines. Cet arrêt du travail, en plein jour, surprit le jeune homme : il avisa un contremaître qui sortait des ateliers et lui en demanda la raison :

« Il y a congé jusqu'à lundi avec paye complète, dit l'homme...

— Congé ! Et en l'honneur de quel saint ? dit Pontus.

— Vous n'êtes donc pas du pays, répliqua le contremaître, que vous ne savez pas qu'on inaugure demain la nouvelle réserve du Guibel ? »

Pontus rougit légèrement.

« Je ne suis pas venu ici depuis longtemps », dit-il pour s'excuser.

Il piqua des deux et s'en alla. La réserve du Guibel ! C'est vrai, comment avait-il oublié ? Des affiches avaient été posées à Locmaria, à Loqueffret, à Cclorec, à Plouyé, au Huelgoat, à Berrien, à Poullaouen, dans toutes les communes qui fournissaient la mine de travailleurs, pour annoncer l'inauguration du nouveau bassin de retenue creusé en aval du Stang-Vraz et le congé gracieux d'une journée que la Société accordait à son personnel ; la fête devait commencer le soir même par une illumination du Guibel et de sa retenue et, pour permettre aux travailleurs d'aller se changer, on avait avancé de quelques heures la remontée des puits, trop lente encore au gré de lord Trelawney, nonobstant les *farkhunst* qui avaient remplacé presque partout les anciennes échelles fixes à mineurs.

Pontus l'apercevait déjà, ce Castel-ar-Guibel qui avait donné son nom au nouveau bassin : c'était un grand mamelon boisé, taillé primitivement en promontoire et qu'on avait isolé de son rameau d'attache par une tranchée faite de main d'homme et qui remontait, dit-on, à l'occupation romaine. La tradition lui avait conservé le nom de château et c'est qu'en effet il y eut autrefois sur le Guibel un poste fortifié d'où les légionnaires de Publius Crassus pouvaient fouiller tout l'horizon et surveiller les esclaves qu'ils faisaient travailler dans la vallée à l'extraction et au lavage des minerais. Mais Publius Crassus n'a laissé aucune trace dans l'imagination populaire qui lui a substitué des héros plus près d'elle. La cotte d'armes du lieutenant de César s'est allongée en cotillon : Crassus s'est effacé devant Ahès, l'impudique fille du roi Grallon, dont la capitale intérieure (Ker-Ahès-Carhaix) s'élevait à quelques lieues plus loin [1]. Cette seconde Marguerite de Bourgogne, danseuse infatigable, des bras de qui, comme dans la « dérobée » fameuse de Kermaria-Nisquit, on passait directement à ceux de la camarde, aurait eu là sa Tour de Nesle, et il faut dire que l'endroit était assez bien choisi pour cette destination... Même aujourd'hui, où elle apparaît décapitée de son *vallum*, l'énorme assise du Guibel est un des plus imposants piédestaux de la Bretagne. Sa masse rectangulaire, à pic sur les eaux, surplombe d'une hauteur de cinquante mètres les deux ravins qui la cernent et dont le lit s'embarrasse d'énormes blocs de granitelle qu'un vent de panique semble avoir rués les uns sur les autres. Par suite de la rapide déclivité de la pente, les eaux qui grondent dans le ravin de gauche sont emportées avec une extrême violence vers l'espèce de gueule ouverte brusquement

---

(1) Ys ou Ker-Is n'aurait été, d'après cette version, que la résidence d'été, la station balnéaire de Grallon.

au ras du sol. C'est le Puns-Ahès, l'abîme plus sûr
encore que le Youdic, qui ne rend pas les victimes
qu'on lui jette et qui, saisies dans son engrenage de
rocs, écrasées, broyées, triturées par les mille dents
de la formidable mâchoire, ne reparaissent jamais à
la lumière.

Une rumeur sourde, pareille à une lointaine canon-
nade et à travers laquelle la crédulité bretonne veut
distinguer la plainte des anciens coryphées d'Ahès,
hôtes éternels de l'abîme, monte ordinairement de ce
lieu sinistre avec l'embrun qui en masque les approches sous son brouillard irisé. Mais, par un phénomène d'acoustique qu'il ne parvenait pas à s'expliquer, Pontus ne trouvait plus au torrent la même
voix profonde, le même grondement de tonnerre qui
s'éloigne : la rumeur s'était faite murmure et comme
si le Puns-Ahès ne recevait plus, à la place du Plandonen, qu'un anodin ruisselet de pelouse anglaise.

Un barrage en maçonnerie, établi à la boucle du
torrent, lui donna la clef du mystère : contenu par
ce barrage dans la réserve aménagée en amont du
Guibel, d'où il dérivait placidement vers le nouveau
canal qui empruntait la tranchée artificielle de droite,
le Plandonen avait déserté son ancien lit, s'était mué,
de torrent plein de fougue, en une sage rivière industrielle ; la plainte des beaux danseurs de caroles
s'était tue pour toujours ; le Puns-Ahès n'était plus
qu'une déhiscence quelconque bâillant entre deux
roches et que l'on comblerait prochainement avec les
déblais du Castel-ar-Guibel !...

Vrai crime de lèse-esthétique, ne pouvait s'empêcher de penser Pontus. Et comme l'industrie faisait
payer cher ses bienfaits ! Qui sait, après tout, si elle

n'avait pas les mêmes effets désastreux sur les âmes
et si elle n'était pas, comme le croyaient les siens,
destructive de toute beauté morale aussi bien que
de toute beauté matérielle ? Cette admirable coulée
du Puns-Ahès, Pontus se rappelait l'impression de
religieuse terreur dont avait été saisie Florence la
première fois qu'elle l'avait visitée. Comment ne
s'était-elle pas interposée près de son père pour la
sauver du vandalisme des ingénieurs ? Tous deux
avaient gravi le fabuleux mamelon, et Pontus n'avait
pas manqué de citer à Florence le dicton populaire
chez les montagnards de l'Arrhée, ressouvenir lointain de la destination primitive du Guibel :

> Castel-ar-Guibel, eun dra zur,
> A dall Breiz-Izel enn aour pur.

« Castel-ar-Guibel, c'est certain, vaut toute la
Bretagne en or pur. »

C'était peut-être ce dicton qui avait orienté vers
le Guibel les recherches des prospecteurs anglais.
Maintenant, à la place des verdoyantes prairies qui
posaient au levant du mamelon comme une touche
de grâce apaisée et riante, un vulgaire bassin cimenté
étalait sa nappe létifère. Gonflé par les pluies d'orage
des derniers jours, le lac était presque de niveau
avec ses berges, et Pontus frissonna soudain en
songeant à l'effroyable débâcle, au Niagara que
feraient toutes ces eaux accumulées si le barrage qui
les contenait venait par hasard à céder...

L'invraisemblance d'une telle hypothèse, à la
réflexion, lui fit lever les épaules. Le lac dormait
paisible. Le long de ses berges, des cordons de giran-
doles et de lanternes vénitiennes s'entrecroisaient,

simulaient des dômes, des portiques, ou dessinaient
de grands serpents lumineux. Une barque, équipée
en gondole, glissa par la tranchée de l'ouest et
pénétra dans le lac, saluée par une acclamation
joyeuse partie du Guibel : c'était lord Trelawney qui,
sous la conduite d'un de ses employés, venait jeter
le coup d'œil du maître aux derniers préparatifs de
la fête du soir. L'homme qui l'accompagnait et qui
maniait l'aviron était ce même *purser* que Barba
Timeur, jadis, avait failli tuer d'un coup de pierre.
La pauvre fille avait eu beau jurer que personne, elle
vivante, ne rouvrirait le puits où dormait son bonheur, le puits Humboldt était rouvert et d'autres
avec lui, et toute la contrée, de Poullaouen au
Huelgoat, n'était plus qu'un grand champ de bataille
industriel. Elle aussi, sans doute, assagie par son
internement et se rendant obscurément compte de
son impuissance, se terrait maintenant quelque part,
ne demandait qu'à se faire oublier... Et tout à coup,
juste à l'endroit où le Plandonen embouquait primitivement la coulée du Puns-Ahès, Pontus l'aperçut,
un pic à la main, un pic de carrier qu'elle s'était
procuré il ne savait où, qu'elle avait volé peut-être,
et qui, arc-boutée sur ses jarrets nerveux, une roche
pour point d'appui, travaillait âprement à la démo-
lition du barrage. Celui-ci était déjà au trois quarts
entamé ; encore une pierre ou deux à desceller, la
brèche s'ouvrirait...

Évidemment l'Innocente, avec cette patience et
ce sens de la dissimulation communs à tous les sauvages, avait préparé son attentat de longue main :
la nuit, quand personne ne veillait autour du Guibel,
elle avait dû se glisser jusqu'au barrage, y pousser

dans l'ombre son travail de termite, grattant le
ciment, descellant les pierres et les replaçant avant
l'aube, après avoir enduit leurs joints d'un mortier
qui avait trompé les ingénieurs. Le moment venu,
elle n'avait eu qu'un coup de pic à donner sur toute
cette fausse maçonnerie. Postée en contre-bas de
l'étang, cachée à lord Trelawney comme aux invités
qui assistaient du Guibel à la répétition de la
fête du soir, Barba n'était visible que pour
Pontus, et le jeune homme était encore à près
de deux cents mètres du Guibel et, quelque rapi-
dité qu'il imprimât à sa monture, il n'arriverait jamais à temps pour arrêter l'Innocente.
Crier ? Il l'essaya : sa gorge, bloquée, ne rendit aucun
son. Un craquement soudain, la chute de tout un
pan du barrage sous l'effroyable poussée des eaux
élargissant la brèche qu'on venait de leur ouvrir, la
vision d'une cataracte mugissante envahissant l'ancien
lit du Plandonen et ruant vers le Puns-Ahès sa vague
monstrueuse où se débattait le corps de Barba
Timeur, puis, cette vision à peine effacée, une autre,
plus terrifiante encore s'il se pouvait, la vision d'un
petit bachot à fond plat équipé en gondole et tournoyant avec ses deux promeneurs dans l'espèce de
maëlstrom qui l'entraînait vers le gouffre, tout cela
les oreilles et les yeux de Pontus l'enregistrèrent
dans la même seconde et il ne savait encore comment
l'épouvante ne l'avait pas pétrifié, comment il avait
eu l'énergie de sauter de son cheval, de piquer à
travers la brousse, risquant vingt fois sa vie, man-
quant de disparaître dans les crevasses ouvertes sous
ses pas et, d'un bond prodigieux qui l'avait porté
sur une roche isolée, barrant l'entrée du Puns-Ahès,

de se trouver là, au milieu du torrent, couché à plat-
ventre et guettant le passage du bachot...

Des deux hommes qui agonisaient dans cette déri-
soire gondole, il savait d'avance qu'il n'en sauverait
qu'un, s'il en sauvait un et qu'il eût assez de bonheur
pcur que le choc ne le précipitât pas lui-même dans
le Puns-Ahès. Quel serait cet homme ? Lord Trelawney ou le *purser* ? La barque n'était plus qu'à
cinq ou six mètres. Brusquement elle s'enfonça de
tout son avant : un des deux hommes, au passage,
avait eu la mauvaise idée de s'accrocher à une
branche d'orme qui pendait au-dessus de sa tête. La
branche, trop faible, avait cédé ; l'homme avait disparu dans le gouffre. Presque aussitôt la barque
arriva en tournoyant sur Pontus, mais sans qu'on
pût dire encore de quel côté l'entraîneraient les eaux.
Brisé en effet par la roche, le courant, à cet endroit,
se partageait en deux : l'une des branches dérivait
fortement sur la droite et, si la gondole empruntait
cette direction, il n'était pas prouvé qu'elle passât
à portée de Pontus... La gondole hésita un moment,
puis, sollicitée par le courant de gauche, fila comme
une flèche vers le Puns-Ahès.

Pontus étendit la main, saisit dans l'étau de ses
doigts la loque humaine affalée dans le fond du
bachot, et, se retenant de l'autre main à une aspé-
rité de la plateforme, tâcha d'attirer sa prise à lui.

Mais l'homme, roidi brusquement par l'instinct de
la conservation, résistait aux efforts de Pontus.
Cramponné au bordage, il ne lâchait pas la barque,
et Pontus, épuisé par cette lutte inégale, sentait peu
à peu son bras s'engourdir, ses ongles se déchirer. La
gondole, en travers du courant, devenait à son tour

une sorte de barrage, qu'avec toute sa musculature d'athlète il ne parviendrait pas à maintenir bien longtemps ; elle craquait sous la poussée des eaux, se cabrait, faisait bélier contre la roche. Renvoyée par le bordage, l'écume giclait jusqu'à Pontus, l'aveuglait de ses milliers de flammèches blanches. Une vague plus forte emplit le bachot. Pontus banda dans un effort suprême tout ce qui lui restait d'énergie, imprima une violente secousse à l'homme et réussit à le détacher du bordage. Les pieds du naufragé fouettèrent l'eau, mais le buste surnageait, collé à la paroi du rocher où le maintenait une poigne vigoureuse, et il resta là une seconde, levant une tête verdie, sans regard, tandis que Pontus soufflait un moment pour rappeler ses forces et haler sa prise sur la plate-forme : lord Trelawney était sauvé. Des voix, sur le Guibel, criaient :

« Dieu soit loué ! »

On apportait un grappin, des cordes ; on jetait une passerelle de branchages entre la roche et la berge. Une femme, la première, se lançait sur la passerelle, s'emparait de la main de Pontus et y collait ardemment ses lèvres. Et, au contact de ces lèvres brûlantes, le jeune homme, qui avait vécu jusque-là dans une sorte de demi-hallucination, tressaillait, reconnaissait Florence, et, sans égards pour cette fierté enfin brisée, pour cet orgueil qui s'humiliait et mettait comme une affectation à publier sa défaite, repoussait la jeune fille, enjambait le pont et, tout de suite en selle, reprenait à grande allure le chemin du Huelgoat.

Derrière lui les acclamations éclataient, saluant son héroïsme ; Pontus, dont la pudeur s'offusquait de

ces manifestations grossières, pressait Coantic. La
route dessinait son lacet grisâtre au flanc de la colline ;
les premières maisons du bourg commençaient à
émerger des verdures et, ressaisi par ses inquiéudes
de patriote, Pontus ne songeait déjà plus à la catastrophe du Guibel. Sarrebrück avait-il eu un lendemain ? Nos troupes avaient-elles continué leur trcuée
vers le grand-duché de Bade ? Le Bienwald était-il
emporté ?... Sur la place, devant la mairie, des
hommes s'entretenaient à voix basse, hochaient la
tête en se passant de main en main un télégramme.
Pontus reconnut dans le groupe un des forestiers du
Burcoat et s'approcha.

« Ah ! monsieur Pontus, les nouvelles ne sont pas
fameuses cette après-midi...

— Qu'y a-t-il donc ? dit Pontus.

— Il y a que le même jour Mac-Mahon s'est fait
battre à Frœschwiller et Bazaine à Forbach. La
retraite est commencée : les casques à pointe sont
maîtres de la basse Alsace jusqu'à Strasbourg et de
la Lorraine jusqu'à Metz. Nous sommes f...s !

— Non, dit Pontus. Si tous les hommes valides
font leur devoir, on peut encore regagner la partie.

— La levée en masse, n'est-ce pas ? » dit ironiquement un des assistants qui crut devoir se mêler
à la conversation.

Pontus regarda ce nouvel interlocuteur, un marchand de bois de Poullaouën, face torve de mercanti
et d'espion, qui servait d'homme de paille à Lebigre.

« Parfaitement, la levée en masse, dit Pontus...

— Eh bien, sans vous commander, mon jeune
monsieur, nous attendrons que vous ayez donné
l'exemple... »

Pontus rougit, piqué au vif. Il serra la main du forestier et revint vers la poste. La receveuse, en lui remettant son courrier, ne put que lui confirmer les mauvaises nouvelles qui faisaient déjà l'entretien des habitants. Pontus sentit que sa destinée venait de se jouer. Au carrefour de Bellevue, il faillit tourner vers La Haye pour annoncer sa résolution à Kernéguez. Mais il eut peur que Croc-d'Argent, optimiste jusqu'au bout, n'essayât de l'en faire changer et il continua vers le Rusquec. Il y trouva justement celui qu'il voulait éviter. Tina lui dit que Kernéguez était chez le marquis avec Bertrande et son fils. Pontus les y rejoignit. Mais, comme il paraissait plus échauffé qu'à l'ordinaire, Bertrande lui fit signe de baisser le ton pour ne pas réveiller leur père qui sommeillait dans la pièce voisine. C'était l'heure de sa sieste : le vieillard, qui jouait avec l'enfant, venait de s'endormir. Précipitamment, Pontus jeta aux deux interlocuteurs la brassée de nouvelles qu'il apportait du Huelgoat. Le front de Kernéguez s'était rembruni ; Bertrande serrait silencieusement contre elle le petit René...

« Ah ! pourquoi ai-je quitté le régiment ? » dit enfin Pontus, dont l'amertume intérieure se fit jour dans ce cri désespéré.

Bertrande, en entendant cette exclamation, ne put retenir ses larmes ; même pardonnée, absoute par Pontus, les conséquences de sa faute continuaient à se développer. Kernéguez, que ce spectacle bouleversait plus que de raison, s'épuisait à consoler le frère après la sœur.

« Il n'y a rien à regretter dans votre conduite passée, mon cher Pontus, disait-il. Que diable ! ce n'est pas votre faute, ni celle de Bertrande, si votre coquin de notaire a levé le pied et vous a mis à deux doigts de la misère. J'estime, et je vous l'ai dit cent fois, qu'il y avait plus d'héroïsme à agir comme vous avez agi qu'à demeurer au régiment. Votre père devant ignorer jusqu'au bout qu'il était ruiné, il n'y avait pas d'autre moyen que votre présence ici pour sauver des griffes de Lebigre et de Bennéad les débris de votre patrimoine.

— Soit ! dit Pontus. J'ai fait mon devoir. En suis-je plus avancé, Kernéguez ? Me voilà exactement au même point que le jour où ma mère m'écrivit de prendre un congé de réforme. La France, à ce moment-là, n'en était pas à un soldat près ; un Talgoët de plus ou de moins dans l'armée, la belle affaire !... Aujourd'hui, c'est une autre histoire, et le pays n'a pas assez d'hommes pour constituer un privilège d'exemption en faveur des familles nécessiteuses. Où est le devoir présent, Kernéguez ? Si je reste, je suis un lâche ; si je pars, les miens sont sur la paille...

— Vous me comptez donc pour rien, Pontus ? dit amèrement Kernéguez. J'augurais mieux de votre amitié.

— Pardonnez-moi, mon bon Kernéguez, dit Pontus. Je connais votre cœur ; je sais que nous n'aurions qu'un signe à faire pour que vous nous ouvriez votre bourse toute grande, mais vous connaissez aussi mes principes à cet égard et que l'amitié est une chose et les affaires d'argent une autre.

— Pontus a raison, dit à ce moment Bertrande. Pour légitimer votre intervention, monsieur de Kernéguez, il faudrait que vous fussiez pour lui plus et mieux qu'un ami...

— Et quoi donc ? dit le bon gentilhomme, qui n'osait comprendre...

— Un frère », dit doucement Bertrande.

Pâle de ravissement, Kernéguez s'était porté vers la jeune femme...

« Vous daigneriez ?... »

Pour toute réponse, Bertrande mit sa main dans la main de Kernéguez. Ce fut une minute d'émotion profonde. L'angoisse patriotique qui étreignait tous les cœurs donnait à ces muettes fiançailles un caractère de gravité presque tragique. Bertrande, sous ses voiles de veuve, palpitait encore de l'effort intérieur qu'elle venait de faire ; Pontus était lui-même trop ému pour exprimer sa reconnaissance en vaines phrases ; il se pencha vers sa sœur et colla ses lèvres sur son beau front douloureux...

« Pontus ! Pontus ! »

On l'appelait doucement de la pièce voisine. Kernéguez et Bertrande avaient aussi entendu. Tous trois se regardèrent, puis regardèrent du côté de la pièce et s'aperçurent avec effroi que la porte de communication était restée entr'ouverte...

« Pontus ! Pontus ! »

Il ne se trompait pas pourtant : c'était bien la voix de son père, mais si changée, non plus autoritaire et rude comme autrefois, timide plutôt et presque pareille à une voix d'enfant... Pontus s'élança dans sa direction, suivi de Bertrande et de Kernéguez. Dès l'entrée, il aperçut le vieux marquis, cloué dans son fauteuil, le buste penché en avant, les bras tendus pour le recevoir, et dont les yeux, brouillés par les larmes, s'illuminèrent à son approche d'une joie inaccoutumée :

« Pontus ! Mon fils ! »

Pontus tomba dans les bras du vieillard, qui se resserrèrent sur lui, et tous deux restèrent un moment sans parler.

« Comme je t'ai méconnu ! dit enfin le vieillard... Pardonne - moi, mon enfant. Je ne pouvais pas savoir... »

Il se tut, suffoqué par les sanglots. Vainement Pontus le suppliait de se calmer, de ne pas prendre au sérieux les vagues bribes de conversation qui avaient pu venir jusqu'à ses oreilles.

« Non ! Non ! J'ai tout entendu, je sais tout... Tu n'as plus besoin de me rien cacher ; l'ouïe des vieillards est plus perçante que tu ne crois... Et dire que c'est à cause de moi que tu as quitté le régiment... J'étais ruiné... Ce coquin de notaire, tout de même, si je le tenais !... »

Sa voix, sous le coup de la colère, avait repris son timbre âpre et brutal. Mais, presque tout de suite, elle retombait à son diapason sénile :

« Pontus ! Mon fils ! Dis-moi que tu me pardonnes !... »

Et il ajouta tristement :

« Alors, c'est vrai, nous sommes battus... battus... L'invasion, comme en 1815... Pauvre pays !... Je ne te reverrai plus, Pontus...

— Vous me verrez à mon retour, père, si j'ai la chance d'échapper aux balles des Prussiens.

— Mais je ne serai plus là, Pontus... Il y a des joies trop fortes ; on n'y résiste pas à mon âge... Va, c'est fini de ma vieille carcasse et Gonéry ferait prudemment de prévenir l'abbé Colober. Mais je ne me plains pas, puisqu'avant de m'en aller j'ai retrouvé mon fils... Qu'est-ce que je dis ? J'en ai deux maintenant, toi, Pontus, et vous, Kernéguez... Pardieu ! oui, rougissez tant que vous voudrez, Kernéguez. N'empêche que j'ai entendu aussi cette partie de la conversation. Il n'y a qu'une petite formalité qu'a oubliée Bertrande en vous promettant sa main. Affaire d'habitude, sans doute...

— Quoi donc, mon père ? dit vivement la jeune femme. Qu'ai-je oublié ?

— De me demander mon consentement. »

Bertrande pâlit. Dans cette observation de son père, elle sentait comme un reproche secret, le rappel d'une faute durement expiée. Mais déjà le vieillard s'était radouci.

« Tranquillisez-vous, Bertrande, dit-il à sa fille. En choisissant Kernéguez, vous êtes allée, cette fois, au-devant de mes vœux. C'est l'honneur, la loyauté en personne, que vous installez avec lui au chevet des Talgoët. Tandis que Pontus fera son devoir à la frontière, Kernéguez veillera ici; à ma place, sur sa nouvelle famille... »

Il s'arrêta pour souffler. Pontus n'était pas sans remarquer l'affaiblissement graduel du vieillard, les fibrilles rougeâtres qui, lentement, prenaient les yeux dans leur filet...

« Je ne vois pas René, dit M. de Talgoët... Où est-il ? J'ai quelque chose à lui demander. »

Bertrande courut chercher l'enfant, qui jouait dnas le corridor.

« Petit, dit le marquis, monte sur une chaise,... décroche l'épée du maréchal... »

L'enfant obéit sans faire d'observation et, ne pouvant soulever l'épée, trop lourde pour ses mains, la

traîna jusqu'à son grand-père. Celui-ci, pieusement,
en porta le pommeau à ses lèvres ; puis il la tendit à
Pontus, qui ne savait comment interpréter le geste
paternel.

« Prends, dit M. de Talgoët... Elle t'attendait...
Aucun de nous ne l'avait ceinte depuis le maréchal...
aucun de nous n'était digne de la ceindre... sauf toi...
et peut-être un jour cet enfant, s'il tient ses promesses...
Vive Dieu ! je meurs content, mes amis, et vous
m'avez comblé...

— Grand papa ! Grand papa ! Je ne veux pas que
tu meures, cria le petit René en se jetant au cou du
paralytique.

— *Red eo*, dit M. de Talgoët, « Il le faut ! »

C'était sa devise de gentilhomme, si belle et si
vaillante que le chrétien ne trouvait pas de formule
meilleure à l'article de la mort pour exprimer sa
pleine soumission aux volontés divines. Il la répéta
trois ou quatre fois encore au milieu des sanglots des
siens, mais d'une voix qui allait en s'affaiblissant.
Et, dans une grande convulsion, il se renversa, comme
un chêne déraciné.

ÉPILOGUE

Setu, setu, dets an eured :
Ma goad-me eo gwin 'us ar pred.

« Voici, voici le jour des noces ; — mon sang est
le vin rouge du festin. »

(F.-M. LUZEL).

La petite place rectangulaire du Huelgoat n'avait
jamais vu pareille affluence. Depuis trois jours, l'ordre
de mobilisation générale de tous les hommes valides
au-dessous de trente-cinq ans était affiché sur les
murs des églises et des mairies de l'Arrhée finis-
térien. Les contingents de la Cornouaille du nord-
ouest devaient opérer leur concentration au Huelgoat,
pour de là se diriger sur Morlaix où l'on procéderait
à leur équipement. Le choix des officiers et sous-
officiers était laissé au suffrage des recrues ; Pontus
avait été élu à l'unanimité capitaine par le
contingent de Loqueffret.

Il bruinait depuis le matin. Les routes en lacet qui
mènent vers le Huelgoat continuaient de déverser
sur la petite place un flot trouble de mobilisés. Encore
vêtus de leurs costumes nationaux, signe distinctif
du clan, le *pen-scod* au poing, sans fusil pour la plupart, ils descendaient au flanc des monts, précédés
de leurs curés, la soutane retroussée, chantant des
cantiques ou des psaumes. Sur la place du bourg,

des officiers de toutes armes faisaient l'appel des
hommes... Un clairon sonna ; des ordres circulèrent
de proche en proche. Assouplies par une discipline
héréditaire, les recrues, qui s'étaient égayées dans les
tavernes et les boulangeries du bourg, après une
dernière étreinte aux femmes et aux enfants qui les
avaient accompagnés jusque-là, se formèrent rapidement en colonne. Le commandant leva son sabre,
et la colonne s'ébranla dans la direction de Morlaix.

D'abord s'avançait le contingent du Huelgoat,
reconnaissable au serre-tête de toile bise qui retenait
les cheveux des hommes sous le chapeau à cuve et
à ruban de velours noir. Beaucoup étaient d'anciens
mineurs, et l'éclat métallique de leurs prunelles
donnait à leur expression je ne sais quoi de fiévreux.
Puis venaient les *pillawers* de Botmeur, de Brennilis
et de la Feuillée, habillés d'une pitouille brunâtre à
ganses vertes, leurs minces jambes de nomades serrées
dans des housseaux de même étoffe. Brapartz suivait,
fier de son large *gouriz*[1] de flanelle bleue, de ses
parements de velours et de son gilet rigide, dont les
pointes saillaient comme les antennes d'un scarabée
sur la blancheur d'une chemise de grosse toile piquée
de dessins symétriques et fermée par une fibule à tête
d'agate ou de perle.

Noirs de peau, la lèvre rase et dure, les cheveux
pendant sur l'épaule, à la main des épieux ferrés,
une ceinture de cuir blanc à boucle de cuivre his-
torié retenant leurs braies de ratine, c'était ensuite le
tour des domaniers de Plouyé, rudes hommes qu'on
retrouve à toutes les époques de l'histoire bretonne

____

(1) Ceinturon.

en lutte contre la tyrannie des étrangers et des nobles, descendants de cette hardie « paysantaille » qui se souleva au XIᵉ siècle avec Kado le Batailleur, au XVᵉ avec Jahan, au XVIIᵉ avec Le Balp, pour la revendication des droits populaires et l'affirmation de l'égalité de tous les citoyens devant la loi. Un chant âpre, guttural, rythmait leur marche accélérée, le même *vocero* de désolation qui sonnait sur les lèvres de leurs ancêtres les Bonnets-Rouges :

> *Malloz d'ann heol, malloz d'al loar,*
> *Malloz d'ar gliz a gouez d'ann douar !*

« Maudit le soleil, maudite la lune, maudite la rosée qui tombe sur la terre ! »

Et d'autres clans défilèrent encore après ceux-là, que la foule massée aux deux côtés de la place reconnaissait à quelque détail du costume et nommait au passage : ces boutons rouges sur ces poches en ogive, ces pantalons collants boutonnés sur le côté depuis le genou jusqu'à la cheville, c'étaient les hommes de Poullaouën, de Plounévézel et de Carhaix ; ces gilets superposés, bleu de roi, brun à lisières jaunes ou vertes, ces *bragou-ber* retenus par une cheville de buis, signalaient les métayers et les valets de ferme de Colorec... Et, tout à coup, un silence se fit : séparés des autres clans par un intervalle de plusieurs pas, des êtres étranges, grelottant, malgré la saison, sous les fourrures à longs poils qui les rendaient pareils à des bêtes, pieds nus, l'œil mi-clos et comme offusqué par la clarté du jour, passèrent égrenant des chapelets entre leurs doigts...

« Les hommes du Yûn ! » murmura une femme en se signant.

Il ne restait plus à défiler qu'une paroisse, Loqueffret, dont Pontus avait reçu le commandement à
l'élection : sur les manches de son ancien dolman de
spahi, la main pieuse de Bertrande avait cousu trois
galons d'or ; l'épée de fer des Talgoët pendait à son
ceinturon et il ne semblait pas que l'archaïsme du
vieux glaive ancestral fît trop méchant effet au
milieu de ces hommes et de ces costumes d'un autre
âge. Quand vint le tour de son contingent, Pontus
tira la lame du fourreau :

« *War-sa, paotred!* En avant, mes gars ! »

La petite troupe partit en bon ordre, au commandement du chef, tourna par la chaussée du canal
supérieur, s'enfonça sous le couvert. Et, le dernier
soldat disparu, quand sur la place du bourg, veuf de
la presque totalité de sa population masculine, il ne
resta plus que le troupeau sanglotant des épouses et
des mères, le glas se prit à tinter au clocher de l'église
paroissiale. Et, comme s'ils n'avaient attendu que ce
signal pour sortir de leurs cages de bronze, d'autres
glas, de proche en proche, répondirent de Berrien,
de Locmaria, de Poullaouën, de Plouyé, de Colorec...
Un immense deuil planait sur les monts de la Cornouaille. La foule, à genoux, récitait le *De profundis*.

Parmi ces hommes qui s'enfonçaient vers les
brumes rougeâtres de l'avenir, pas un cependant ne
tremblait pour lui-même. Tous avaient reçu la
communion avant de partir ; leurs pasteurs étaient
avec eux, les réconfortaient dans cette langue du
pays, si douce au cœur des exilés. N'avait-on pas vu
le vénérable abbé Colober en personne s'arracher aux
secrètes douceurs de la paléographie ecclésiastique
et se rendre à pied, étayé par dame Véronique,

jusqu'aux confins de la paroisse, où il avait donné sa bénédiction aux recrues de Saint-Herbot et de Loqueffret ? Kernéguez et les dames de Talgoët, en voiture, avaient devancé Pontus à Morlaix, où l'équipement et l'armement des mobiles devaient retenir plusieurs jours le nouvel officier. Le vieux marquis dormait depuis la surveille dans l'enfeu de l'église Saint-Herbot, qui servait de caveau de famille aux Talgoët. Le public, qui assistait en foule à ses funérailles, ne s'était pas trop étonné de l'absence des Trelawney aux obsèques de leur grand-cousin : on savait le lord gravement malade, atteint d'une pleurésie purulente contractée dans son accident du Guibel, et Florence, sans doute, n'avait pu quitter son chevet.

La grande route du Huelgoat à Morlaix, coupant par les bois de la Coudraie et de la Lande, laissait de côté, à main droite, Lergoat-Ligolennec, demeure des Trelawney. On apercevait déjà, au-dessus des futaies, le toit du château. Pontus n'en fut pas troublé ; son visage resta grave et froid. Près de la grille pourtant, une femme attendait. A chaque clan qui défilait devant elle, ses regards fouillaient avidement leurs groupes. Et, quand le dernier contingent approcha, elle frémit de tout son être : elle avait reconnu celui qu'elle cherchait. Pontus aussi avait reconnu Florence. Et il entendit nettement le cri qu'elle jeta vers lui, à genoux, tordant ses mains moites d'une sueur d'agonie :

« Pontus ! Pontus ! Pardon ! Ah ! Ah ! Pardon !... »

Il la vit qui s'abattait dans la douve ; il salua de l'épée et passa...

. . . .

Six mois plus tard. Un hôpital volant d'ambulance étrangère au Mans... A une hampe, le drapeau noir du Cornwall, barré de la croix de Genève... Un chirurgien circule d'un lit à l'autre. Des femmes, portant le brassard d'infirmière, s'empressent au chevet des blessés. Une de ces femmes, à qui les autres paraissent obéir, qui a fait les fonds et pris à sa charge tous les frais d'entretien de l'ambulance, écarte les rideaux d'un lit de sangle qu'épingle intérieurement une rosette d'officier de la Légion d'honneur, sourit de son sourire le plus doux à un blessé couché dans ce lit, la tête enveloppée de linges, et lui tend un bol de tisane que le blessé vide à petites gorgées.

« Comment vous sentez-vous ce matin, mon colonel ?...

— Mieux, Florence, merci... »

Le blessé se recouche, non sans avoir caressé du regard une vieille épée de fer pendue à son chevet. L'infirmière improvisée borde ses draps, referme les rideaux, s'agenouille devant le lit, se signe : Florence Trelawney est catholique depuis une semaine, depuis le jour où elle a recueilli sur le champ de bataille du Gué-la-Hart Pontus de Talgoët percé de deux balles, mais vivant encore et dont le chirurgien de l'hôpital lui a répondu.

*
* *

Les espérances du chirurgien se sont réalisées. Trois mois après, Pontus était guéri de sa grave blessure et il épousait, dans l'intimité à cause de la mort encore récente du vieux marquis de Talgoët, son arrière-cousine Florence de Trelawney. Converti aux idées de progrès par ses réflexions personnelles et sous l'influence de sa jeune femme, il s'est donné tout entier à l'action. Grâce à ses exemples et à ses conseils, les vieilles méthodes de culture se sont modernisées, la routine disparaît aux alentours de Rusquec et ce petit coin de Bretagne jouit maintenant d'une prospérité qu'il n'avait jamais connue.

Imprimerie française H. MATHON, Wiesbaden (Allemagne occupée)